Leben geht durch dick und dünn

Lily Winter

Lily Winter

Leben geht durch dick und dünn

Roman

Impressum

Bibliografische Information der Deutschen Nationalbibliothek:
Die Deutsche Nationalbibliothek verzeichnet diese Publikation in der
Deutschen Nationalbibliografie; detaillierte bibliografische Daten sind
im Internet über http://dnb.dnb.de abrufbar.

© 2022 Lily Winter

Cover Design: Désirée Riechert, www.kiwibytesdesign.com

Herstellung und Verlag: BoD – Books on Demand, Norderstedt

ISBN: 978-3-7557-7418-1

1. EIN RÜCKBLICK

„Hallo Maya. Heute keine Schule?"
Lüstern schaute mich mein Vater an, haute mir auf den Hintern und
ging in sein Arbeitszimmer. Ich hatte das so satt!
Es muss so nach meinem dreizehnten Geburtstag angefangen haben.
War ich bis dahin nur Luft für meinen Vater gewesen, hatte mein Körper
anscheinend sein Interesse gefunden. Ich spüre heute noch Ekel in mir
aufsteigen, wenn ich an seine Berührungen denke. Was noch schlimmer
für mich war: Dass meine Mutter kein Verständnis für meine Abscheu
hatte. Sie meinte lediglich dazu:
„Dein Vater ist ein Mann. Männer sind halt so." Damit war die Sache
für sie erledigt.
Mein Bruder und ich sind in einem riesigen Haus aufgewachsen, mit
vielen Zimmern, wodurch man sich glücklicherweise recht gut aus dem
Weg gehen konnte. Ich war froh darüber, denn meine Familie war
absolut nichts, was ich lange ertragen wollte, denn auch vor dem
Antatschen, war meine Familie bereits kein Hauptgewinn.
Mein Bruder war seit seiner Geburt von unserem Vater gepuscht
worden, bestimmt mehr als ihm lieb war. Der Druck auf sein Leben war
enorm und muss ihm schwer zu schaffen gemacht haben, nicht, dass er
mit mir jemals darüber gesprochen hätte. Wir hatten nie ein gutes
Verhältnis zueinander, wahrscheinlich wegen der offensichtlichen
Ungleichbehandlung durch unseren Vater.

Bereits mit 3 Jahren war mein Bruder in die Firma geschleppt und überall herumgezeigt worden. Dabei hatte mein Vater laut verkündet, dass dies der zukünftige Firmeninhaber sei. Zumindest habe ich das aus den Worten meines Bruders geschlossen, der danach tagelang krakeelt hatte, dass er demnächst Firmenbesitzer (anfangs klang es wie 'Fimsitter') sein würde. Obwohl ich die Ältere bin, kannte mich kaum jemand in der Firma. Wenn Firmenfeste stattfanden, musste ich immer zuhause bei einem Kindermädchen bleiben.

Spätestens nach solchen Momenten wurde mir klar, dass ich zuhause niemals Anerkennung würde gewinnen können. Deshalb habe ich mir früh andere Dinge für meinen persönlichen Erfolg gesucht. Während mein Bruder mit Ach und Krach und viel Nachhilfe irgendwie seinen Realschulabschluss schaffte, war ich ab der ersten Klasse immer im Einserbereich. Schwimmen, Leitathletik, egal, ich habe an jeder nur erdenklichen Schulmeisterschaft teilgenommen, um irgendwie Selbstbestätigung zu bekommen. Noch heute habe ich alle Pokale in meinem Wohnzimmer stehen.

Meine Familie hat ein Leben im Luxus geführt. Wir sind in allen Ferien in alle möglichen Länder gereist und wohnten in den schicksten Hotels. Doch Zuneigung oder Anerkennung gab es nicht, für keinen von uns. Auch das Betatschen meines Vaters bedeutete sicherlich keine Anerkennung meines Körpers, sondern sollte lediglich pures Machtgehabe demonstrieren. Meistens zischte er nur dabei:

„Sei doch froh, wenn dich überhaupt ein Mann berührt!".

So schrecklich ich das Verhalten meines Vaters auch fand, so hatte das alles den Vorteil, dass ich weniger Schwierigkeiten im Modelbusiness hatte, für das ich ab meinem 16. Lebensjahr gearbeitet habe. In diesem Business wird man ständig von jemandem betatscht, befummelt und begutachtet, natürlich wegen der wirtschaftlichen Zwecke. Der Designer will einfach das Beste herausholen, in dem er an einem überall rum zupft und über nicht vorhandene Fettpolster herummäkelt. Für viele Mädchen war das nur schwer zu ertragen, doch für mich waren die fremden Leute viel weniger ekelerregend als mein eigener Vater. Für mich war das Modeln das Beste, das mir in meinem Leben passiert ist, denn es hat mich früh unabhängig von meiner Familie werden lassen.

Noch heute kann ich mich an diesen Nachmittag erinnern, wie ich mich mit meiner besten Freundin Mila im Einkaufszentrum getroffen habe und sie mit den folgenden Worten begrüßte:

„Hallo Mila! Ich brauche dringend neue Klamotten!"

„Wieso denn schon wieder?" Mila kannte das zwar bereits von mir, verdrehte aber dennoch die Augen.

„Na, hör mal, nächste Woche werde ich 16! Da kann ich doch nicht in denselben Klamotten rumlaufen wie mit 15!"

Natürlich klang das wie Angabe und eigentlich war es mir persönlich völlig egal, was für Klamotten ich anhatte, doch irgendwie konnte ich meinen Frust dank eines großzügigen Taschengelds meiner Eltern immer gut mit Shoppen kompensieren.

Meine andere Kompensation war der Sport, der mir nicht nur Siege einbrachte, sondern mir auch dabei half, meine Figur zu halten. Mit zehn Jahren fing ich damit an, täglich 3 km joggen zu gehen. Es muss ungefähr danach gewesen sein, nachdem meine Mutter bemängelt hatte, dass meine Oberschenkel in Richtung der Familie meines Vaters tendieren würden und dass ich wohl frühzeitig zusehen sollte, das in den Griff zu bekommen. Seitdem quälte ich mich jeden Tag vor der Schule, schlug jedes Jahr ein paar Meter drauf und vermass jeden Abend meine Oberschenkel. Übrigens tue ich das heute auch noch.

„Hey Mädels! Lust, ein paar Fotos zu machen?"

„Mein Vater ist Polizist, also zieh Leine!", hatte Mila den fremden Mann angeschnauzt. Doch er hatte nur geschmunzelt und war langsam auf uns zugekommen.

„Hey, es geht doch nur um ein paar Bilder. Wenn du willst, dann ruf deine Eltern an und komm mit ihnen zu dieser Adresse. Wir sind eine ganz neue Agentur, das wäre die Chance für dich!" Dabei schaute er mich direkt an. Ich musste nicht überlegen, sondern stieß Mila kurz an:

„Vielleicht könnte ich es einfach mal ausprobieren."

„Würden deine Eltern denn so etwas erlauben?" Mila schaute mich skeptisch an.

„Was sollen sie denn dagegen haben?" Ich hatte mit den Schultern gezuckt und war auf den Mann zugegangen.

„Also, ich mach das. Wo ist das Formular für meine Eltern? Ich bin noch minderjährig, mit mir dürfen Sie keine Verträge abschließen!" Der Mann hatte vergnügt gelacht, mir ein paar Blätter in die Hand gedrückt und gemeint:
„Hier. Wenn es als Model nicht klappt, kannst du auf alle Fälle Anwältin werden!"
„Wieso denn nur dann?", hatte ich ihn schnippisch gefragt und Mila und ich waren dann endlich shoppen gegangen und ich hatte mir eine neue Garderobe zugelegt.

Bereits am nächsten Tag war ich zu meiner Mutter gegangen und hatte ihr die Papiere der Agentur gezeigt.
„Mama, kannst du mir das bitte unterschreiben?"
„Wieso sollte ich das tun?" Mit diesen Worten ließ meine Mutter mich einfach stehen, natürlich hatte sie sich die Zettel noch nicht einmal angesehen. Obwohl ich ihre Ignoranz gewohnt war, spüre ich noch heute meine Wut darüber. Nach wie vor nehme ich ihr übel, dass sie mich nie in irgendetwas unterstützt hat.
Obwohl ich wusste, dass es falsch war, trotzdem oder vielleicht genau deswegen, unterschrieb ich die Papiere einfach selbst. So etwas habe ich nie zuvor gemacht, aber ich wollte diese Chance haben. Im Grunde genommen, ohne genau zu wissen, worauf ich mich wirklich einließ. Doch der Rest war dann tatsächlich ein Kinderspiel, auch wenn das lächerlich klingt und bestimmt nicht für jeden so läuft.
Ich fuhr mit dem selbst unterschriebenen Formular zu der angegebenen Adresse, ließ dort Bilder machen und nur eine Woche später rief mich die Agentur an und hatte einen Auftrag für mich. Zum Glück hatte ich einen eigenen Telefonanschluss und konnte direkt mit der Agentur sprechen, meine Mutter hätte wahrscheinlich einfach aufgelegt.
Und dann war ich plötzlich ein Model! Von da an wurde mein Leben irgendwie…einfacher, würde ich sagen. Das Studio war nicht weit, mit meinem Schülerticket bin ich ganz gut dort hingekommen, ein Vorteil, wenn man im Ruhrgebiet lebt. Hauptsächlich wurde ich für Kataloge fotografiert. Natürlich hätte mir alles Mögliche passieren können, es

war gut, dass ich immerhin schon 16 gewesen bin und nicht erst 12 oder noch jünger!

Milas Eltern waren so nett und haben für mich ein Girokonto eröffnet. Für ein eigenes hätte ich die Zustimmung meiner Eltern benötigt, doch dazu waren meine Eltern natürlich nicht bereit. „Wozu? Du hast doch hier alles. Wieso willst du denn ein Konto eröffnen? Du wirst einmal heiraten, dann hat dein Mann doch eines."

Bei solchen Worten haben selbst Milas Eltern gestaunt, aber natürlich nichts dazu gesagt, denn man macht die Eltern anderer Kinder nicht schlecht. Sie sind einfach zur Bank gegangen, haben ein Konto auf ihren Namen eröffnet, auf das mein Geld überwiesen werden konnte. Als ich 18 war, haben sie es aufgelöst und mir den Betrag auf mein neu eröffnetes Konto überwiesen, die Summe war beachtlich! Da ich Taschengeld von meinen Eltern bekam, hatte ich alles was ich verdient hatte, für meinen Auszug sparen können. Und direkt mit 18 Jahren teilte ich meinen Eltern mit, dass ich ausziehen würde. Ich glaube nicht einmal, dass sie das sonderlich interessiert hat. Sie haben nur irgendetwas gemeckert wie ʼglaub nicht, dass du schwanger wiederkommen kannst…ʼ oder so ähnlich.

Sobald ich den Mietvertrag unterschrieben hatte, schmiss ich sämtliche meiner Klamotten in Koffer und Taschen, die ich dank der vielen Urlaube in Hülle und Fülle besaß und zog in meine erste Wohnung. Sie lag mitten in der Innenstadt, war super zentral und machte mich neben meinen ganzen teuren Sachen in der Schule noch einmal angesagter.

Noch heute erinnere ich mich an dieses Gefühl der Unabhängigkeit und der grenzenlosen Freiheit, die mir plötzlich offenstand. Ich hatte das Gefühl, die Welt aus den Angeln heben zu können. Bis meine Möbel kamen, hatte ich sogar auf dem Boden schlafen müssen, aber das war mir egal gewesen, so eilig hatte ich es, bei meinen Eltern auszuziehen. Natürlich hat Mila auch bei mir übernachten dürfen, aber meistens haben wir dann doch bei ihr geschlafen, denn mit einer Mutter, die einem warmen Kakao abends ans Bett bringt, konnte meine Unabhängigkeit dann doch nicht konkurrieren. Mila war natürlich begeistert von meiner Wohnung.

„Das ist so cool, Maya! Du hast jetzt eine eigene Wohnung!", hat sie gequietscht, als wir uns in unsere Schlafsäcke auf meinem Wohnzimmerfußboden hingelegt hatten. Geschlafen haben wir so gut wie gar nicht, sondern Pläne wegen künftiger Partys geschmiedet, von denen wir die meisten auch wirklich gefeiert haben. Am nächsten Tag kam ich mit Augenringen zu einem Fotoshooting, passte aber gut zur Kampagne, ich glaube, es ging um Sport oder um Alkohol.

Überhaupt: Mila! Ohne sie und ihre Familie, wäre meine Jugend schon sehr trostlos gewesen und vielleicht, oder sogar sehr wahrscheinlich, völlig anders verlaufen, denn Mila hatte alles, was ich nicht hatte: Liebe, Geborgenheit und damit ein echtes Zuhause.

Ihre Eltern sind wunderbare Menschen gewesen; herzlich und unglaublich gute Zuhörer, die mich besser gekannt haben als nur irgendjemand aus meiner Familie. Als sie gestorben sind, habe ich zwei Tage mit Mila durchgeheult. Tränen, die ich für meine Eltern nicht übriggehabt habe. Für manche Menschen lohnt sich das Tränenvergießen einfach nicht.

Als ich 26 war, starb mein Vater an einem Herzinfarkt. Zum Glück hatte mich Mila auf die Beerdigung begleitet, keine Ahnung, ob ich sonst die Beschimpfungen meiner Mutter und meines Bruders hätte durchstehen können. Mein Bruder übernahm tatsächlich die Baufirma, den Werdegang konnte ich genauestens in der Zeitung mitverfolgen. Ich will ja nicht sagen, dass ich Schadenfreude empfand, aber als ich las, dass mein Bruder ins Gefängnis musste und die Firma bankrott war, spürte ich doch so etwas wie Genugtuung in mir aufsteigen.

Meine Mutter starb nur kurze Zeit später, worüber mich ein Notar informierte, denn mein Bruder saß immer noch in Haft. Das riesige Haus habe ich verkauft, um noch die letzten Schulden zu tilgen, ansonsten war nichts mehr übrig von dem glamourösen Leben meiner Eltern. Ich war froh, dass ich längst kein Teil mehr dessen gewesen war.

Ausziehen und später Jura studieren; das waren Träume, die ich mir selbst erfüllt habe und ich bin unendlich stolz auf mich, dass ich das geschafft habe. Ich habe mir mein Leben selbst aufgebaut, ohne fremde Hilfe. Mein Jurastudium habe ich in Regelstudienzeit durchgezogen und bin, mit nur Anfang 30, zur Juniorpartnerin in einer renommierten Kanzlei ernannt worden.

Männer? Ja, natürlich habe ich welche, aber nur fürs Bett. Für mehr taugen sie ohnehin nicht. Wenigstens das hat mich meine Familie gelehrt.

2. LEBENSUMSCHWUNG

„Ich denke, das wird nichts mit uns beiden", sage ich sachlich, während ich mich anziehe.

„Darüber hatte ich ohnehin mit dir sprechen wollen", sagt Lukas und erhebt sich. Schlank, keine Muskeln, aber im Anzug sieht er fantastisch aus.

„Was gibt es da noch zu besprechen?" Hastig sammele ich meine Sachen in meine Birkin Bag, flitze ins Bad und putze mir die Zähne.

„Wollen wir nicht noch duschen gehen?" Verwirrt blickt er mich an, Geschäftsmänner werden halt doch sehr überschätzt.

„Lukas! Ich habe unsere Beziehung gerade beendet!"

„Nein, ich wollte mit dir darüber sprechen, wann wir uns in Italien treffen. Ich fahre doch morgen mit meiner Familie in die Toskana. Hier ist dein Flugticket, wir treffen uns in Florenz. Meine Konferenz geht zwei Tage, die Abende bin ich dann bei dir." Gönnerhaft hält er mir ein Ticket hin, 1. Klasse wie ich sehe. Ich habe Mühe, nicht loszubrüllen.

„Lukas. Ich will das nicht mehr. Ich will dich nicht und ich will auch nicht mit dir und deiner Familie nach Florenz fliegen!"

„Du enttäuschst mich, Maya. Ich hätte dich für kulturbeflissener gehalten. Florenz! Das ist doch eine ganz tolle Chance für dich, mal rauszukommen. Das lässt man sich doch nicht entgehen!"

Langsam reicht mir dieses gönnerhafte Verhalten, das ist auch mit ein Grund, wieso ich diese Affäre dringend beenden muss. Schließlich bin ich eine starke und vor allem unabhängige Frau!

„Ich war schon des Öfteren in Italien bzw. in der Toskana, Lukas! Was glaubst du denn, wieso ich ein Loft besitze? Weil ich es mir leisten kann!"

„Aber dass ich dich chic ausführe und dir das teure Hotel bezahle, das hast du bisher immer gerne angenommen." Ich zucke mit den Schultern und wende mich der Hoteltür zu.

„Maya, warte doch. Ich liebe dich!"

„So ein Blödsinn. Du liebst, was wir haben, weil es dir einen Hauch von Freiheit vermittelt neben deinem öden Alltag. Bestimmt wartet schon die Nächste darauf, chic von dir ausgeführt zu werden, während deine Ehefrau das Essen warmhält."

Mit diesen Worten laufe ich aus dem Zimmer. Irgendwie fühlt es sich nicht so gut an, wie es sollte, denn in mir breitet sich eine düstere Leere aus.

***

Seufzend packe ich meine Shoppingergebnisse des heutigen Tages aus. Es ist alles dabei: von teuren Strümpfen über Reizwäsche bis hin zu einem viel zu warmen Sommermantel, den ich niemals im Sommer anziehen werde und im Winter auch nicht, weil er dafür viel zu bunt ist.

Trotz des dummen Anlasses, habe ich den Tag mit meiner Freundin Mila wirklich sehr genossen. Ich liebe sie, nicht auf eine romantische Weise, aber Mila ist wirklich, das kann ich nicht anders sagen, meine beste Freundin.

Wir kennen uns bereits seit der 5. Klasse. Ich habe keine Ahnung, was aus mir ohne sie und ihrer Familie geworden wäre. Vielleicht wäre ich einfach eines Tages abgehauen und hätte auf der Straße gelebt. Doch, Dank Mila, hatte ich einen Zufluchtsort und durch ihre Eltern habe ich zumindest so etwas wie Geborgenheit kennengelernt.

Meine Familie hingegen hat auf Milas Familie immer nur herabgeblickt und mich allen Ernstes gefragt, wieso ich mich mit solchen Leuten abgebe. Milas Vater war Polizist, ihre Mutter Kassiererin im Supermarkt. Dass meine Eltern Milas Familie nicht mochten, hat mir ihre Familie nur noch sympathischer werden lassen. Ich durfte, wann immer ich wollte, bei den Koslowskis übernachten. Auch der Name Koslowski hat viel zur Heiterkeit bei meiner Familie geführt, als ob der Name Winkler so unglaublich wohlklingend wäre.

Nach dem Shoppen war ich natürlich noch im Fitnessstudio. Zu meiner Überraschung, konnte ich diesmal Mila dazu überreden, mitzukommen! Lange hat sie allerdings nicht durchgehalten, irgendwann hat sie plötzlich aufgehört. Ich wusste gar nicht, wieso, aber ich war noch so in meinem Programm drin, dass ich gar nicht richtig bemerkt habe, dass sie bereits weg war. Na ja, ich denke, dass ihre Kondition am Ende war. Die wird sie schon noch aufbauen im Laufe der Zeit. Allerdings ist die Frage, wann Mila es mal wieder in ein Fitnessstudio schafft, sie ist da nicht gerade ambitioniert, obwohl es ihr guttäte.

Auch wenn die Kompensation meines Beziehungsaus mich heute sehr viel Geld gekostet hat, bin ich mir sicher, dass es die richtige Entscheidung war, sich von Lukas zu trennen. Es hat sich nicht mehr richtig angefühlt, was seltsam ist, denn es war nicht meine erste Affäre mit einem verheirateten Mann. Übrigens war er in der Kanzlei, für die ich arbeite, eigentlich wegen seiner Scheidung bei einem meiner Kollegen. Dann traf er auf mich und hat dadurch irgendwie festgestellt, dass es das war, was ihm in seiner Ehe gefehlt hat; nämlich die Selbstbestätigung einer jungen erfolgreichen Frau, um dann von seiner liebenden Ehefrau bekocht zu werden, um danach seinen Kindern noch Gute Nacht zu sagen. Drei Monate bin ich mit ihm zusammen gewesen, nein, ich bin auch nicht stolz darauf.

Allerdings bin ich auch nicht wirklich auf eine feste Beziehung aus, denn ich habe wirklich keine Zeit dafür. Als Juniorpartnerin einer Anwaltskanzlei bin ich bereits an meinen Beruf vergeben. Trotzdem habe ich mittlerweile doch genug davon, für einen Mann nur die zweite Geige zu spielen. Ich habe keine Ahnung, wann mir das aufgegangen ist. Und ja, ich liebe meinen Beruf, aber mittlerweile frage ich mich durchaus, ob es nicht etwas zwischen einem Hausmütterchen und einer einsamen Karrierefrau gibt.

In den letzten Jahren habe ich tatsächlich nichts anderes als Affären gehabt. Vielleicht wegen meiner Erfahrung als Austauschschülerin in Amerika, als ich feststellen musste, dass mein erster fester Freund absolut nicht weiter an mir interessiert war, nachdem ich wieder in Deutschland war. Vielleicht aber auch, weil mir meine Familie gezeigt hat, dass so etwas wie die wahre Liebe nicht zwangsläufig existieren muss, auch wenn ich natürlich stark hoffe, dass Milas Eltern sich geliebt haben. Meine Eltern haben sich ganz sicher nicht geliebt, sie waren zusammen auch nichts anderes wie eines ihrer Bauprojekte. Sie gaben nach außen hin vor, die perfekte Familie zu sein. Mein Bruder und ich waren da, weil Kinder zu diesem Leben dazugehörten, denn das passte besser in eine von ihren zahlreichen Homestorys, für Wärme oder gar Liebe sahen meine Eltern keine Notwendigkeit.

Interessant wurde ich für meine Eltern erst, als sie erfuhren, dass ich Jura studiert habe, keine Ahnung, von wem sie es erfahren haben. Nachdem ich ausgezogen war, hatte ich mit niemandem in meiner Familie mehr geredet, über meine Modeljobs kam genügend Geld rein, so dass ich nicht auf ihre Unterstützung angewiesen war.

In einer Homestory für ein Hochglanzmagazin haben sie dann ganz offiziell verlauten lassen, dass ich demnächst für sie arbeiten würde, es sei bereits alles mit mir abgesprochen. Die nächsten Wochen in der Kanzlei, in der ich gerade neu angefangen hatte, glichen einem Spießroutenlauf. Natürlich wäre es besser gewesen, zu kündigen und zu einer neuen Anwaltskanzlei zu wechseln, doch das war etwas, das ich nun wirklich nicht eingesehen habe. Meine Eltern sollten mir das nicht kaputt machen, also habe ich mehr Mandanten betreut als jeder andere. Ich hatte Glück, dass die Geschichte nach nur wenigen Monaten und auch vielen erfolgreich bearbeiteten Fällen in Vergessenheit geriet.

Dann starben meine Eltern, dann starben Milas Eltern und irgendwie hat mich das noch weiter darin bestätigt, dass nichts für die Ewigkeit bleibt.

Plötzlich klingelt mein Telefon und ich sehe Milas Namen aufblitzen.

„Mila, was ist denn passiert?"

„Das Ego", höre ich nur und dann nur noch Geschluchze.

„Ich bin gleich da", sage ich schnell, ziehe mich wieder an und flitze zur Bahn.

3. DER MORGEN DANACH

Um fünf Uhr morgens klingelt mein Handy, zum Glück habe ich gestern Abend noch die Weckfunktion um eine Stunde früher eingestellt.

Mila tut mir unendlich leid. Auch wenn ich ihren Freund, äh Exfreund, Egon, nicht besonders leiden kann, so weiß ich doch, dass es für Mila eine feste Beziehung war und dass man eigentlich, also theoretisch, die Hochzeitsglocken hatte hören können. Allerdings weiß ich nicht, ob die beiden jemals an diesem Punkt angelangt wären, und irgendwie bin ich froh, dass sie diesen Schwachkopf los ist.

Wir haben uns letzte Nacht beide die Kante mit zwei Flaschen Sekt gegeben, den ich auf dem Weg zu ihr schnell noch besorgt hatte. Wir haben sie beide restlos ausgetrunken.

Eigentlich weiß ich gar nicht, wieso ich Egon nicht leiden kann, schließlich gibt es einfach Menschen, die man schlichtweg unsympathisch findet. Ob ich ein kleines bisschen eifersüchtig bin bzw. war?

Vielleicht, trotzdem gönne ich selbstverständlich Mila alles Glück dieser Welt, möge es noch mit einem solchen Volltrottel sein.

Irgendwie fand ich es immer komisch, dass er nie mit uns Weihnachten gefeiert hat, Mila und ich waren immer allein. Klar, mit meinen Affären konnte ich ja schließlich schlecht Weihnachten feiern, die waren bei ihren Familien. Ich fand es auch sehr schön, mit Mila allein zu sein, trotzdem hat es mich gewundert, dass wir nicht zu dritt gefeiert haben oder dass Mila mit Egon allein feiern wollte.

Vielleicht trifft die Bezeichnung Volltrottel es auch nicht, ich habe Egon einfach immer als etwas unnahbar empfunden. Mila hat nie persönliche Dinge über ihn erzählt und auch wenn ich natürlich immer nur oberflächliche Beziehungen geführt habe, hat es mich doch sehr gewundert, dass offensichtlich persönliche Dinge in Milas und Egons Beziehung keine Rolle gespielt haben. Oder Mila hat mir nur einfach nichts darüber erzählen wollen.

Lustlos jogge ich meine Runden durch den Stadtpark. Trotzdem strenge ich mich an, um die Kalorien des gestrigen Alkohols schnell wieder zu verbrennen. Vielleicht sollte ich nach meinem morgendlichen Müsli noch ein Abführmittel nehmen, überlege ich, als ich in der Bahn sitze.

Sowohl die Dusche als auch das Müsli tun gut. Doch als ich auf meine Waage steige, trifft mich fast der Schlag: Ich habe ein ganzes Kilo zugenommen! Schnell greife ich zu einem Abführmittel, schnappe mir eine Flasche Mineralwasser als Mittagessen und flitze zur Kanzlei.

So ein Mist, was habe ich nur gegessen, überlege ich, als ich wortlos in die Kanzlei stürme.

As erstes checke ich meinen Terminkalender: zwei Termine vormittags, noch ein Termin bei Gericht heute Nachmittag.

Einen besonderen Lichtblick habe ich für heute: Mila hat zugesagt, dass sie von jetzt an ins Fitnessstudio mitkommt! Nicht, dass ich finde, dass Mila zu dick ist, sie braucht nur einfach mehr Kondition und vielleicht auch etwas mehr Disziplin. Sie hat hier und da etwas zu runde Stellen, trotzdem finde ich sie hübsch und sehr natürlich mit ihren dunkelbraunen Haaren. Ihre Garderobe könnte schicker sein, aber ich weiß, dass sie nicht viel Geld hat.

Ich habe mir irgendwann meine Haare blond gefärbt und bin auch irgendwie dabeigeblieben. Wenn ich in den Spiegel sehe, erkenne ich mich manchmal kaum wieder. Ich könnte gar nicht sagen, ob ich mich in blond gut finde oder nicht, vielleicht wollte ich einfach nur anders aussehen. Vielleicht bin ich auch einfach nur damit beschäftigt, nicht wie ich selbst auszusehen.

Den ganzen Sommer über genieße ich es, dass Mila und ich jetzt gemeinsam Sport machen. Mila sieht von Tag zu Tag besser aus, auch ich schaffe es, noch vier Kilo abzuspecken und belohne mich dafür mit einem Anzug in Größe 36 mit einer ganz schmal geschnittenen Hose und einem Blazer dazu, das Ganze in dunkelblau und von Armani. Mila ist begeistert, mir entgehen nicht ihre neidischen Blicke, mit denen sie das teure Kleidungsstück mustert.

„Keine Sorge, Mila, bald wirst du auch hineinpassen und dann leihe ich dir den Anzug aus!"

„Meine Diätkolumne hat übrigens ganz viele Briefe bekommen", erzählt sie freudestrahlend.

„Das freut mich, aber wäre es nicht besser, wenn die Leute dir Mails schreiben würden?"

„Ich werde Christine fragen", sagt Mila und ich sehe sofort, dass sie verunsichert ist.

„Wenn die Kolumne so gut ankommt, dann wird sich da sicherlich etwas machen lassen", versuche ich sie aufzuheitern, aber irgendwie habe ich das Gefühl, nicht richtig reagiert zu haben.

Das Gefühl habe ich oft, aber ich kann halt nicht aus meiner Haut. Auch, als mir Mila von Nina, die Tochter ihrer Chefin, erzählt hat und dass sie auf ein englisches Internat muss, habe ich abgewunken, einfach weil mich solche Sachen nicht interessieren. Und wenn ihre Mutter tatsächlich so ein Drache ist, ist sie doch auf einem Internat viel besser aufgehoben.

Ja, Mila und ich sind uns in Sachen Pragmatismus nicht wirklich ähnlich und häufig denke ich schon, dass sie sehr viel mehr erreichen könnte, wenn sie ehrgeiziger wäre. Aber ich finde es auch angenehm, dass wir so unterschiedlich sind. Wann sollten wir uns schließlich treffen, wenn ihr Stundenplan ebenso überladen wäre, wie meiner.

4. WENN DER KLEMPNER KOMMT

November, Donnerstag und noch so viel zu tun, denke ich genervt, als ich völlig durchweicht nach Hause komme. Meine Wohnung ist ein riesengroßer, zu einem schicken Loft umfunktionierter Dachboden. Ich habe sie mir gekauft, als ich zur Juniorpartnerin ernannt wurde, quasi als Belohnung an mich selbst. Seufzend gieße ich mir ein Glas Wasser ein, ziehe mich aus und will gerade duschen gehen, als es Blubb aus der Toilette macht. Ach verdammt, denke ich angewidert, als mir die braune Brühe entgegenschwappt. Die Leitungen in diesem Haus sind einfach das Letzte! Ich habe wirklich keine Zeit für so etwas! Zig Fälle warten noch darauf, bearbeitet zu werden. Alleine drei Gerichtstermine habe ich morgen und bin nur mäßig vorbereitet. Und ich habe ewig keinen Sex mehr gehabt, seitdem ich Lukas abserviert habe.

Verärgert suche ich nach einem Klempner im Internet. Ah da, endlich finde ich eine Anzeige für einen 24h Service, A. März. Die Stimme am Telefon klingt nach einem Mann, also ist er es wahrscheinlich persönlich und hat keine Sekretärin, die das für ihn macht. Seine Stimme klingt sympathisch und er verspricht sofort, wenn er fertig ist, noch zu mir zu kommen. Ein Glück! Ein verstopftes Klo ist einfach kein Vergnügen.

Seufzend ziehe ich mir ein paar bequeme Sachen an und fange an, zu arbeiten. Zwei Stunden später klingelt es. Ich öffne die Tür und blicke einem großen, schlanken Mann entgegen.

„Guten Tag. Sind Sie Herr März?" Irgendwie wird mir plötzlich warm.

„Hallo. Sagen Sie doch einfach Aleks zu mir. Wo ist Ihr Klo?" Verwirrt schaue ich ihn an, dann fasse ich mich zum Glück schnell wieder und führe ihn dann endlich in mein Badezimmer. Dabei ertappe ich mich, dass ich ihn näher betrachte. Er hat muskulöse Arme, sein Bizeps schaut unter seinem T-Shirt-Ärmel hervor, weiter unten wird er schmaler und dann fällt mein Blick auf seine Jeans und seinen knackigen Hintern. Jetzt wird mir richtig heiß bei diesem Anblick und mein Mund wird staubtrocken.

„Ist Ihnen das Essen angebrannt oder was haben Sie da reingeworfen?" Amüsiert mustert er mich und bringt mich mit diesen sexistischen Worten auf den Boden der Tatsachen zurück.

„Mir ist gar nichts angebrannt, ich koche nämlich nicht." Dabei schaue ich ihn gekonnt abschätzend an.

„Passiert Ihnen das öfter?"

„Ich denke, es liegt an den maroden Leitungen aus den Fünfzigern, die Abflüsse in der Küche sind auch ständig zu."

„Na, dann wollen wir mal", sagt er heiter und fängt an, eine Spirale in das ekelige braun hineinzustecken, woraufhin ihm erstmal einiges entgegenspritzt. Ich schüttele mich:

„Das tut mir leid."

„Muss es nicht, das passiert mir öfter", schmunzelt er und schiebt ungerührt die Spirale in die Toilette. Mir wird übel und ich gehe aus dem Bad, um Herrn März ein Handtuch zu holen.

„Hiermit können Sie sich etwas abtrocknen", sage ich und reiche es ihm. Das Klo ist wieder frei, wie ich erleichtert feststelle.

„Danke schön", sagt er und will es nehmen.

„Sie können sich auch gerne kurz abduschen", stottere ich und wundere mich darüber. Normalerweise bin ich kein schüchterner Typ. Das kann man sich als Frau in einer männerdominierten Anwaltskanzlei auch nicht leisten. Aber irgendetwas an Aleks lässt mich doch irgendwie…schüchtern werden. Peinlich!

„Danke, das Angebot nehme ich wirklich gerne an", grinst er und beginnt, direkt seine Jeans vor mir auszuziehen.

„Äh, ich gehe dann mal", sage ich schnell und gehe wieder raus.

Schnell schnappe ich mir eine Akte, um mich von dem fremden Mann in meinem Badezimmer abzulenken. Einem fremden Mann, der in meinem Badezimmer duscht! Natürlich gelingt es mir nicht, mich auf etwas anderes zu konzentrieren.

Dann fällt mir ein, dass ich ihm noch ein weiteres Handtuch für seine Haare bringen könnte. Da er ja wahrscheinlich noch unter der Dusche steht, gehe ich einfach rein ins Bad.

Vor mir steht er, nackt und frisch geduscht und ist gerade dabei, sich abzutrocknen!

„Oh, äh, Entschuldigung", sage ich schnell und spüre, wie meine Wangen heiß werden.

„Macht doch nichts", sagt er und grinst mich an.

Seine Mitte regt sich und ich spüre ein Kribbeln in mir. Herr März, äh Aleks, sieht so heiß aus! Die kurzen Haare tropfen auf seine Schultern und rinnen seinen Körper entlang. Trotz Waschbrettbauchs sieht er nicht aus wie ein Bodybuilder, eher wie jemand, der einfach viel körperlich arbeitet. Ich schlucke bei diesem Gedanken und gehe langsam auf ihn zu.

„Ich wollte Ihnen nur ein Handtuch bringen. Für die Haare." Meine Stimme ist rau und meine Beine werden weich.

„Für meine Haare", nickt er und greift zu.

Erst denke ich, er will nach dem Handtuch greifen. Wahrscheinlich will er das auch, doch er streift dabei ganz sachte meine Brust. Meine Brustwarzen stellen sich sofort auf und zeichnen sich deutlich gegen mein T-Shirt ab. Aleks leckt sich die Lippen und wirkt dabei so dermaßen erotisch auf mich, dass ich noch einen weiteren Schritt auf ihn zu mache.

„Ich mache so etwas normalerweise nicht."

„Was machst du normalerweise nicht?", fragt er leise.

„Das", sage ich und gehe so nah an ihn ran, dass ich seine Männlichkeit an mir fühle, die sich in meinen Oberschenkel bohrt. Plötzlich spüre ich Aleks Hand unter meinem Shirt und ich zucke zusammen, als er anfängt, meine Brust zu streicheln. Plötzlich entfährt mir ein lautes Stöhnen.

„So etwas mache ich gerne, wenn auch normalerweise nicht mit fremden Frauen", grinst er mich an.

„Ich heiße Maya", stelle ich mich vor und dann greife ich zu.

Nein, normalerweise springe ich bestimmt nicht mit wildfremden Männern in die Kiste und schon gar nicht mit Handwerkern. Die Typen, auf die ich normalerweise stehe, haben ein Jahreseinkommen von mindestens 150.000€ netto und sind Banker oder Anwälte oder einfach Leute mit sehr viel Geld. Leider hatten die letzten auch alle eine Familie, aber das war mir egal. Ob Aleks eine Freundin hat?

Doch da schießt plötzlich ein Schauer durch mich hindurch. Aleks schiebt mein Shirt hoch und streichelt meine Brüste durch den teuren Stoff meines BHs. Das fühlt sich so unglaublich gut an! Ich stöhne und fange beinah automatisch an, ihn heftiger zu berühren. Schon bald fängt auch er an, lauter zu werden und das löst einen wohligen Schauer in mir aus. Plötzlich kniet er sich vor mich hin und reißt mir meine Hose samt Slip herunter. Eigentlich müsste mir das peinlich sein, aber als er mit seiner Zunge anfängt, mich zu bearbeiten, ist es einfach nur noch unbeschreiblich und ich habe keine Zeit, irgendwelche Scham zu empfinden. In meinem Körper herrscht eine Hitze, die ich überhaupt nicht kenne. Noch nie hat mich ein Mann bereits mit seiner Zunge so hochgebracht. Ich keuche und stöhne immer lauter, seine Zungenschläge werden immer schneller.

Und dann explodiere ich und schreie ungehemmt. Mein ganzer Körper erzittert. Aleks erhebt sich und ich schwanke, meine Beine sind weich und zittrig.

„Wollen wir im Schlafzimmer weitermachen?" Mit diesen Worten hebt er mich hoch und ich kuschele mich an seine warme, noch leicht feuchte Brust. Immer noch hadere ich mit mir. Aleks ist ein wildfremder Mann, er könnte alles mit mir machen! Alles, denke ich und bekomme wieder dieses prickelnde Gefühl im Bauch.

„Wo müssen wir hin?", fragt er locker. Mein Gewicht scheint ihm gar nichts auszumachen, er ist noch nicht mal außer Atem, während er mich trägt.

„Dort vorne." Ich zeige auf meine Schlafzimmertür.

Sanft legt er mich auf mein Bett. Dann zieht er mir das T-Shirt aus, löst die Klemmen meines BHs und ich lasse es einfach geschehen. Irgendwie macht es mir jetzt schon weniger aus, da wir beide nichts mehr anhaben.

„Hast du Kondome da?"

„Ja. Dort in der Nachttischschublade."

Sofort geht er zum Schränkchen, zieht die Schublade auf, nimmt ein Kondom raus, reißt die Packung auf und zieht es sich über. Dann legt er sich neben mich.

„Ich habe das so auch noch nicht gemacht", lächelt er verlegen und streichelt wieder meine Brüste und ich vergesse, weiter nachzudenken, sondern ziehe ihn auf mich. Während er meine Brust mit seinen Lippen verwöhnt, führe ich ihn langsam ein. Als er es bemerkt, schiebt er sich in einer Bewegung in mich.

Plötzlich fällt mir auf, dass wir uns bis jetzt nicht geküsst haben. Natürlich nicht, erinnere ich mich. Schließlich ist das hier ein One-Night-Stand!

Zuerst bewegt er sich langsam in mir, doch rasch beginnt er, schneller zu werden. Er hat so starke Arme, ich spüre seinen Körper kaum auf mir, nur die Verbindung mit ihm und eine erneute Hitzewelle, die in mir aufwallt. Alles fühlt sich so intensiv an, mein Blut pocht überall, bis es mich schier zerreißt. Ich habe noch nie so einen heftigen Orgasmus mit einem Mann gehabt, vielleicht habe ich auch einfach noch nie einen wirklichen Orgasmus gehabt. Nur kurze Zeit später kollabiert Aleks auf mir und legt sich schwer keuchend neben mich.

„So etwas habe ich definitiv noch nicht gemacht", stöhnt er, „oder erlebt." Dabei schaut er mich an und beginnt, mich sanft zu streicheln und sucht meine Lippen auf. Dann küsst er mich zärtlich und ich will einfach nur mehr. Meine Hände greifen nach ihm und ich schiebe meine Zunge in seinen Mund. Unser Kuss wird gieriger und ich spüre, wie heftig ich ihn will.

„Wir könnten duschen. Und es dann noch einmal tun", murmelt er zwischen meinen Lippen. Noch einmal tun. Ja, gerne, denke ich sehnsuchtsvoll. Aleks in mir zu haben war so atemberaubend, schon jetzt sehne ich mich erneut danach.

Diesmal gehen wir beide auf wackeligen Beinen ins Badezimmer. Dann seifen wir uns ein und spülen uns heiß ab. Vergessen sind meine Akten für morgen, ich will einfach nur seinen Körper berühren und ihn an meinem spüren. Auch Aleks scheint dieses Bedürfnis zu haben, denn er lässt kaum ab von mir. Überall, wo er mich berührt, fängt meine Haut an zu brennen. Dann küssen wir uns unter der Dusche und ich merke, dass Aleks wieder bereit ist. Kurzentschlossen hebt er mich hoch und lässt mich auf sich herabgleiten. Irgendwie denke ich gar nicht weiter darüber nach, sondern schlinge meine Beine um ihn. Seine starken Arme halten mich fest und schieben mich rauf und runter. Wieder stöhne ich laut und auch Aleks gefällt es hörbar. Die Position ist keine, die ich bis jetzt ausprobiert habe, mein Herz rast. Aleks lässt meinen Körper die nassen Fliesen rauf und runter rutschen, dabei drückt sein Körper mich sachte an die Wand. Ich wusste nicht, dass sich Sex so anfühlen kann!

Sanft trocknet er mich ab und trägt mich erneut zum Schlafzimmer. An dieses Herumtragen könnte ich mich gewöhnen.

Irgendwann schlafen wir Seite an Seite ein.

***

Als mein Wecker um sechs Uhr klingelt, bin ich völlig ausgeruht. Es duftet nach Kaffee. Aleks scheint noch da zu sein. Merkwürdig. Müsste er nicht eigentlich schon weg sein? Möchte ich, dass er weg ist?

„Guten Morgen, Maya. Ich hatte eigentlich nur Kaffee kochen und dann gehen wollen. Ich wusste gar nicht, dass du so früh aufstehst." Seine Worte versetzen mir einen Stich.

Denk dran! Es war ein One-Night-Stand! Doch das Ziehen in meiner Brust wird nicht weniger.

„Ich gehe gleich joggen, Danke für den Kaffee", sage ich kurzangebunden und gehe Zähne putzen.

Als ich in Joggingklamotten wieder in die Küche gehe, ist Aleks fort. Das war ja auch zu erwarten, denke ich seufzend. Meine Kaffeetasse steht auf dem Tresen, daneben liegt eine Brötchentüte und ein kleines weißes Stück Papier.

Ich rufe dich heute Abend an, Aleks.

5. TRAUMMANN?!

Ich lese den Zettel und mein Herz hüpft förmlich dabei in meiner Brust auf und ab. Er wird mich heute Abend anrufen und dann... Wer weiß? Wie unaufdringlich seine Nachricht ist und wieviel sie in mir auslöst! Aber ich weiß immer noch nicht, ob ich das auch wirklich will. Ich habe doch keine Zeit für Beziehungen. Uff, Maya! Es geht doch nur um einen Anruf heute Abend, interpretier da bloß nicht zu viel hinein!

Schnell laufe ich nach draußen, begrüße Mila und gemeinsam joggen wir unsere üblichen Runden. Allerdings sprechen wir so früh morgens noch nicht viel miteinander, trotzdem genieße ich es, nicht mehr allein joggen zu müssen, besonders jetzt im November, wenn es so dunkel morgens ist.

Um acht Uhr mache ich mich auf den Weg zur Kanzlei. Die Brötchen, die Aleks gekauft hat, habe ich natürlich nicht angerührt. Manchmal esse ich morgens ein Müsli, aber meistens eher gar nichts, um die Kalorien zu sparen.

In meiner Aufregung, fahre ich bereits um fünf Uhr nachmittags wieder nach Hause und beschließe, dort weiterzuarbeiten. Schließlich hat Aleks keine Uhrzeit angegeben. Was, wenn er anruft und mich nicht erreicht? Und wieso hat er keine Uhrzeit angegeben, will er mich vielleicht doch nicht anrufen und hat das nur so geschrieben?

Nervös dusche ich mich schnell und ziehe mich um, doch dann wird mir klar, dass er das ohnehin nicht sehen kann und wechsele in eine Jeans mit T-Shirt.

Ich kann über mich einfach nur noch den Kopf schütteln. Woher kommt das bitte alles? Ich kenne diesen Mann doch überhaupt nicht!

Und doch hüpft und brummt es in mir, als ob eine ganze Bienenhorde sich dort breit gemacht hätte.

Dann klingelt mein Handy plötzlich und ich zucke zusammen.

„Hallo?"

„Hallo Maya." Wie schön es klingt, wenn er meinen Namen sagt, denke ich verträumt.

„Maya? Bist du noch dran?"

„Äh ja, hallo Aleks! Du rufst ja tatsächlich an." Aleks lacht laut auf.

„Natürlich! Hab ich dir doch geschrieben."

„Ja, aber du hattest keine Uhrzeit dazu geschrieben."

„Konnte ich auch nicht, ich wusste nicht, wann ich beim Kunden fertig sein würde." Ok, das verstehe ich.

Das Gespräch verläuft entspannt, irgendwann muss ich mein Handy einstöpseln, weil der Akku leer ist. Ich kann mich nicht daran erinnern, wann ich mit einem Mann so ein langes Gespräch geführt habe. Noch nie, glaube ich.

„Wann wollen wir uns wiedersehen?", fragt Aleks plötzlich. Klingt seine Stimme etwa aufgeregt?

„Ähm, also unter der Woche habe ich viel zu tun. Wie wäre es mit…"

„…Freitag?", vervollständigt er meinen Satz und mein Herz macht einen Sprung.

„Ja, genau."

„Passt mir gut. Bis Freitag dann! So um acht Uhr bei dir?"

„Ja, das ist super. Bis Freitag!"

Danach hüpfe und quietsche ich auf meinem Sofa rum. Nicht, dass ich das andauernd tun würde, aber ich muss einfach irgendwo hin mit meiner Energie.

Bis Freitag, hallt es in meinem Inneren. Am Freitag werde ich Aleks wiedersehen!

***

Endlich Freitag! Die ganze Woche habe ich diesem Tag entgegengefiebert! Um sechs Uhr mache ich auf der Arbeit Schluss. Irgendwie habe ich die Verhandlungen und auch alle anderen Termine endlich hinter mich gebracht, habe einen erfolgreichen Rausschmiss eines dilettantischen Angestellten und eine Einigung erzielt. Ja, ich liebe es, zu gewinnen und das Beste für meine Mandanten rauszuholen. Meine Juniorpartnerschaft habe ich mir dadurch verdient, indem ich für eine riesige Firma die betriebsbedingten Kündigungen erfolgreich durchgesetzt habe. Für mich geht es immer nur darum, zu gewinnen bzw. die Beste zu sein, egal, ob es eine Prüfung ist oder halt die Belange meiner Mandanten, durchzusetzen.

Doch diese Woche war ich irgendwie abgelenkt. Natürlich habe ich viel gearbeitet, aber ich war irgendwie unkonzentriert. So überhaupt nicht meine Art, aber ich kann nichts dagegen tun.

Schnell dusche ich mich und ziehe mir eine enganliegende dunkelgrüne Seidenbluse und einen schwarzen Minirock an. Ich streiche ihn über meinem Bauch glatt. Durch die ganze Aufregung habe ich ein ganzes Kilo diese Woche abgenommen, ich sollte öfter auf ein Date warten müssen! Ich hoffe, er kommt. Wieso soll er nicht kommen? Soll er überhaupt kommen? Und wieso hüpft mein Herz so?

Pünktlich um acht Uhr klingelt es und in meinem Bauch flattert es los. Ich öffne die Tür und da steht tatsächlich Aleks! Bepackt mit zwei großen Einkaufstüten.

„Hallo Aleks. Was ist das?"

„Hast du schon gegessen?"

„Äh, nein, wieso?"

„Gut. Ich war noch einkaufen", sagt er vergnügt und spaziert schnurstracks an mir vorbei in die Küche. Er trägt eine einfache verwaschene, dunkelblaue Jeans und wirkt einfach nur sexy darin. Das weiße T-Shirt spannt leicht an seinen Oberarmmuskeln. Ich seufze und folge ihm in meine Küche.

Dort fuhrwerkt er herum, dass ich nur staunen kann. Innerhalb einer Stunde hat er einen Salat und Nudeln zubereitet, dazu gibt es eine Tomatensauce mit Gemüse drin.

„Äh, das duftet gut, aber so viel esse ich abends eigentlich gar nicht."

Aleks ignoriert meine Einwände und füllt einfach zwei Teller mit Salat, zwei Teller mit Nudeln und trägt alles nacheinander zu meinem Esstisch.

Skeptisch probiere ich das Essen, eigentlich nur, um nicht unhöflich zu sein, aber danach kann ich nicht mehr reden, weil ich zu sehr damit beschäftigt bin, das Essen in mich reinzuschaufeln.

„Zumindest scheint es dir zu schmecken, Maya", grinst er.

„Ja, es schmeckt super", stöhne ich mit vollem Mund. „Du kannst ja kochen!"

„Wieso überrascht dich das?" Schmunzelnd blickt er mich an.

„Keine Ahnung." Verlegen widme ich mich weiter diesem köstlichen Essen.

„Weil ich ein Mann bin oder weil ich ein Klempner bin?"

„Wohl eher Ersteres. Klempner und Kochen finde ich allerdings noch unwahrscheinlicher." Satt schiebe ich die Teller beiseite. Verdammt, schießt es mir durch den Kopf: Bestimmt habe ich das Kilo jetzt wieder drauf!

„Hat dir eigentlich schonmal jemand gesagt, dass du sehr vorurteilsbeladen bist?" Stirnrunzelnd blickt er mich mit seinen braunen Augen an. Die Farbe erinnert an Milchschokolade.

„Also heute noch nicht", erwidere ich und versuche, ihm nicht zu sehr in die Augen zu sehen.

„Ok. Dann bin ich wohl heute der Erste." Ich horche auf.

„Wieso? Bist du sonst der Letzte?" Irgendwie macht es Spaß, mit Aleks zu reden. Auf alle Fälle besser als meine einsamen Abende mit zu viel Arbeit.

„Ach, in der Schule war ich eher Mittelfeld."

„Ist ja trotzdem etwas aus dir geworden."

„Was soll das denn heißen?"

„Das war doch nicht abwertend gemeint!"

„Ach nein? Frau Rechtsanwältin!"

„Wer hat denn jetzt hier Vorurteile?"

„Meine Eltern hatten kein Geld für die Uni." Was hat das jetzt zu bedeuten?

„Was haben sie gemacht, als du zur Schule gegangen bist?"

„Gearbeitet. Wieso?"

„Na, sie konnten dich doch zur Schule schicken, was war der Unterschied zur Uni?"

„Kostet die Uni denn kein Geld?"

„Nicht in Deutschland oder zumindest nicht in NRW."

„Keine Ahnung. Ein Studium hat einfach nicht zur Debatte gestanden. Meine Schwestern sind Krankenschwester bzw. Hebamme und ich konnte schon immer gut mit Rohren umgehen." Anzüglich mustert er mich und komischerweise werde ich verlegen, ein unangenehmes Gefühl.

„Du musst nicht gleich anzüglich werden!" Bei diesen Worten durchfahren mich wohlige Schauer.

„Sollte es gar nicht. Mein Vater war auch selbstständig und hat mich oft mitgenommen. Ich habe den Betrieb quasi von ihm übernommen, nur in besser."

„Wieso in besser?" Erstaunt blicke ich Aleks an. Was soll denn an so einem Job besser werden?

„Na, weil ich mehr verdiene als er."

„Was machst du anders?"

„Ich habe einfach mehr Aufträge. Dafür arbeite ich allerdings auch Tag und Nacht."

„Jetzt arbeitest du aber gerade nicht." Anzüglich mustere ich jetzt ihn.

„Ein Mann braucht auch mal eine Pause." Dabei lächelt er mich an, irgendwie so…verführerisch.

„Und die verbringst du mit Kochen?" Dabei muss ich mich räuspern, weil mich Aleks so anguckt, als ob er mich gleich vernaschen möchte. Hoffentlich tut er es!

„Ein Mann muss auch mal essen."

„Und sonst? Guckst du Fußball? Gehst du in die Kneipe?" Aufgeregt hopst mein Herz bei diesen unsinnigen Gesprächen in die Höhe. Unheimlich das Gefühl, aber äußerst angenehm.

„Oh man, diese Vorurteile. Was haben deine Exfreunde und dein Vater eigentlich gemacht?"

„Sie waren bei ihren Familien. Mein Vater hat die Welt beschissen."

Meine Schmetterlinge fallen bei diesen Worten in sich zusammen.

„Das lässt ja tief blicken."

„Wieso?"

„Anscheinend warst du noch nie bei einem Mann die Nummer eins."

Irgendetwas an seinen Worten berührt mich tief innen drin. Plötzlich steht Aleks auf und kommt langsam zu mir.

„Was soll das werden?" Er küsst mich ganz vorsichtig. Mein Bauch prickelt wieder.

„Ich mag dich, Maya. Bei mir würdest du immer an erster Stelle stehen, versprochen."

Ich fange an, mich fester an ihn zu schmiegen, denn seine Nähe fühlt sich an wie ein Wärmekissen. Er presst mich an sich und fängt an, mich heftiger zu küssen. Wir schmiegen uns aneinander und laufen küssend ins Schlafzimmer. Langsam ziehen wir uns gegenseitig aus. Aleks beginnt, mich überall zu streicheln. Er scheint genau zu wissen, wo er mich berühren muss. Wie kann er mich bereits so gut kennen? Mein Körper steht unter Flammen und ich stehe auf, um ein Kondom zu holen. Dann stülpe ich es ihm über und er lacht leise auf.

„Du gehst aber ran."

„Ich will dich", stöhne ich und es vergeht keine Sekunde, dass Aleks sich auf mich legt und eindringt.

„So gut!", stöhnt er und ich merke, wie sehr er sich beherrschen muss, um langsamer zu werden.

„Mehr!" Schon bewegt er sich so heftig, dass es mir den Atem verschlägt. Binnen Sekunden bin ich auf meinem Höhepunkt und schreie laut und hemmungslos auf. Doch plötzlich zieht er sich vorsichtig heraus und fängt an, mich mit seiner Zunge zu verwöhnen. Ich kann mich nicht beherrschen, mein Becken regt sich ihm entgegen und ich will mehr, viel mehr. Gleichzeitig fühlen sich seine

Berührungen so zärtlich an, es fühlt sich an, als ob wir uns schon seit Jahren kennen würden, so vertraut sind wir bereits miteinander.

„Das war noch heftiger als gestern, Maya!", keucht Aleks, als wir beide nicht mehr können.

„Wahnsinn", stöhne ich nur, zu mehr Worten bin ich einfach nicht fähig. Stattdessen streichele und küsse ich ihn, weil ich ihn einfach immer wieder spüren will. Wir berühren uns überall und küssen uns dabei weiter. Dazwischen schlafen wir, um uns dazwischen wieder zu liebkosen. Wie Süchtige reiben wir uns aneinander. Wir verwöhnen uns gegenseitig mit dem Mund, bis Aleks laut stöhnt. Danach macht er sich erneut an mir zu schaffen. Zum Glück ist morgen Samstag, denke ich, nachdem wir uns aneinander gekuschelt haben, im Halbschlaf.

Um sechs Uhr früh klingelt mein Wecker und ich habe gar keine Lust aufzustehen, bis ich sehe, dass Aleks bereits fort ist. Enttäuschung macht sich in mir breit und schnell wasche ich mich, ziehe mich an und laufe in die Küche. Diesmal stehen ein Butterbrot und eine Thermoskanne mit Kaffee dort. Daneben liegt ein kleiner Zettel.

Heute wird es sehr spät, wollen wir morgen telefonieren, so um 6 Uhr? Genieß deinen Samstag! Ich vermisse dich, Dein Aleks

Seufzend lese ich seine lieben Worte. Schade, dass wir uns heute nicht sehen, noch nicht einmal telefonieren werden wir heute, dafür aber morgen! Na ja, wir müssen ja nicht jeden Tag sprechen.

Obwohl ich ihn jetzt bereits vermisse.

Das Joggen pustet meinen Kopf frei und vertreibt ein wenig meine Bedenken. Schweigend renne ich mit Mila durch den Park. Obwohl ich liebend gerne mit ihr über Aleks reden möchte, erwähne ich ihn trotzdem mit keinem Wort, ich weiß selbst nicht genau, wieso.

Später ackere ich meine Akten durch und bereite mich akribisch auf die nächste Woche vor. Heute bin ich nicht unkonzentriert, sondern beflügelt. Plötzlich fällt mir eine super Strategie für einen Mandanten ein und sofort schreibe ich ihm eine Mail und bitte ihn um einen Termin für nächste Woche.

Am Sonntag telefonieren wir wieder mehrere Stunden. Diesmal verabreden wir uns direkt für morgen.

Vielleicht, ja vielleicht geht es ihm auch so, denke ich, als ich mit Herzklopfen schlafen gehe. Vielleicht vermisst er mich auch und will mich schnellstmöglich wiedersehen, zumindest hoffe ich das.

Uff, wann genau bin ich eigentlich zu einer dieser Frauen geworden, die sich einem Mann dermaßen an den Hals schmeißt! Ich kann nur den Kopf über mich selbst schütteln.

***

Irgendwann am Montagnachmittag beschließe ich, nach der Arbeit noch etwas einkaufen zu gehen. Doch nachdenklich stehe ich im Supermarkt und überlege, was ich einkaufen könnte, vielleicht sollte ich diesmal kochen. Die Frage wäre nur: Was?

Ob ich auch etwas zum Frühstück einkaufe? Falls ja, braucht Aleks bestimmt mehr als Müsli und Kaffee morgens.

Mmh, ob Aleks heute überhaupt wieder über Nacht bleiben wird? Irgendwie ist das alles bereits so nah zwischen uns, aber es fühlt sich so ungemein gut an. Ich wusste gar nicht, wie einsam ich bin, bis ich Aleks getroffen habe. Eigentlich dachte ich immer, ich bräuchte niemanden an meiner Seite, doch mit Aleks scheint das anders zu sein.

Also kaufe ich vielleicht doch etwas zum Frühstück ein, nur für alle Fälle und werfe Toastbrot, Marmelade und Butter in meinen Korb. Was mache ich zum Abendessen? Ich schnappe mir einen Salatkopf. Ob er Fleisch isst? Schnell schmeiße ich noch etwas Putenbrustfilet in meinen Einkaufswagen.

Für mich koche ich nie, das lohnt den Aufwand nicht und ich will auch keine großen Mahlzeiten essen. Wenn ich mit Mandanten essen gehe, esse ich nur einen kleinen Salat, um besser Konversation machen zu können. Manchmal kaufe ich mir für abends einen fertigen Salat, esse aber höchstens die Hälfte davon, um nicht zu viele Kalorien zu mir zu nehmen. An manchen Tagen esse ich nur etwas Müsli über den Tag verteilt und trinke viel Wasser dazu, einfach, um mein Gewicht zu halten. Wahrscheinlich habe ich nur durch diesen Einkauf bereits zugenommen.

Seufzend wanke ich mit den schweren Tüten nach Hause.
Leider habe ich dann keine Zeit mehr, um ins Fitnessstudio zu gehen.
Ich rufe Mila an und sage ihr, dass es mir nicht gutgeht. Ihre Besorgnis
ist deutlich hörbar, aber sie bohrt nicht nach.

Das geht alles viel zu schnell mit uns beiden, denke ich wieder bei
mir, als ich anfange, den Salat vorzubereiten. Dabei ignoriere ich
diesmal das Kribbeln in meinem Bauch.

Um punkt acht Uhr klingelt es. Aleks steht in der Tür, wieder
bewaffnet mit zwei Tüten.

„Ich habe eingekauft", sagen wir gleichzeitig und lachen los.

Also kochen wir diesmal zusammen. Aus dem Salat machen wir eine
kleine Vorspeise, aus dem Putenbrustfilet zaubert Aleks einen Rahm
aus Spinat, Knoblauch und Pilzen. Dazu gibt es Reis.

„Oh man, wenn das so weitergeht, werde ich bald eine Tonne
wiegen!"

„Ach was. Bestimmt trainieren wir das heute Nacht wieder ab", sagt
Aleks und lächelt mich verschmitzt an.

6. BEZIEHUNGSDEFIZITE

Seit diesem Montag hat Aleks jede Nacht bei mir geschlafen. Irgendwie waren wir es leid, zu telefonieren und uns zu verabreden. Irgendwie möchten wir nicht mehr so lange getrennt sein. Superkitschig, ich weiß!

Allmählich höre ich auch auf, darüber nachzudenken, sondern versuche, es einfach zu genießen. Mit mäßigem Erfolg, weil ich einfach ein Kopfmensch bin.

Mila habe ich immer noch nichts von Aleks erzählt. Nicht, weil es mir unangenehm wäre, sondern einfach, weil ich nicht weiß, wie ich es benennen soll. Haben wir bereits eine Beziehung oder haben wir eine Affäre? Meine Gefühle fahren Achterbahn und dieses Gefühl kann ich so gar nicht einordnen.

***

Doch zwei Wochen später, Anfang Dezember, nehme ich mir vor, es endlich Mila zu erzählen. Ich nutze dafür die Gelegenheit, sie endlich dazu zu überreden, mit mir einkaufen zu gehen und wenigstens ein paar neue Klamotten zu kaufen. Ihre alten Sachen sind alle viel zu weit und stehen ihr auch nicht mehr. Dabei habe ich ihr dann beiläufig von Aleks erzählt. Die Überraschung war ihr anzusehen, ich kann es ihr nicht verdenken, denn für mich ist es auch immer noch unbegreiflich.

Seit zwei Wochen ist Aleks in meinem Leben und irgendwie kann ich es mir ohne ihn gar nicht mehr vorstellen. Das ist unheimlich, weil es mir gar nicht ähnlich sieht und gleichzeitig ist es so aufregend und wahnsinnig schön, dass ich mich zum ersten Mal in meinem Leben einfach nur fallenlassen will. In Aleks Arme.

***

Leise seufze ich vor mich. Wo soll denn das noch enden, frage ich mich verwirrt, als ich den Abendbrottisch decke, nachdem ich mit Mila shoppen war. Seit Aleks hier schläft, fordert er mindestens eine gemeinsame Mahlzeit pro Tag ein. Da er teilweise zu den verrücktesten Zeiten unterwegs ist, variieren wir das zwischen Frühstück, Mittagessen (am Wochenende), Abendbrot oder Mitternachtssnack. Bei dem Mitternachtssnack passe ich dann doch lieber, vernasche aber recht gerne Aleks hinterher.

„Ich habe Mila heute von dir erzählt."

„Aha. Gibst du mir bitte das Salz?" Verwirrt schaue ich ihn an.

„Interessiert dich gar nicht, was sie dazu gesagt hat?"

„Ok. Was hat sie gesagt?"

„Sie war völlig perplex!"

„Das verstehe ich nicht. Oder bin ich der erste, der bei dir übernachtet?" Stirnrunzelnd blickt mich Aleks an und beißt in eine Tomate dabei.

„Äh, Irgendwie schon."

„Irgendwie…was? Ich war doch nicht etwa dein Erster…" Aleks verschluckt sich beinah an der Tomate.

„Nein, warst du nicht. Bist du jetzt enttäuscht?"

„Quatsch, ich habe doch keinen Jungfrauenfetisch. Und du hast dich auch nicht danach angefühlt, allerdings habe ich auch keine Erfahrung damit."

„Nicht?" Spöttisch schaue ich Aleks an. Unser Gespräch ist seltsam, trotzdem genieße ich es.

„Zumindest nicht, dass ich davon wüsste." Mit hochgezogenen Augenbrauen schaut er mich an.

„Du bist nicht mein erster *Sexualpartner*", sage ich und betone dabei jede Silbe. „Allerdings habe ich die letzten Jahre keine wirklich ernsthafte Beziehung geführt bzw. übernachtet hat nie jemand bei mir. Meistens haben wir uns in Hotels getroffen."

„Ist doch ok, Hauptsache, du hattest deinen Spaß", sagt er achselzuckend und beginnt, den Tisch abzuräumen.

„Mit Spaß hatte das allerdings selten zu tun." Das entschlüpft mir einfach, bevor es mir auch nur unangenehm werden kann.

„Du machst mich wirklich neugierig, Maya."

Mittlerweile hat er abgewaschen und ich trockne das Geschirr ab. Das ist so unsere Routine nach dem Essen und irgendwie finde ich es gar nicht so schrecklich, auch wenn es stark etwas von einem alten Ehepaar hat.

„Also?", fragt er herausfordernd, als wir uns gemeinsam ins Bett kuscheln.

„Was, also?"

„Na, was ist das mit dir und den Beziehungen? Wieso hattest du keine vor mir?" Mein Herz fängt an zu rasen und ich setze mich auf.

„Wir haben also eine Beziehung?"

„Natürlich haben wir eine Beziehung. Wir reden doch schließlich miteinander und ich schlafe jede Nacht hier. Mit Mila hast du auch eine Beziehung, würde ich sagen." Er zwinkert mir zu, aber ich starre ihn einfach nur verblüfft an.

„Heißt das, wir sind zusammen?" Aleks verdreht die Augen.

„Soll ich dich etwa fragen, ob wir miteinander gehen wollen?"

„Na ja, wir kennen uns doch kaum."

„Das macht doch nichts, wir lernen uns doch gerade kennen. Zum Beispiel reden wir gerade über *deine* Beziehungen."

„Ok."

„Also?"

„Was also?"

„Maya, das wird langweilig. Willst du es mir nun erzählen oder sollen wir zum gemütlichen Teil des Abends übergehen?" Mit diesen Worten nestelt er an meinem Nachthemdträger rum und mir wird heiß und kalt.

„Ich hatte eigentlich nur Affären", sage ich nachdenklich, weil mir das bis jetzt noch nie unangenehm war, vor allem, weil ich bis jetzt nie darüber mit jemandem gesprochen habe. Aber jetzt wirke ich irgendwie so, als ob ich Bindungsängste hätte. Hab ich wahrscheinlich auch.

„Wieso ist nie etwas Ernsthaftes daraus geworden?"

„Weil die letzten drei alle verheiratet waren, und davor war ich zu jung dafür, fand ich."

„Wolltest du das so oder hat sich das einfach nur so ergeben?" Selbst im Dunkeln spüre ich sein Stirnrunzeln und werde unsicher.

„Es hat sich irgendwie so ergeben, aber vielleicht wollte ich das auch so. Damit war die Frage, ob die Beziehung ernsthafter werden sollte, von vornherein ausgeschlossen." Das ganze Gespräch ist mir mehr als unangenehm. Ob er mich jetzt für eine Schlampe hält? Oder für beziehungsgestört?

„Dagegen ist doch nichts einzuwenden. Wenn es dich glücklich gemacht hat, ist das doch ok", sagt er zu meiner Überraschung.

„Meinst du das ernst?"

„Natürlich meine ich das so. Schließlich hast Du doch niemanden betrogen."

„Na ja, aber mit dem Mann einer anderen zu schlafen, mit der er Kinder hat und verheiratet ist, ist auch keine Glanzleistung."

„Aber das war doch ganz allein die Entscheidung des Mannes. Wie gesagt: Du hast niemanden betrogen", sagt Aleks bestimmt. „Hast du ihn denn gefragt, ob er seine Familie für dich verlässt?"

„Natürlich nicht. Vielleicht habe ich es auch genossen. Immerhin gab es keine Streitereien über einen leeren Kühlschrank oder darüber, wer den Müll rausbringt." Verlegen wende ich mich ab.

„Hey", sagt Aleks sanft und schmiegt sein Gesicht an meine Wange. „Den Müll kann ich raustragen, einkaufen gehen wir zusammen. Und ich erwähnte ja bereits, dass *du* bei mir immer an erster Stelle stehen wirst, also, wenn du das willst." Letzteres kommt etwas heiser und irgendwie schüchtern raus, trotzdem fühlt es sich warm und zärtlich an und ich küsse Aleks sanft.

7. LEBENSENTSCHEIDUNG

Am nächsten Morgen ist mir irgendwie leicht flau im Magen, aber das könnte auch an gestern liegen. Wahrscheinlich habe ich zu viel gegessen.

„Musst du heute auch so früh los?", frage ich verschlafen.

„Nein, heute nicht. Gehst du gleich joggen?"

„Ja, aber danach habe ich Zeit. Ich habe gestern sehr viel geschafft."

Verschlafen ziehe ich mich an und laufe zur Bahn. Das Joggen kommt mir heute anstrengender vor, aber ich halte durch.

„Kommst du heute Mittag ins Fitnessstudio?", fragt Mila. Das Gespräch hat was von einer verkehrten Welt für mich. Noch vor wenigen Wochen hätte ich das gefragt, doch heute bin ich einfach nur zu erschöpft.

„Ich gehe erst später", weiche ich aus. Mila fragt zum Glück nicht weiter.

Zuhause hat Aleks bereits Frühstück hingestellt. Brot und Obst stehen auf dem Tisch, es riecht nach frischem Kaffee.

„Wie war das Joggen?"

„Ich bin ziemlich fertig", stöhne ich.

„Hat dich der viele Sex verausgabt?"

„Vielleicht?", grinse ich ihn an.

Der Tag zieht sich hin, ich bin einfach nur wahnsinnig müde.

Abends sitzen wir beim Abendessen. Irgendwie esse ich wahnsinnig viel, seitdem ich Aleks kenne, habe aber auch seit kurzem andauernd Hunger, den ich einfach nicht unterdrücken kann. Das Flaue in meinem Magen ist auch noch nicht verschwunden. Und meine Periode ist…verdammt. Schnell checke ich meinen Kalender in meinem Handy.

„Ich glaube, ich bin schwanger!" Entsetzt schaue ich Aleks an.

„Bist du sicher?" Komisch, seine Stimme klingt gar nicht hysterisch.

„Nein, aber ich bin überfällig."

„Seit wann?"

„Seit drei Tagen."

„Vielleicht solltest du erstmal zum Arzt gehen." Immer noch höre ich keine Hysterie oder Ärger in seiner Stimme. Er mustert mich eher etwas besorgt.

„Bist du gar nicht sauer?" Verwundert schaue ich in Aleks ruhiges Gesicht.

„Wieso sollte ich?"

„Keine Ahnung. Vielleicht, weil du glaubst, dass ich es darauf angelegt habe."

„Hast du es denn darauf angelegt?" Amüsiert schaut er mich direkt an und ich werde verlegen.

„Natürlich nicht! Ich will kein Baby. Ich wollte nie Kinder haben!" Das ist so heftig rausgekommen, dass ich sehe, wie Aleks zusammenzuckt.

„Nun warten wir erstmal ab. Dann kannst du dich immer noch entscheiden." Seine plötzlich kühle, ernste Stimme lässt mich aufhorchen.

„Da gibt es überhaupt nichts zu entscheiden!"

„Nicht?", fragt Aleks irritiert.

„Natürlich nicht. Was denkst du denn von mir?" Tränen schießen mir in die Augen. Als ob ich jemals an so etwas denken könnte.

„Hey", sagt Aleks überrascht, kommt zu mir rüber und nimmt mich in die Arme. „Tut mir leid. Weißt du, wir sind ja noch nicht so lange zusammen. Wir haben noch nicht über solche Dinge gesprochen." Zusammen. Immer noch klingt dieses Wort fremd für mich.

„Tut mir auch leid, ich bin normalerweise nicht so nah am Wasser gebaut."

„Warten wir doch erstmal ab, noch steht es doch nicht fest." Dieser vernünftige Ton regt mich zwar auf, gibt mir aber auch Sicherheit. „Vielleicht könntest du mir einen Test besorgen." Aleks nickt. „Das mache ich, mein Schatz." Seine Worte hallen in mir nach. Tatsächlich macht er sich sofort auf und nur eine halbe Stunde später kommt er mit einem Schwangerschaftstest wieder. Zitternd nehme ich die Packung in die Hand und verschwinde ins Badezimmer.

„Alles ok bei dir?"

„Maya?"

„Ich komme jetzt rein, Maya!" Aleks reißt die Tür auf. Ich habe gar nicht gemerkt, dass ich nicht abgeschlossen habe.

„Maya, ist alles in Ordnung?" Sein Blick fällt auf den Schwangerschaftstest in meiner Hand.

„Maya. Egal wie das Ergebnis ausfällt, ich bin für dich da!"

„Danke Aleks", sage ich zitternd, „Danke, dass du für uns da sein wirst." Und dann fange ich an zu weinen.

Aleks nimmt mich in den Arm und streichelt mir den Rücken. Als mein Zittern weniger wird, nimmt er mein Gesicht in seine Hände und küsst mich zärtlich. Nur zu gerne lasse ich mich von ihm küssen, es ist, als ob er alle meine Bedenken weg küsst und ich entspanne mich etwas. Zum Glück bin ich nicht von Mr. 'Ich habe Bindungsangst und möchte daher meine Frau und Kinder nicht verlassen' schwanger geworden. Und nach wie vor bin ich von Aleks Charakter einfach nur fasziniert, weil er so völlig anders ist als die anderen Männer, die ich kennengelernt habe. Ob Milas Exfreund Egon das getan hat, könnte ich gar nicht mit Bestimmtheit sagen, wir haben nie viel über ihn geredet, wahrscheinlich, weil ich auch nie über meine Beziehungen gesprochen habe. Oh Gott, was wird Mila sagen und was wird sie von mir denken?

„Ach, ihr kennt euch doch schon so lange! Sprich doch ganz normal mit ihr darüber", rät mir Aleks als ich vom Arzt wiederkomme. Jetzt ist es offiziell: Ich bin schwanger!

Aleks hat sich verzückt das Ultraschallbild angeschaut. Mir fällt einfach kein besseres Wort ein als „verzückt", ich glaube seine Augen haben sogar geleuchtet.

„Also erkennen tue ich da nichts, aber was hat der Arzt gesagt?"

„Es ist noch sehr früh, vielleicht die dritte Woche. Es kann jetzt auch noch alles passieren", sage ich vorsichtig, vor allem, weil mich seine Euphorie irritiert.

„Dann muss ich jetzt wohl sehr vorsichtig mit dir sein", sagt er zärtlich und küsst mich. Schmetterlinge flattern in meinem Bauch oder ist das bereits das Baby? Wärme durchflutet mich bei seinen Berührungen.

Das Ganze ist doch unglaublich! Seit vier Wochen kennen wir uns gerade mal und jetzt bin ich schwanger. Von einem Klempner! Allerdings ein gar nicht mal so armer Klempner. Nachdem er mir seine Bücher gezeigt hat, ich sie einmal durchstrukturiert habe, jede Menge Mahnungen rausgeschickt habe, sind gleich mehrere tausend Euro reingekommen. Ja, Mathe war einfach nicht so sein Ding, hat er gemeint. Das war mehr als deutlich, als ich seine Bücher geprüft habe.

„Wie kann es sein, dass du mehr Geld verdienst als dein Vater?", habe ich ihn danach gefragt.

„Ich glaube, mein Vater war noch schlechter darin, Rechnungen auszustellen."

„Aber wovon habt ihr dann gelebt?"

„Meine Mutter war Krankenschwester, dadurch kam zumindest ein festes Gehalt rein. Meine Schwestern sind ein paar Jahre älter als ich, dadurch hatten sie später nur noch ein Kind zuhause."

„Sind deine Schwestern denn so früh ausgezogen?"

„Ja, erst ins Schwesternwohnheim, dann haben sie geheiratet."

„Deine beiden Schwestern sind bereits verheiratet?"

„So früh war das gar nicht. Meine ältere Schwester hat mit 24 geheiratet und meine jüngere mit 21. Für meine Familie ist das nicht früh. Meine Eltern haben, glaube ich, mit 18 geheiratet."

„Uff, ich kann mir das gar nicht vorstellen. Und du bist wohl völlig aus der Art geschlagen!" Belustigt hatte ich ihn dabei angeschaut.

„Och, wenn man die Richtige findet, dann muss man auch zuschlagen und ich habe anscheinend die Richtige noch nicht gefunden, zumindest bis jetzt." Seine Worte hatten mich verlegen gemacht. Aleks durchdringender Blick machte mich nervös und ich hatte nichts darauf erwidern können. Stattdessen war ich ein wenig auf meine Seite des Bettes abgerückt.

„Vielleicht können wir einfach…?"

„Kuscheln?" Mit diesen Worten war Aleks näher an mich herangerückt und ich ließ es zu.

„Ja." Und dann haben wir tatsächlich gekuschelt und es hat sich wunderbar angefühlt.

Ich glaube, Kuscheln war noch nie etwas, was ich gebraucht habe, aber es ist genau das, was ich im Moment brauche und Aleks gibt es mir ohne Wenn und Aber.

Wie harmonisch wir sind, obwohl wir uns erst seit wenigen Wochen kennen. Das ist beängstigend und wunderschön zugleich.

***

Mila war allerdings erst sehr zurückhaltend als ich ihr von der Schwangerschaft erzählt habe. Das lag aber daran, im Nachhinein betrachtet, weil ich selbst so unsicher bin und Mila einfach nicht wusste, ob ich mich darüber freue. Nach wie vor wusste ich ja selbst nicht so genau, was ich von der Situation halten sollte.

Doch dann konnte sie irgendwann nicht mehr an sich halten und ich war ihr unglaublich dankbar für diese Reaktion! Ihre Freude hat mir ganz deutlich gezeigt, dass ich mich freuen darf, was merkwürdig klingt, aber bis jetzt habe ich versucht, meine Emotionen zu unterdrücken, weil ich das bis jetzt immer so gemacht habe. Zum Schluss haben wir uns beide umarmt und gequietscht. Doch, es ist wirklich so, ob jetzt wegen Milas Zuspruch oder wegen der Schwangerschaftshormone oder beidem: Mittlerweile freue ich mich auf mein Baby und besonders darüber, dass Aleks sein Vater werden wird.

Bei all diesen Veränderungen schwirrt allerdings mein Kopf, ich habe selten Zeit, durchzuatmen. Dabei ist mir auch noch permanent schlecht und ich habe ständig Hunger.

Den Hunger habe ich zuerst als furchtbar empfunden, denn die Angst davor, dick zu werden, ist einfach tief in mir verwurzelt. Seit meinem zehnten Lebensjahr achte ich darauf, was ich esse und wieviel ich wiege, so etwas kann ich nicht einfach ablegen. Doch Aleks lässt, was das Essen betrifft, nicht mit sich reden, sondern packt mir meine

Tasche einfach mit Obst und Broten voll. Abends kocht er uns etwas bzw. wenn er bei einem Kunden ist, steht etwas zu Essen auf dem Tisch, das ich nur noch warm zu machen brauche und dass ich tatsächlich auch esse, wenn es schon mal da ist.

Aleks und ich sprechen ganz offen über meine Angst, richtig fett zu werden. Diese offenen Gespräche sind etwas völlig Neues für mich, tun mir aber gut und nehmen mir viel von meinem inneren Druck, von dem mir nie klar war, dass er da ist.

„Ich werde nie wieder in meine Klamotten passen!" Stöhnend blicke ich meine runden Hüften im Spiegel an.

„Du könntest dir neue kaufen." Dabei streichelt er meinen Bauch ganz sanft und ich bekomme sofort eine Gänsehaut.

„Du hast leicht reden", knurre ich ihn an.

„Wieso? Du weißt schließlich, was los ist. Ich stehe nur daneben und muss zuschauen."

„Ich weiß überhaupt nicht, was los ist. Und bis jetzt spüre ich außer Übelkeit auch noch nichts von dem Baby. Aber die vielen Kilos, die spüre ich. Meine Sachen fangen schon an zu spannen." Wieder drehe und wende ich mich hin und her. Ruhig blickt mir Aleks im Spiegel entgegen.

„Konzentrier dich doch erstmal auf die Schwangerschaft, Maya. Eine Diät kannst du hinterher machen, wenn überhaupt. War deine Mutter denn übergewichtig?" Widerwillig muss ich grinsen.

„Du meinst dick? Um Gotteswillen, das hätte sie niemals zugelassen! Und bei mir auch nicht. Mein Bruder durfte immer Nachtisch essen. Ich hätte wohl welchen nehmen dürfen, aber immer hat sie, wenn es so weit war, gesagt ‚Der Geschmack vergeht schnell, aber mit dem Kilo mehr hast du noch lange zu kämpfen, besonders, wenn dein Lieblingskleid zu eng ist oder der Junge, den du magst, nichts von dir wissen will'. Tja, da habe ich dann doch lieber verzichtet." Meine Worte sollten leicht klingen, doch ich merke selbst, wie verbittert ich mich anhöre.

„Klingt nicht so nett. Ich habe meine Mutter nie so reden gehört. Ich hoffe, sie hat meinen Schwestern nie so etwas gesagt. Die beiden sehen völlig normal aus, soweit ich das beurteilen kann. Allerdings bin ich natürlich etwas jünger als sie und weiß daher nicht, ob meine Mutter ihnen früher so etwas eingeredet hat. Heute glaube ich allerdings nicht, dass sie viel von Diäten halten."

„Ich fühle mich jetzt schon fett, wie soll das nur werden", seufze ich. „Vielleicht sprichst du einfach mal mit meinen Schwestern darüber? Immerhin haben die beiden zusammen bereits fünf Kinder bekommen, vielleicht haben sie ein paar Tipps für dich." Ich nicke, doch dann werde ich stutzig. Eigenartig, wie persönlich unsere Beziehung bereits ist, dass mir Aleks vorschlägt, mit seiner Familie zu reden.

„Du willst mich deiner Familie vorstellen?"

„Ist das so merkwürdig?"

„Ist das nicht ein bisschen…mmh…früh?"

„Wie lange möchtest du denn damit warten?" Aleks sieht mich mit einer Mischung aus überrascht und amüsiert an. Sofort werde ich verlegen, ich sollte das wirklich abstellen. Ich bin das nicht gewöhnt, dass jemand diese Wirkung auf mich hat.

„Wir kennen uns doch noch gar nicht so lange. Ist das nur, weil ich schwanger bin?" Mein Herz pocht bei dieser Frage, bei der ich mir nicht sicher bin, ob ich die Antwort hören will. Aleks schaut mich prüfend an.

„Ich möchte dich einfach meiner Familie vorstellen, Maya. Ich habe dich nämlich sehr gern." Mein Herz flattert bei diesen Worten und dann läuft ein Sturzbach über mein Gesicht.

„Entschuldige", stammele ich.

„Muss es nicht", sagt er leise und drückt mich an sich.

Ich fühle mich so geborgen in seinen Armen, die so stark sind, dass sie mich immer noch, jetzt bereits fünf Kilo schwerer, problemlos tragen können.

8. DOPPELT UNERWARTET

„Ich fahre jetzt zur Ärztin."

„Soll ich mitkommen?"

„Wenn du willst", sage ich vorsichtig.

„Ja, will ich."

„Guten Tag, Frau Winkler. Ach, wie schön, Ihr Mann ist ja heute mitgekommen."

Ich lasse das mal so stehen und auch Aleks sagt nichts dazu, sondern lächelt die Arzthelferin einfach nur freundlich an, die auch sofort dahin zu schmelzen scheint.

Nach einer halben Stunde bin ich dran und wir gehen ins Untersuchungszimmer.

„Guten Tag, Frau Winkler. Wie geht es Ihnen? Schön, dass Ihr Mann heute mitgekommen ist. Dann wollen wir mal".

Vorsichtig steckt sie das Instrument in mich, dann plötzlich ertönt ein lautes Pochen.

„So, das ist das Herz. Es schlägt kräftig. Und wenn Sie mal hier schauen, hier ist die Fruchtblase. Und dort... einen Augenblick... oh, das ist beim letzten Mal noch gar nicht aufgefallen."

„Was ist es, stimmt etwas nicht?", frage ich alarmiert. In dem Wirrwarr kann ich gar nichts erkennen.

„Nun ja, wie man es nimmt", schmunzelt die Ärztin. „Hier sehen wir ein Baby, doch daneben ist noch ein weiteres. Beim letzten Mal war alles noch sehr diffus, doch heute besteht kein Zweifel: Sie bekommen Zwillinge."

Als wir wieder zuhause sind, bin ich immer noch völlig benommen. „Zwillinge", sage ich wieder und wieder und bin immer noch völlig entgeistert. Beruhigend tätschelt Aleks mir die Hand, jedoch ohne Wirkung.

„Sag doch etwas", bitte ich ihn irgendwann.

„Es ist wie es ist", sagt er nur ruhig. Auch wenn ich seine ruhige Art äußerst angenehm finde, bringt sie mich heute einfach nur auf die Palme.

„Aber wie fühlst du dich dabei?" Ich schreie beinah, weil er immer noch so ruhig ist und mich das wahnsinnig macht.

„Keine Ahnung. Wie fühlst du dich dabei?"

„Völlig aufgelöst!", brülle ich ihn an. „Meine Wohnung ist schon für drei Personen zu klein und jetzt werden wir zu viert sein!" Zu viert, denke ich verwirrt, dabei kann ich mir zu zweit kaum vorstellen.

„Du willst also mit mir zusammenleben?", fragt Aleks leise.

„Ja natürlich, äh, denke ich, wieso nicht. Willst du das etwa nicht?"

„Ich kann mir nichts Schöneres vorstellen", sagt Aleks und nimmt mich in den Arm.

„Wer bist du und wo hast du mein ganzes Leben gesteckt?", schluchze ich in seinen Arm und er streichelt mich die ganze Zeit, bis ich aufhöre zu zittern.

„Ok, wir brauchen einen Plan!", verkünde ich, nachdem ich mich etwas gefasst habe.

„Was für einen Plan?" Verwirrt schaut mich Aleks an.

„Also in 9 Monaten werden die Babys geboren werden."

„Wahrscheinlich schon eher meinte die Ärztin", gibt Aleks zu bedenken und schmunzelt mich an, als ob er sich über mich lustig macht.

„Machst du dich etwa über mich lustig?", frage ich empört.

„Natürlich nicht, aber welche Art von Plan schwebt dir vor, Maya?"

„Ich habe keine Ahnung. Ich muss doch irgendetwas tun können!"

„Also, ich wüsste da schon etwas", sagt Aleks und knabbert an meinem Ohr. „Wann musst du in die Kanzlei?"

„Mist, die Kanzlei. Ich muss sofort los!" Hektisch packe ich meine Tasche und stürze fort.

Aleks lasse ich einfach in meiner Wohnung stehen.

***

Abends komme ich nach Hause, doch Aleks ist nicht da. Mittlerweile hat er sogar einen Schlüssel zu meiner Wohnung. Auch so etwas Neues und Merkwürdiges für mich, denn damit kann er jederzeit in meine Wohnung und das konnte bis jetzt noch nie jemand.

Es war sogar meine Idee, nachdem er eine ganze Zeit lang vor meiner Tür gestanden hatte und ich in der Kanzlei aufgehalten wurde und erst später kam. Für mich war es ein großer Schritt, für Aleks allerdings war es keine Erwähnung wert, also habe ich versucht, es nicht zu wichtig zu nehmen. Aber wieso ist er dann jetzt nicht da?

Ob ich ihn in die Flucht getrieben habe? Oder vielleicht hat er auch nachgedacht und ist zu dem Schluss gekommen, dass er das Ganze doch nicht will. Was mache ich dann?

Dann bist du alleinerziehend mit Zwillingen, antwortet meine innere Stimme und wieder laufen mir die Tränen runter. Diese Emotionalität ist wirklich furchtbar. Heulen bringt mich doch schließlich nicht weiter! Dieses Mantra habe ich mir immer wieder eingeredet, in jeder Situation, auch wenn sie ausweglos erschien. Die ständigen Befummelungen meines Vaters, gegen die ich mich nicht habe wehren können und worüber ich nicht einmal mit Mila jemals gesprochen habe, weil es mir viel zu peinlich war. Hart sein, keine Emotionen zeigen, das war immer meine Devise und jetzt bin ich plötzlich ein weinerliches Wrack!

Irgendwann schaue ich auf die Uhr, es ist bereits elf Uhr abends, von Aleks keine Spur. In der Küche lag kein Zettel.

Im Schlafzimmer ziehe ich mich aus und betrachte mich im Spiegel. Über fünf Kilo habe ich bereits zugenommen. Seufzend stelle ich mich zur Seite und beobachte mein Profil. Sanft berühre ich meinen Bauch, eine ganz leichte Wölbung ist bereits da, könnte allerdings auch Fett sein. Dann höre ich, wie Aleks die Tür aufschließt und zucke zusammen. Ohne weiter nachzudenken, laufe ich auf ihn zu.

„Oh Hallo!", sagt Aleks erfreut und küsst mich. „Das ist ja mal eine Begrüßung!"

„Da bist du ja", sage ich erleichtert und fange wieder an zu weinen.

„Ist alles in Ordnung?", fragt er bestürzt.

Ich nicke. „Ja. Ich dachte, du wärst fort! Es lag gar kein Zettel in der Küche!"

„Wie kommst du denn darauf? Wieso sollte ich denn fort sein. Da ich sowieso jede Nacht hier bin, habe ich aufgehört, Zettel zu schreiben. Aber wenn du willst, mache ich es wieder."

„Ja, ich finde es… nett." Bei Aleks bin ich irgendwie unbeholfen, hoffentlich wirkt sich das nicht auf meine Arbeit aus!

„Dann mache ich das, mein Schatz", sagt er zärtlich, küsst mich sanft und verschwindet im Bad, um nur zehn Minuten später nackt und wohlriechend im Schlafzimmer zu erscheinen. Ich starre immer noch mein dickes Ebenbild im Spiegel an.

Aleks stellt sich hinter mich, ich kann sehen, wie seine Mitte sich regt, als er sich an meinen Po drückt. Ich erschauere.

„Findest du, dass ich fett aussehe?", frage ich leise. Aleks grinst, dann dreht er mich zu sich.

„Du siehst einfach nur wunderschön aus und ich kann es kaum erwarten, bis dein Bauch kugelrund ist."

„Verdammt, kugelrund!", rufe ich entsetzt.

„Ja genau, kugelrund", grinst er und fängt an, vorsichtig meinen Bauch zu streicheln, eine angenehme Wärme durchflutet mich dabei.

Plötzlich lässt er mich los und läuft zu einer kleinen Tüte, aus der er eine dunkle Flasche zieht.

„Während einer Schwangerschaft soll man ja den Bauch oft mit Öl einmassieren", sagt er, als ob man das wissen müsste.

„Äh, ist das so?"

„Natürlich. Das beugt gegen Schwangerschaftsstreifen vor", erklärt er ernst und träufelt bereits etliche Tropfen auf seine Hände und verreibt sie.

„Also, das hat noch nie ein Mann für mich gemacht." Entsetzt schaut mich Aleks an.

„Wie jetzt? Dich hat bis jetzt noch nie ein Mann massiert? Was hattest du denn für Bekanntschaften!"

„Keine Ahnung. Ziemliche Egoisten halt, die sich bei mir ihre Selbstbestätigung abgeholt haben."

„Und was hast du dafür bekommen?" Mit diesen Worten beginnt er, meinen Bauch sanft einzuölen. Mir wird ganz warm überall.

„Tja, gute Frage. Ich würde ja sagen, Befriedigung, aber irgendwie trifft es das nicht." Aleks grinst mir im Spiegel entgegen und beginnt jetzt, meine verspannten Schultern einzureiben. Das tut so gut!

„Guck nicht so arrogant. Ja, ich habe gerne Sex mit dir!"

„Das muss dir doch jetzt nicht peinlich sein. Ich schlafe auch gerne mir dir", raunzt er in mein Ohr.

Ich drehe mich zu ihm und wir drücken unsere Köper zusammen. Ich öle Aleks mit meinem Körper ein und wir schmusen und streicheln uns überall.

Irgendwie kann ich mich nicht daran erinnern, einem Mann jemals so nah gekommen zu sein. Und ich könnte auch gar nicht sagen, wer wen nicht an sich hat herankommen lassen. Ich habe auch nie viel preisgegeben in meinen Beziehungen und die Männer ohnehin nicht. Für mich persönlich war das ok und trotzdem ist es mir bei meiner Freundin Mila ungewöhnlich erschienen, dass sie so wenig von Egon gewusst hat. Vielleicht, weil ich dann doch finde, dass eine *richtige* Beziehung auf Vertrauen basiert und das heißt eben, dass man etwas über sich erzählt.

9. LOFT ODER LIEBE

„Ich denke, die Wohnung ist zu klein für uns."

„Äh, was meinst du damit?" Überrascht blicke ich in Aleks Richtung.

„Wir werden bald zu viert sein", erinnert er mich.

„Ich weiß. Aber hat das nicht noch Zeit?" Irgendwie bin ich irritiert. Die vielen Veränderungen schaffen mich einfach. Und nach wie vor bin ich unsicher, was Aleks und ich miteinander haben. Ok, das klingt vielleicht blöd, jetzt wo er schon seit fünf Wochen bei mir ein und ausgeht, aber was, wenn er, spätestens, wenn die Zwillinge da sind, das Weite sucht?

„Maya? Erde an Maya", grinst er und zieht mich an seine starke Brust.

„Das geht alles so schnell. Was, wenn du eines Tages feststellst, dass du das alles doch nicht willst?" Ich flüstere meine Worte, denn ich habe Angst, meine Gedanken laut auszusprechen. Und noch mehr habe ich Angst davor, welche Antworten ich darauf bekomme.

„Es gibt keine Garantie, Maya", sagt Aleks ernst. „Wir kennen uns seit einem Monat und es sind Zwillinge unterwegs. Und auch, wenn es natürlich erstmal seltsam für mich war, bin ich doch froh darüber, dass es mit dir passiert ist und nicht mit einer Frau, die mir nichts bedeutet." Ich blicke in Aleks Augen, Wärme durchflutet mich und ich fange an zu weinen, wie so oft in letzter Zeit.

„Für dich war es auch seltsam?", schluchze ich. Verlegen räuspert sich Aleks.

„Nun ja. Ich habe mich natürlich zusammengerissen, ich wollte dich nicht zusätzlich beunruhigen."

„Ehrlich gestanden bin ich jetzt viel erleichterter. Ich habe gedacht, ich bin eine Furie, das denke ich immer noch. Dass du auch Ängste hast, beruhigt mich irgendwie."

„Es tut mir leid. Ja, erstmal musste ich schlucken, als du meintest, dass du schwanger bist. Und ja, ich habe das auch erstmal nicht ernstgenommen. Aber als du vom Arzt wiederkamst, war es plötzlich real. Ich wollte dir nicht das Gefühl geben, dass ich euch nicht will. Ich will euch in meinem Leben, aber für mich war das genau so überraschend wie für dich, Maya!" Ich spüre Erleichterung in mir.

„Ich bin so froh, dass du das sagst, Aleks." Und wieder rinnt ein Sturzbach meine Wangen herunter. Hoffentlich hört das nach der Schwangerschaft sofort wieder auf!

„Alles gut. Also, was machen wir mit unserer Wohnsituation?", wiederholt Aleks und drückt mich.

„Du machst dir Gedanken und ich bin nur ein heulendes Wrack!"

„Das legt sich bestimmt bald wieder, spätestens, wenn die Zwillinge etwas ausgefressen haben." Bei dem Gedanken versuche ich zu lächeln, was mir aber nicht gelingt.

„Ich liebe diese Wohnung, sie ist doch noch gar nicht abbezahlt!" Und wieder öffne ich die Schleusen. Lächelnd zieht mich Aleks zur Couch rüber.

„Natürlich können wir erstmal hier wohnen bleiben. Aber es gibt nur ein Schlafzimmer. Ich habe von einem Kunden gehört, dass es gar nicht weit von hier eine Neubausiedlung gibt. Er kennt den Bauträger und vielleicht könnte er uns ein Haus vermitteln. Er ist übrigens Immobilienmakler."

„Aber das können wir uns doch gar nicht leisten!"

„Deine Wohnung müsstest du natürlich verkaufen. Und ja, mit meiner Selbstständigkeit ist es sicherlich schwierig, einen Kredit zu bekommen. Vielleicht war es doch eine blöde Idee, entschuldige, dass ich davon angefangen habe."

„Nein, gar nicht", sage ich nachdenklich, schnäuze mir aber erstmal kräftig die Nase, bevor ich weiterrede.

Irgendwie klingt das alles gar nicht so…übel? Vielleicht sind es meine Schwangerschaftshormone, aber auf einmal sehe ich uns auf einer Terrasse sitzen und fühle überhaupt keine Übelkeit dabei aufsteigen.

„Ok. Frag deinen Kunden. Vielleicht kann er auch gleich mal hier vorbeikommen und schätzen, was meine Wohnung so wert ist."

„Super Idee!" Ich sehe, dass sich Aleks freut und das freut mich und das ist schon wieder so ein seltsames und fremdes Gefühl.

Ob er mich ausnutzen will? Schnell schiebe ich diesen Gedanken beiseite. Nein, das sind nur die üblichen Vorurteile, die man immer hat, wenn der eine Partner mehr Geld verdient als der andere. Aleks ist nicht so, zumindest hoffe ich das. Seine Fürsorglichkeit ist angenehm und er übernimmt vieles im Haushalt, obwohl er auch teilweise 14 Stunden arbeitet. Seine Wohnung ist superordentlich, allerdings war ich auch nur einmal da.

Aleks hatte mir seine Behausung zeigen wollen und ich war auch sehr gespannt darauf, wie er so eingerichtet ist. Es war enttäuschend und äußerst ernüchternd.

„Ja also, das ist meine Bude, klein, aber fein. Nicht, dass du glaubst, ich will mich bei dir einnisten. Wenn du willst, können wir auch abwechselnd hier und bei dir schlafen."

Ich hatte ihn nur groß angeguckt, denn ich konnte meine Irritation nicht verbergen: Das Bett hat eher an eine Pritsche erinnert, das Sofa hatte teilweise Brandflecken, wahrscheinlich von Zigaretten und die Regale waren alle angeschlagen und passten nicht zusammen. Das Bad war zwar sauber, aber sämtliche Kacheln hatten Risse.

Also schlafen wir dann doch immer bei mir. Ich habe einfach gesagt, dass mein Bett um einiges größer ist als seins, was ja auch stimmt.

„Ich brauchte kein so großes Bett für mich allein", meinte er nur, nachdem wir uns beide in nur einer Nacht Rückenschmerzen auf seinem Bett geholt hatten.

„Wieso. Bist du etwa noch Jungfrau vor mir gewesen?" Ich habe die Augenbrauen hochgezogen, ähnlich wie er das bei mir getan hat und ihn belustigt gemustert.

„Nein. Aber ich hatte tatsächlich noch keine Frau in dieser Wohnung zu Besuch. Meine letzte Beziehung ist einfach schon etwas her und als ich ausgezogen bin, habe ich mir erstmal ein kleines Bett gekauft."

„Gut für mich."

„Wieso?"

„Dadurch warst du gar nicht in Versuchung, wen nach Hause zu bringen."

„Das findest du also gut", schmunzelt Aleks und kuschelt sich an mich auf meiner Couch, die auch viel bequemer ist als seine.

„Äh, na ja, also…", sage ich verlegen.

„Das muss dir doch nicht peinlich sein, Maya. Du magst mich!"

„Ich finde dich ganz in Ordnung", sage ich nur und schnappe mir die Fernbedienung. „Und ich suche heute den Film aus. Was mit Action, deine Liebesschnulzen sind ja kaum zu ertragen!"

***

Am nächsten Tag vereinbart Aleks sofort einen Termin mit dem Immobilienmakler. Bei diesem Termin wird er sich auch direkt meine Wohnung ansehen.

Für den Termin erscheint er sogar im Anzug, was auf Professionalität hoffen lässt. Dann lässt er mich erstmal über das Loft erzählen. Dabei fragt er ein paar Sachen nach, z. B., ob die Nachbarn laut sind und ob es viele Reparaturen in letzter Zeit gab. Natürlich erzähle ich von den verstopften Rohren, aber da winkt er nur ab und meint, dass das bei einem Haus aus den Fünfzigern normal sei. Er schießt ein paar Fotos und vereinbart direkt einen Besichtigungstermin für ein Haus mit uns.

Das alles geht so schnell, dass mir schier die Luft wegbleibt. Doch wir müssen doch Pläne machen, die Zwillinge können schließlich nicht auf dem Sofa schlafen.

***

„Guten Tag, Frau Winkler. Hallo Aleks! Schön, dass Sie sich das Haus anschauen wollen. Es hat drei Schlafzimmer und einen geräumigen Dachboden. Der Wohn- und Essbereich ist offengehalten, die Wand zur Küche könnte man zusätzlich noch rausnehmen, dann hätten Sie sogar etwas Vergleichbares zu Ihrer jetzigen Wohnung." Mit diesen Worten marschiert er auch schon los und führt uns durchs Haus.

„Übrigens habe ich bereits etliche Interessenten für Ihre Wohnung, Frau Winkler."

„Wirklich? Das hätte ich nicht gedacht!" Ich bin wirklich erstaunt darüber, obwohl ich sicherlich überzeugter von meiner Wohnung sein sollte. Aber die ewig verstopften Rohre haben mir die Wohnung ganz schön madig gemacht, obwohl ich Aleks dadurch kennengelernt habe.

„Ach, es ist ja eine verrückte Zeit. Dank der niedrigen Zinsen kauft ja jeder, teilweise, ohne es sich wirklich leisten zu können. Aber für Sie ist das gut. Wenn Sie mögen, können wir morgen schon einen Besichtigungstermin vereinbaren bzw. Sie können auch einen Tag der offenen Tür veranstalten."

„Kann ich machen. Was ist das?" Fragend schaue ich den Immobilienmakler an.

„Sie legen einfach einen allgemeinen Besichtigungstermin fest. Es sind bereits fünf Interessenten da, der Termin würde sich jetzt schon lohnen, Sie können aber auch noch warten."

„Wie ist Ihre Einschätzung?" Ich habe wirklich keine Ahnung von Immobilien, denke ich kopfschüttelnd.

„Ich würde noch etwas warten, denn wir können ja nicht bei jedem ein Angebot erwarten."

„Dann warten wir noch etwas", stimme ich ihm zu und schaue mich neugierig im Haus um.

Eigentlich wollte ich nie ein Haus haben. Für mich allein würde ich da gar nicht drüber nachdenken und nicht einmal jetzt habe ich auch nur einen Gedanken daran verschwendet. Ich finde es immer noch ungewöhnlich, dass Aleks das Thema von sich aus angesprochen hat.

„Hast du die Energiedaten da, Massimo?", fragt Aleks und wieder schaue ich ihn erstaunt an. Natürlich hatte ich mir das auf meine Liste geschrieben. Eine Liste, die ich auch prompt zuhause vergessen habe.

„Und die Betriebskosten, natürlich, Aleks."

Die beiden sprechen noch weiter über die Daten, ich schaue mich ruhig um und mache einen auf Weibchen, das keine Fragen stellt. Vielleicht macht das ja einen guten Eindruck auf den Makler, denke ich spöttisch.

„In der oberen Etage sind die drei Schlafzimmer. Dann haben Sie es nicht so weit, wenn das Kind etwas will", sagt er und grinst mich an.

„Ich denke, das ist noch nicht so raus, wer dann aufstehen wird", entgegnet Aleks kurz und dem Makler fällt ein wenig sein Lächeln aus dem Gesicht. Eigenartig, der ist doch in unserem Alter, denke ich irritiert. Sollte er nicht etwas moderner eingestellt sein?

***

„Also, was sagst du, Maya. Sollen wir erstmal hier wohnen bleiben oder uns noch mehr Häuser anschauen? Wir müssen ja nicht bei diesem Makler bleiben."

Gemütlich sitzen wir beim Abendbrot, ich futtere bereits mein drittes Butterbrot und versuche, nicht an mein steigendes Gewicht zu denken.

„Ich habe eigentlich keine weiteren Ansprüche an ein Haus", sage ich achselzuckend und schnappe mir noch eine Möhre. Ich steige wirklich nur noch bei der Ärztin auf die Waage, damit ich mich nicht völlig verrückt mache. Und ich kann einfach nicht anders, ich muss essen, ich halte es ohne einfach nicht mehr aus!

„Hat es dir denn gefallen?" Aleks schaut mich erwartungsfroh an, doch ich bin total unsicher.

„Ich denke, das Haus hat so weit alles, was wir brauchen. Ein Arbeitszimmer hätte ich gerne, aber der Dachboden ist ja groß genug, da könnte ich einen Schreibtisch aufbauen."

„Da habe ich auch schon dran gedacht", sagt Aleks zu meiner Überraschung. „Vielleicht können wir ein Fenster einbauen lassen, dann hast du mehr Licht."

„Ja genau, aber ansonsten ist es ein sehr klassisch aufgeteiltes Haus, würde ich sagen, soweit ich das beurteilen kann."

„Gut. Dann lass uns eine Nacht darüber schlafen."

Doch prompt klingelt Aleks Handy. Ein Kunde hat einen Rohrbruch und schon ist Aleks fort. Obwohl ich müde bin, arbeite ich noch zwei

Stunden meine Akten durch. Dann gehe ich endlich ins Bett, der Tag hat wirklich geschlaucht.

10. FAMILIENBANDE

Weihnachten mit Aleks und Mila war einfach wundervoll! Die Schwangerschaft scheint mich weich zu machen. Wie sonst könnte ich solche Worte wie 'Weihnachten' und 'wundervoll' in einem Satz auch nur denken.

Endlich habe ich Mila Aleks persönlich vorstellen können, irgendwie hatte es sich vorher einfach nicht ergeben. Natürlich war sie begeistert! Leider musste ich ihr mitteilen, dass Aleks keinen Bruder hat und auch seine beiden Schwestern bereits vergeben sind. Sie hat es mit Fassung getragen. Ja, leider hat sich das mit Gottfried wahrscheinlich erledigt, nachdem Mila ihm erzählt hat, dass er eine siebenjährige Tochter hat. Ist wahrscheinlich auch ein sehr großer Schock für ihn gewesen, aber trotzdem hätte er sich ruhig mal melden können.

Aleks hat Lasagne für uns alle gemacht und wir haben bis spät in die Nacht gequatscht. Ja, Aleks hat sich wirklich ins Zeug gelegt und Mila hat sich sichtlich wohlgefühlt bei uns, obwohl sie schon oft bei mir gewesen ist. Aber da gab es natürlich kein so leckeres Essen.

Ach ja, das Haus haben wir übrigens gekauft. Also *ich* habe das Haus gekauft, alleine, so eine Investition mit jemandem zu tun, den ich kaum kenne, das wollte ich dann doch nicht und dem hat Aleks auch zugestimmt. Wir werden sehen, wie sich das mit uns entwickelt und durch die Zwillinge werden wir ohnehin immer aneinandergebunden sein. Davon abgesehen, wäre der Kredit mit Aleks von den Konditionen her nur ungünstiger geworden, da er selbstständig mit nicht gerade hohen Einnahmen ist. Doch, auch wenn ich einer Beziehung mit Aleks vorsichtig gegenüberstehe, so hat es sich am nächsten Morgen einfach richtig angefühlt, mich für das Haus zu entscheiden.

Wieder ist es eine Entscheidung für meine Schwangerschaft, für unsere Kinder und den Wunsch, ihnen ein Zuhause zu bieten. Keine Ahnung, wo dieses Gefühl auf einmal herkommt. Und da Wohnungen im Moment für Unsummen weggehen, hat die Bank überraschenderweise gar keine Probleme mit dem Kredit gemacht.

Aleks scheint es zumindest egal zu sein, dass ich das Haus alleine kaufe.

„Ist das wirklich ok für dich, Aleks?", habe ich ihn gefragt, nachdem meine Entscheidung feststand.

„Natürlich. Ist doch egal, von wessen Konto das Geld dann wirklich stammt."

„Du willst dich also an dem Haus beteiligen?"

„Ich verdiene zwar nicht so viel, aber ich werde einkaufen gehen und alles, was so anfällt, bezahlen. Wir sollten das nicht zu eng sehen."

„Na ja, aber es wird natürlich mein Haus sein."

„Jetzt wohnen wir ja auch in *deiner* Wohnung." Amüsiert schaut er mich an. Irgendwie werde ich verlegen, dass mir das alles so wichtig ist.

„Hast du keine Angst vor der Zukunft?"

„Die Zukunft kommt, wie sie kommt, Maya, Garantie gibt es keine. Aber ich freue mich darauf, sie mit dir zu erleben." Ich schlucke.

„Ich bin so wahnsinnig nervös, alles stürzt nur so auf mich ein! Bis jetzt war immer nur die Arbeit für mich wichtig und jetzt habe ich Angst davor, sie zu vernachlässigen."

„Haben denn bei dir in der Kanzlei die Leute keine Kinder?"

„Die Männer schon, dazu eine Ehefrau, die sich um alles kümmert. Ansonsten haben wir nur zwei Rechtsanwaltsassistentinnen, die zwar beide Kinder haben, aber auch nur halbtags bei uns arbeiten. Außer mir arbeitet nur eine weitere weibliche Kollegin in der Kanzlei und die hat, soweit ich weiß, keine Kinder. Ich kenne tatsächlich gar keine Frau, die Karriere gemacht und daneben eine Familie hat!" Eigenartig, dass mir das jetzt erst auffällt, aber ich habe einfach nie darüber nachgedacht.

„Wir werden das schon schaffen, Maya", sagt er und gibt mir einen sanften Kuss.

***

Den Besichtigungstermin für meine Wohnung haben wir auf Ende Januar gelegt, mittlerweile sind bereits 15 Interessenten gemeldet und alle haben dem Termin zugesagt! Die Wohnung ist deutlich höher taxiert als das, was ich dafür bezahlt habe, ich bin gespannt, ob das wirklich alles so klappt.

Mila war völlig perplex, als ich ihr Weihnachten von dem Hauskauf erzählt habe. Ja, mir kommt das auch alles sehr schnell vor, aber die Schwangerschaft hat eben bereits für Tatsachen gesorgt und irgendwie lasse ich mich auch ganz gerne von Aleks Enthusiasmus mitreißen, nicht, dass mir das ähnlich sieht.

Das alles, die ganzen letzten fünf Wochen, sehen mir überhaupt nicht ähnlich, um ehrlich zu sein!

***

„Vielen lieben Dank, dass du Weihnachten für uns alle gekocht hast!"
Ich küsse Aleks und drücke mich an ihn.

„Kein Problem", schmunzelt Aleks und genießt sichtlich meine Umarmung.

„Übrigens hat meine Schwester angerufen, wir könnten uns alle an Neujahr bei meinen Eltern treffen."

„Silvester? Na klar, kein Problem."

„Nein, ich meine am 14. Januar, also das russisch-orthodoxe Neujahr."

„Ihr feiert zweimal Silvester?" Erstaunt schaue ich ihn an. Aleks erscheint so integriert, dass mich solche Sachen irgendwie verwundern.

„Wieso nicht? Den 14. Januar nutzt meine Familie immer, um Freunde und Verwandte zu treffen, das ist eine Tradition bei uns. Hast du Zeit?"

„Ich denke schon", sage ich und schlucke, denn jetzt wird mir erst klar, was das bedeutet: Ich werde Aleks Familie kennenlernen und sie mich auch! Plötzlich fühle ich mich ganz schwindelig.

„Ist alles ok, Maya? Du siehst so blass aus", höre ich Aleks besorgte Stimme.

„Ich werde deine *gesamte* Familie kennenlernen!" Meine Stimme klingt doch etwas schrill.

„Die sind ganz harmlos, versprochen", lacht Aleks. „Es sei denn, du stehst nicht so auf Wangenküsschen, dann könnte es schwierig werden."

***

„Ist sie das?", fragt eine Frau mit langen, dunkelblonden Haaren, sie klingt aufgeregt. Im Hintergrund höre ich Kindergeschrei.

„Guten Tag, ich bin Alina. Schön, dass wir uns endlich kennenlernen!" Sofort werde ich gedrückt, bekomme aber keine Küsschen. Vielleicht hat mich Aleks auch nur verschaukelt.

„Hallo Sascha!", ruft eine Frau, bei der ich nur vermuten kann, dass sie Aleks Mutter ist, denn sie sieht kaum älter aus als Alina. Einzig ein paar Fältchen um die Augen lassen ein etwas höheres Alter vermuten. Aleks drückt seine Mutter, dann nimmt er mich in den Arm.

Sascha? Das ist ja ein merkwürdiger Spitzname.

„In Russland ist das ein Kosename für Aleksandr", raunt mir Aleks leise zu und ich nicke. Anscheinend hat Aleks meinen erstaunten Gesichtsdruck sofort richtig gedeutet.

„Mama, Papa, Alina: Darf ich euch Maya vorstellen. Maya, das ist meine Mutter und meine Schwester Alina. Mein Vater spielt da drüben mit Nika und Ewa, Alinas Kindern."

„Wo ist denn Galina und ihre Familie?" Fragend schaut Aleks in die Runde.

„Die schaffen es heute leider nicht mehr", sagt Alina und ich sehe, dass sie es wirklich bedauert. Mir kommt es immer etwas befremdlich vor, wenn sich eine Familie gut versteht. Ich war schließlich immer froh, wenn ich meine nicht zu sehen brauchte.

„Die sind bei Maxims Familie völlig eingespannt. Schade, der kleine Lew ist schon zwei Monate alt und ich habe ihn noch gar nicht gesehen."

„Hallo Sascha, schön, dass du endlich mal jemanden mitgebracht hast", begrüßt uns sein Vater und schüttelt auch Aleks die Hand.

Das sieht jetzt nicht so innig aus. Verstohlen betrachte ich die beiden. Sie müssen sich mal sehr ähnlichgesehen haben, doch jetzt erinnern die gekrümmte Haltung und die vielen Falten seines Vaters nur noch vage an sein früheres Aussehen. Seine Mutter hat sich anscheinend wesentlich besser gehalten. Dann fällt mein Blick auf Alinas Kinder: Nika sieht Aleks sehr ähnlich, Ewa sieht wahrscheinlich wie ihr Vater aus, den ich nirgends sehen kann.

Wir setzen uns an einen riesigen Esstisch, der beinah die Hälfte des Wohnzimmers einnimmt. Die andere Hälfte wird durch ein riesiges Sofa ausgefüllt.

„So, setzt euch erstmal ihr beiden. Maya, schön, dass ich dich kennenlerne. Aleks hat nicht viel erzählt, nur, dass er bei dir im Bad war." Bei diesen Worten spüre ich eine leichte Hitze in meinen Wangen aufsteigen, versuche aber, mir meine Verlegenheit nicht anmerken zu lassen.

„Äh ja, meine Toilette war verstopft."

„Ja, das hat er von mir gelernt", dröhnt sein Vater.

„Miron", tadelt Aleks Mutter.

„Und seid ihr zusammen?", platzt Alina hervor. Aleks lacht und wuschelt seiner Schwester durch die Haare.

„Ja, ja, Diskretion war noch nie Alinas Stärke." Sein Blick hat aber eher etwas Belustigtes als Ärgerliches an sich.

„Wieso auch? So erfährt man doch viel mehr!"

„Ich denke, wir sind zusammen, oder Maya?"

„So etwas in der Art", grinse ich.

„Wie, so etwas in der Art", mischt sich sofort Aleks Vater ein.

„Das bedeutet, dass es noch viel zu früh ist, um es irgendwie zu benennen," schmunzelt Aleks.

„Ach was", sagt seine Mutter. „Du hast sie doch hergebracht. Es muss schon etwas ernsthafteres sein mit euch. Schließlich hast du uns noch nie jemanden vorgestellt." Bei diesen Worten wird mir mulmig zumute. Aleks hat noch nie jemanden mitgebracht, was hat das zu bedeuten?

Dass du schwanger bist und er dich deshalb mitgebracht hat, flüstert meine innere Stimme hämisch. Bilde dir bloß nichts darauf ein!

Apropos, seine Familie scheint noch gar nichts davon zu wissen, fällt mir plötzlich auf. Eigentlich ist es auch noch zu früh, um darüber zu sprechen, aber ich musste Mila ja sagen, wieso ich nicht zum Joggen komme, zumindest die ersten drei Monate. Aber hatte Aleks nicht eigentlich vorgeschlagen, mit seinen Schwestern über die Schwangerschaft zu sprechen?

„Maya? Ist alles ok?" Liebevoll lächelt mich Aleks an, um mich herum duftet es plötzlich nach Essen und mein Magen knurrt.

„Ja, entschuldige. Wollen wir es eigentlich erzählen?", flüstere ich ihm zu.

„Wie du möchtest. Ich dachte, dass du zumindest meine Familie mal kennenlernen willst, bevor du mit ihnen darüber sprichst."

Ich nicke dankbar. „Ja, es ist ohnehin zu früh dafür. Wir sollten noch warten."

Aleks Mutter und Alina stellen riesige Schüsseln vor uns ab. Vor mir steht eine übelriechende Schale mit Fisch. Ich starre hinein und spüre, wie mir mein Frühstück hochkommt.

„Aleks, wo ist das Klo?", presse ich hervor. Aleks zieht mich sofort durch den Flur und zeigt auf eine Tür. Rasch verschwinde ich dahinter und schwallartig schießt alles aus mir heraus. Mein Körper zittert, schnell wasche ich mir das Gesicht und wanke wieder aus dem Bad. Ich blicke in viele erwartungsfrohe Augen.

„Sascha, du Schlingel!", lacht sein Vater. Verwundert blicke ich zu Aleks.

„Wann ist es so weit?", fragt Alina und blitzt ihren Bruder an.

„In acht Monaten", sagen wir gleichzeitig und müssen loslachen. Irgendwie fällt jegliche Spannung von mir ab. Wir setzen uns und erzählen abwechselnd von den letzten beiden Monaten. Niemand seufzt oder brüllt rum. Aleks Vater redet einfach sehr lautstark, egal, worüber er spricht. Seine Mutter schaut eher glücklich und Alina textet mich sofort damit zu, dass sie ja noch ganz viele Kindersachen hat, die sie mir unbedingt geben muss, sobald die Zwillinge da sind.

Bewaffnet mit mehreren Boxen zu essen, zum Glück ohne den Karpfen, verabschieden wir uns spät abends. Ich glaube, Aleks Familie hat sich wirklich gefreut, dass Aleks endlich jemanden gefunden hat. Es kam ihnen gar nicht merkwürdig vor, dass bereits Kinder unterwegs sind.

„Wieso auch", meinte Alina. „Als Leon und ich uns kennengelernt haben, sind die Funken gesprüht. So schnell konnten wir gar nicht heiraten, wie ich schwanger war." Leon ist Alinas Mann. Er ist oft auf Montage und zu Alinas Bedauern viel zu selten Zuhause.

Wir haben alle gelacht und auch Aleks Mutter hat uns verraten, dass sie bereits mit Galina schwanger war, als die beiden geheiratet haben.

„Wir sind einfach sehr fruchtbar", dröhnte Aleks Vater anzüglich und kassierte wieder einen bösen Blick von seiner Frau.

Im Bett legen wir uns eng aneinander, Aleks streichelt meinen Bauch.

„Ich glaube, ich mag deine Familie", sage ich noch, bevor ich einschlafe. Doch ich meine, noch ein leises glückliches Lachen zu hören, vielleicht habe ich es mir auch nur eingebildet.

11. ABGRÜNDE

„Sag mal", fange ich an, als wir nach einem sehr anstrengenden Wochenende endlich im Bett liegen.

Wir, also eigentlich Aleks und ein paar Kumpel, haben am Wochenende Aleks Wohnung ausgeräumt und seine Kumpel haben auch das meiste davon gleich behalten.

„Der Inhalt deines Schuhkartons von Wohnung passt hervorragend in meinen Keller. Fühlt euch schonmal eingeladen, die nächste Party steigt bei mir!" Die Einladung stammte von Bo, ein langjähriger Freund von Aleks. Jo, den anderen Typen, kennt Aleks auch schon ewig.

Ich musste zum Glück nichts machen, sondern nur Anweisungen geben, was in welchen Karton kommt. Ich habe mich schon gewundert, dass mir das so leichtgefallen ist. Schließlich kenne ich Aleks gerade mal seit vier Monaten und weiß bereits instinktiv, was er behalten will. Unheimlich.

„Was denn?", fragt Aleks schläfrig, denn das Wochenende war für ihn natürlich anstrengender als für mich.

„Na ja, wieso war deine Wohnung eigentlich so ungemütlich eingerichtet und wieso hast du so ein kleines Bett gehabt und wann genau war deine letzte Beziehung eigentlich?"

„Wie jetzt?", lacht Aleks und setzt sich auf. „Und wieso interessiert dich das so plötzlich?"

„Och, einfach nur so." Tatsächlich interessiert es mich einfach, weil ich mich frage, was für eine Art von Beziehungen Aleks eigentlich geführt hat. Meine Beziehungen haben wir ja hinreichend besprochen, er hat sich jedoch über seine Beziehungen bisher ausgeschwiegen.

„Na ja, ich frage mich schon, wieso du mit jemandem zusammengewohnt hast und sie nicht deinen Eltern vorgestellt hast." Wieso bin ich eigentlich so neugierig? Mich interessiert einfach alles, was Aleks betrifft. Ich wundere mich sogar, wieso ich das nicht schon längst angesprochen habe!

„Ach, ich weiß auch nicht. Dilara wollte das irgendwie nicht, obwohl wir über zwei Jahre zusammen waren und davon auch über ein Jahr zusammengelebt haben. Vielleicht war das schon ein Anzeichen dafür, dass wir nicht die Richtigen füreinander waren."

„Meinst du? Du kennst ja meine Familie auch nicht."

„Das ist deine Entscheidung, Maya. Ich wollte, dass du meine Familie kennenlernst, und du hast mir den Gefallen getan, was mich übrigens sehr gefreut hat."

„Gern geschehen", sage ich verwundert. Ich habe gar nicht darüber nachgedacht, ob es Aleks wichtig sein könnte, ich war einfach viel zu neugierig auf seine Familie. Und ja, es hat auch gutgetan, mit zwei Frauen über Heißhungerattacken zu sprechen. In meinem Bekanntenkreis gibt es bis jetzt einfach niemanden, der bereits Kinder hat. Mit Alina habe ich sogar schon einen nächsten Termin ausgemacht.

„Das mit meiner Familie hat sich ja auch eher erledigt. Meine Eltern sind tot und ich weiß noch nicht einmal, wo sich mein Bruder aktuell aufhält."

„Hast du nie versucht, herauszufinden, wo er ist?"!

„Nein. Wir hatten nie irgendeine Art von Verhältnis zueinander. Wahrscheinlich, weil ich für meine Eltern unsichtbar war."

„Was meinst mit unsichtbar?" Überrascht schaut mich Aleks an.

„Mein Bruder wurde schon als Baby in der Firma herumgezeigt. Ich war nie auf irgendeiner Firmenfeier, weil ich als Mädchen als Nachfolge ohnehin nicht in Frage kam."

„Klingen sehr traditionell, deine Eltern."

„Na ja, wenn man das so nennt, vielleicht. Außer meinen Brüsten und meinem Hintern hat meinen Vater absolut nichts an mir interessiert."

„Was meinst du damit, Maya. Dein Vater hat dich doch nicht etwa…"
Aleks Stimme bricht erschrocken ab.

„Äh, falls du sexuell meinst, nein, er hat mich nicht missbraucht. Er hat mir auf den Hintern gehauen und mich oft zufällig an den Brüsten berührt." Merkwürdig. Das habe ich noch nie jemandem erzählt.

„Für mich klingt das schon nach Missbrauch", sagt Aleks und hat etwas sehr Vorsichtiges in seiner Stimme. „Hast du mal mit jemandem darüber gesprochen?"

„Ja, ich war mal bei einem Psychologen, aber ich brauche keinen Seelenklempner. Das Herumgelabere war absolut nicht meins." Innerlich verkrampfe ich mich, doch für mich klingt meine Stimme äußerst fest.

„Trotzdem scheint es dich noch sehr zu belasten." Ok, vielleicht nicht fest genug.

„Längst nicht mehr so sehr wie damals."

„Es war nicht deine Schuld, Maya", sagt er sanft und streichelt mich sachte.

„Ich weiß." Dann gebe ich ihm einen schnellen Kuss.

„Nächste Woche treffe ich übrigens Alina", erzähle ich, um das unschöne Thema zu beenden. Ob Aleks weiß, wie viel Überwindung mich dieses Gespräch gekostet hat?

„Soll ich mitkommen?" Dabei hört er nicht auf, mich sanft zu streicheln.

„Nö, das ist so ein Frauending. Dann lerne ich übrigens auch gleich Galina endlich mal persönlich kennen."

„Persönlich? Ich wusste nicht, dass ihr euch überhaupt kennt." Aleks schaut mich verwundert an, aber seine Mundwinkel zucken amüsiert.

„Wir haben zu dritt bereits ein paarmal gescypt, letzte Woche erst."

„Ich bin wirklich überrascht."

„Wieso?" Verwundert blicke ich Aleks an.

„Du scheinst nicht so der gesellige Typ zu sein." Was will er mir damit schon wieder sagen?

„Komisch, dass du das von mir denkst. Mila und ich quatschen doch ganz häufig miteinander. Und mittlerweile habe ich auch wieder begonnen, mit ihr joggen zu gehen."

„Stimmt, Mila ist so etwas wie deine beste Freundin. Aber sie ist auch deine einzige Freundin, oder?"

„Schon, aber ich habe auch die letzten Jahre wenig Zeit für Partys gehabt."

„Das soll ja keine Kritik sein, Maya. Die einen brauchen halt ständig Leute um sich herum und die anderen sind halt lieber für sich."

„Ich bin eigentlich nicht lieber für mich", sage ich nachdenklich. „Ich hatte die letzten Jahre nur einfach wenig Zeit."

„Zum Glück hast du Zeit für mich!", sagt Aleks zärtlich und versucht, mir mein Nachthemd auszuziehen. Da habe ich ihm mein Innerstes ausgeschüttet und er will nur das eine.

Apropos Innerstes ausschütten.

„Jetzt lenk nicht ab. Wann war denn deine letzte Beziehung?" Mir ist durchaus aufgefallen, dass Aleks das Thema ganz schnell beenden wollte. Na warte!

„Ist das jetzt ein Kreuzverhör, Frau Anwältin?" Verärgert lässt er von mir ab und setzt sich mit einem kleinen Abstand neben mich auf seine Seite des Bettes.

„Nö, aber normalerweise bist du nicht so ausweichend." Herausfordernd schaue ich Aleks an, mein Nachthemd behalte ich an, vorerst.

„Ach, ich spreche nur einfach ungern darüber."

„Wieso?" Und schon springt mein Anwaltsradar an. Das ist so etwas wie ein Reflex bei mir.

„Also, na ja, vielleicht war die Beziehung doch noch nicht so lange her."

„Du hast noch nicht lange dort gewohnt?"

„Nein."

„Wann bist du dort eingezogen?"

„Ist ja doch ein Verhör", seufzt Aleks.

„Und willst du die Frage beantworten?"

„Ok, ich bin am 1. November eingezogen."

„Äh, wann habt ihr euch getrennt?" Irgendwie nimmt dieses Gespräch einen merkwürdigen Verlauf an. Vielleicht hätte ich doch nicht so nachbohren sollen. Aber jetzt sind wir ja schon dabei, also kann ich auch weitermachen.

„Wir hatten uns im Oktober getrennt und ich habe auf die Schnelle nur diese Wohnung gefunden, die meisten meiner Sachen sind vom Sperrmüll gewesen."

„Hattest du kein Geld?"

„Nicht so viel, dass es für die Kaution und neue Möbel gereicht hätte."

„Und was ist mit deinen alten Möbeln gewesen?"

„Die hat Dilara behalten." Aleks Stimme wird immer abweisender, seine Körperhaltung ist abgewandt und er scheint in sich hineinzukriechen.

„Was ist passiert?"

„Sie hat sich von mir getrennt", sagt Aleks leise.

„Gab es einen bestimmten Grund dafür?"

„Ja." Ich spüre ein Seufzen. Aha, schlechtes Gewissen, ganz klar.

„Es war also deine Schuld. Und übrigens hast du mich angelogen."

„Ich habe es nur ein wenig anders dargestellt", rechtfertigt sich Aleks, zieht aber seinen Kopf ein und sieht aus, als ob er verprügelt worden wäre.

„Ok. Was war`s?"

„Ich bin fremdgegangen." Unsicher blickt er mich bei diesen Worten an und ich zucke leicht zusammen.

„Du bist was?"

„Du hast schon richtig gehört. Ich bin fremdgegangen!" Erschrocken schaue ich Aleks an, diesen angeblichen Traummann.

„Wie ist es dazu gekommen?", frage ich völlig vor den Kopf geschlagen.

„Ich weiß nicht. Wahrscheinlich hätte ich schon lange vorher die Beziehung beenden sollen. Stattdessen habe ich mich für eine sehr schäbige Methode entschieden, um mich aus der Affäre zu ziehen." Ich bin völlig verdattert und muss das Ganze erstmal verdauen.

„Es tut mir leid", sagt Aleks zerknirscht.

„Na hör mal, du brauchst dich doch bei mir nicht dafür zu entschuldigen!" Meine Worte kommen viel heftiger raus als beabsichtigt. Aleks zuckt zusammen.

„Maya, ich würde doch so etwas nie wieder tun. Es war falsch. Ich habe es sofort am nächsten Tag gestanden. Danach haben wir uns getrennt."

„Also lag es gar nicht am Fremdgehen, sondern ihr habt gesehen, dass es nicht funktioniert."

„Na ja, ganz so hat Dilara das nicht gesehen. Sie hat eine Megaszene hingelegt mit Rumschreien und Teller kaputthauen. Ich bin dann ausgezogen, erstmal zu Bo und zum Glück habe ich schnell die Wohnung gefunden. Aber die Möbel hat Dilara behalten und weil ich so ein schlechtes Gewissen hatte, habe ich ihr alles überlassen."

„Held", sage ich sarkastisch.

„Hey."

„Tut mir leid."

„Ich habe es verdient", schmunzelt Aleks. „Und, kannst du damit leben?"

„Das werde ich wohl müssen. Wenn du bei mir so etwas abziehst, dann, na ja…irgendwie fällt mir Nichts ein."

„Weil du nur mit verheirateten Männern zusammen warst?" Aleks sagt das ohne irgendwelche Ironie in der Stimme, trotzdem zucke ich zusammen.

„Keine Ahnung. Aber bei dir würde es mir etwas ausmachen, ganz bestimmt!"

„Es war dumm. Ich habe mich entsetzlich danach gefühlt. Das will ich nie wieder erleben!"

„Gut für mich", seufze ich und lege mich hin.

In nur wenigen Stunden muss ich aufstehen, doch mein Herz pocht wie verrückt. Ich habe Aleks von meinem Vater erzählt!

Aber wieso hat mich sein Fremdgehen derartig schockiert? Habe ich Aleks vielleicht zu sehr auf ein Podest gehoben? Hat mich das Ganze deshalb so irritiert? Und wieso fange ich überhaupt an, jemanden auf ein Podest zu heben? Bei diesem Gedanken flattern wieder Schmetterlinge in meinem Bauch.

Ich lege meine Hand auf meinen Bauch und Aleks legt seine Hand auf meine. In dieser Position schlafen wir zusammen ein.

12. FRAUENGESPRÄCHE

„Hallo Alina. Danke, dass ich kommen durfte!"

„Maya! Schön, dass du da bist. Galina! Maya ist da! Endlich seht ihr euch mal persönlich."

Galina reicht mir strahlend eine schmale Hand. Sie ist etwas kleiner als Alina und unglaublich zierlich. Und die hat drei Kinder bekommen? Wie ist sie den Speck so schnell wieder losgeworden?

„Hallo Maya. Ist alles ok?"

„Äh, ja. Du siehst nur gar nicht danach aus, als ob du Mutter von drei Kindern wärst!" Verblüfft schaut Galina mich an.

„Wie sollte ich denn aussehen?"

„Keine Ahnung, du schaust nur so relaxt aus." Beide Frauen schauen sich an und lachen los.

„Mit Schminke kann man einiges retuschieren!", grinst Alina und stellt jede Menge Kuchen auf den Tisch. „Bedient euch Mädels, ist selbst gekauft!"

Wir greifen alle zu und neidisch schaue ich Aleks Schwestern an. Beide haben offensichtlich keine Figurprobleme und lassen sich den Kuchen schmecken.

„Beneidenswert, sobald die Zwillinge da sind, muss ich mir das alles wieder verkneifen", stöhne ich.

„Wieso?", fragt Galina erstaunt. „Deine Figur ist jetzt noch tadellos. Du hättest mich sehen sollen. Bei der letzten Schwangerschaft sah ich aus wie ein Ballon." Beide Frauen kichern.

„Dabei ist dein Kind gerade mal vier Monate alt, wie bist du so schnell so schlank geworden?"

„Ach, wenn du dich jeden Tag um drei Kinder kümmerst, dann verlierst du ganz schnell dein Gewicht."

„Wenig Gedanken drum machen", rät Alina. „Ich habe Frauen gesehen, die versucht haben, ganz wenig zu essen und dabei ständig mit dem Kinderwagen rumgejoggt sind. Ich glaube nicht, dass das so sinnvoll ist."

„Na ja, ein wenig Fitness ist schon wichtig. Ich gehe jeden Tag mit meiner Freundin joggen. Also zumindest, seit die Ärztin wieder grünes Licht gegeben hat."

„Klar, das machst du ja auch für dich hoffentlich, weil du dich gut damit fühlst. Wenn die Kleinen da sind, wirst du erstmal an ganz andere Dinge denken und schon dadurch Gewicht verlieren. Mach dir bloß keinen Stress, das merken die Kinder sofort."

Es tut wirklich gut, mit den beiden zu reden. Mila wird immer meine beste Freundin sein, aber meine Ängste könnte sie einfach nicht nachvollziehen.

„Hast du schon eine Hebamme?"

„Ja, ich habe schon welche angerufen, mich aber noch nicht entschieden."

„Da bist du aber gut vorbereitet", seufzt Galina. „Bei meiner ersten Schwangerschaft wusste ich nicht wo oben und unten war."

„Ich bin gerne vorbereitet", sage ich verlegen und die beiden grinsen mich wieder an. Aber nicht hämisch, sondern freundlich und auch mitfühlend.

„Ich musste jeden Tag die Wohnung putzen", gesteht Alina. „Bei der zweiten Schwangerschaft war mir allerdings so übel, dass ich einfach andauernd mit Nika rausgegangen bin. Zum Glück war ich im Sommer schwanger."

„Wie gesagt, in der letzten Schwangerschaft sah ich aus wie ein Ballon. Ich glaube, ich habe nonstop gegessen."

„Na ja, das meiste davon hast du wieder ausgespuckt", grinst Alina.

„Das stimmt. Die Übelkeit war das nächste Problem."

„Habt ihr schon ein Kinderzimmer? Wann zieht ihr um?"

„Wahrscheinlich so Ende März oder im April. Erstmal haben Aleks und seine Freunde seine Wohnung ausgeräumt."

„War eh alles vom Sperrmüll", sagt Alina naserümpfend.

„Das stimmt. Bo hat sich einen Partykeller damit eingerichtet."

„Bo?", sagt Galina verzückt. „Der wäre auch mein Typ!"

„Er sieht schon nicht schlecht aus", grinse ich.

„Jo ist auch nicht schlecht. Aber beide sind bereits vergeben", stöhnt Alina.

„Na ja, ihr ja auch", sage ich trocken. Die beiden nicken und grinsen. Ich fühle mich ungemein wohl hier.

„Wo habt ihr euch eigentlich kennengelernt?" Ich zucke leicht bei der Frage zusammen.

„Mein Klo war verstopft." Irgendwie muss ich wohl sehr verlegen geklungen haben, denn die beiden prusten einfach los

„Aha, so nennt man das also."

„Nein, wirklich! Es war verstopft, Aleks hat es wieder frei bekommen und irgendwie sind wir uns dabei nähergekommen."

Zum Glück haken die beiden nicht weiter nach und wir quatschen noch viel über die Kinder der beiden. Beide bieten an, mir zu helfen und dankend sage ich zu. Je weiter die Schwangerschaft fortschreitet, desto nervöser werde ich. Doch die Gespräche mit Aleks Schwestern sind sehr hilfreich für mich, obwohl ich in der Vergangenheit niemand gewesen bin, der gerne über seine Gefühle quatscht. Aber von ihren Schwierigkeiten und auch von ihren schönen Erlebnissen zu hören, gibt mir etwas Zuversicht. Über die Geburt wollte dagegen keine von den beiden sprechen.

„Meine drei Geburten waren alle so unterschiedlich", meinte Galina trocken. „Mach dir besser selbst ein Bild davon!"

Ja, das Treffen mit Aleks Schwestern war hilfreich. Mila wird immer meine beste Freundin bleiben, aber ich finde es toll, jetzt auch zwei Mütter zu kennen, die ich fragen kann. Über berufliches habe ich mit den beiden dagegen noch nie geredet, es ist einfach nicht wichtig für unsere Unterhaltungen. In den letzten Jahren habe ich mich, außer mit

Mila, ausschließlich über berufliche Dinge unterhalten. Es tut wirklich gut, einfach mal über Belanglosigkeiten zu quatschen.

13. EINS UND EINS MACHT VIER

Mittlerweile ist mein Bauch kugelrund und ich beanspruche den größten Teil des Bettes und der Couch. Dass es mittlerweile Sommer ist, ist auch nicht hilfreich für mich, mir ist ohnehin ständig heiß und die Julitemperaturen rauben mir den letzten Nerv.

Wenigstens ist mein Hunger nicht mehr so riesig groß, dafür kann ich mich kaum noch bewegen und brauche ständig Hilfe beim Aufstehen. Ich trage nur noch ausgetretene Latschen, denn die brauche ich wenigstens nicht zu zumachen und die sind auch einigermaßen groß genug für meine riesigen Füße. Attraktiv finde ich mich wirklich kein bisschen. Dazu hat die Ärztin gesagt, dass es quasi jederzeit so weit sein könnte und hat mich in einen verfrühten Mutterschutz entlassen, den ich gemütlich auf dem Sofa verlebe, natürlich mit Mandantenakten. Ich kann nicht einfach so aus der Arbeit aussteigen, das bin ich meinen Klienten schuldig.

„Überraschung!"

„Hallo Aleks, du bist ja schon zuhause!" Ich blicke von meiner Arbeit auf. Dort steht Aleks mit zwei großen Tüten bewaffnet.

„Ich habe für heute beschlossen, wir machen heute unseren Babymoon. Wahrscheinlich wird das erstmal unser letzter geruhsamer Abend", sagt er fröhlich und verschwindet in der Küche.

Nur kurze Zeit später futtern wir einen köstlichen Gemüseauflauf und essen kleine Vanilletörtchen, die Aleks in einer französischen Bäckerei gekauft hat. Danach gehen wir duschen, ich bin allerdings doch sehr schwerfällig und lasse mich eher verwöhnen.

Im Bett ölt mich Aleks wieder vorsichtig ein. Ich lege mich auf die Seite, weil es dadurch etwas angenehmer wird, denn das Gewicht der Zwillinge ist enorm. Aleks legt sich hinter mich und streichelt meinen Bauch.

„Wahnsinn, dass es schon so bald so weit sein wird", sage ich aufgeregt.

„Ich bin schon etwas nervös." Aleks lacht leise.

„Ich auch. Wie sollen wir das schaffen, wenn wir beide arbeiten gehen?"

„Wird sich da nicht ein Weg finden? Meine Familie springt auch gerne ein."

„Schon, aber die sind doch auch eingespannt mit ihren Kindern. Und direkt um die Ecke leben sie auch nicht."

„So weit ist Bielefeld von uns auch nicht. Meine Mutter hat angeboten, für ein paar Tage vorbeizukommen und uns zu helfen, sobald die Babys da sind." Ich schlucke. Jetzt diplomatisch bleiben, ermahne ich mich.

„Das ist furchtbar lieb von deiner Mutter."

„Alles klar, Schatz. Ich habe ihr gesagt, dass wir sie kontaktieren, sobald es eng wird."

„Was hältst du eigentlich von Mila?"

„Inwiefern?"

„Na ja, ich könnte sie für die Betreuung der Zwilling einstellen, dadurch hätte sie eine versicherungspflichtige Tätigkeit, jetzt, wo sie arbeitslos ist."

„Wenn sie das möchte?" Ich höre Aleks Skepsis und werde unsicher.

„Na ja, zumindest anbieten kann ich es ihr ja."

„Alternativ muss ich halt versuchen, abends und nachts zu arbeiten", meint Aleks leichthin. Ich hätte gerne seine Zuversicht, ich zerbreche mir schon die ganze Zeit den Kopf darüber, wie wir das alles bewerkstelligen sollen.

„Das geht ganz schön an die Substanz mit der Zeit und die beiden werden nicht ewig so klein bleiben."

„Wir haben noch gar nicht über Namen gesprochen", wechselt Aleks plötzlich das Thema.

„Ich habe ein paar in der engeren Auswahl."

„Das ist gut, zeigst du sie mir?"

„Natürlich, aber eigentlich möchte ich das erst entscheiden, wenn die beiden da sind."

„Aber ich habe schon ein Mitspracherecht, oder?" Nervös schaut mich Aleks an.

„Selbstverständlich, schließlich sind es doch auch deine Kinder." Ich bin irgendwie verwirrt.

„Wieso reden wir denn dann nicht einfach darüber?"

„Ok, also ich habe an Damian, der Mächtige, gedacht Als Pendant dann Verena oder Amalia."

Aleks grinst. „Ist das nicht ein wenig heftig?"

„Och, er wird da schon reinwachsen und für ein Mädchen kann es auch nicht schaden, Stärke zu besitzen. Was sind denn deine Vorschläge?" Herausfordernd schaue ich ihn an. Schließlich hätte er ebenfalls das Thema längst mal anschneiden können.

„Natascha, Konstantin, Bogdan, Julia, Anja oder Janne", zählt er auf.

„Wie kommst du auf Janne?" Ich habe diesen Namen noch nie gehört.

„Keine Ahnung, hab ich mal gelesen oder gehört."

„Möchtest du eigentlich lieber russische Namen?"

„Nicht zwangsläufig, würde halt nur gut in meine Familie passen."

„Das stimmt, aber letztendlich sollten wir uns unsere Kinder erstmal anschauen, bevor wir ihnen Namen geben."

„Das stimmt", sagt Aleks und schmiegt sich an mich.

Ich entspanne mich etwas und lege mich hin, als mich plötzlich ein heftiger Schmerz durchdringt.

„Ich glaube, meine Fruchtblase ist geplatzt!"

Die Kontraktionen sind so heftig, dass ich mich zusammenreißen muss, um nicht laut aufzuschreien. Aleks ruft ein Taxi. Schnell ziehen wir uns an, Aleks schnappt sich schnell meine vorbereitete Tasche, die seit zwei Tagen dort steht. Noch während der Taxifahrt werden meine Wehen immer heftiger. Im Krankenhaus wanke ich mit Aleks zum nächsten Aufzug, doch ich kann mich kaum auf den Beinen halten.

„Oh Gott, es ist doch viel zu früh!", stöhne ich.

„Die Ärztin sagte ja, dass es bei Zwillingen viel früher losgehen kann", versucht mich Aleks zu beruhigen, doch ich kann hören, dass auch er sich Sorgen macht. Was, wenn nicht alles in Ordnung ist?

Ich werde untersucht, doch meine Schmerzen sind heftig. Schon bald holt die Hebamme eine Ärztin.

„Frau Winkler. Wir müssen einen Kaiserschnitt machen. Ihre Wehen sind schon sehr stark, aber insgesamt ist das alles noch nicht so weit. Wir werden die Babys jetzt holen."

Ich habe keine Zeit, entsetzt zu sein. Ich weiß nur, dass ich Aleks Hand halte, als mir jemand etwas spritzt. Irgendwann höre ich einen leisen Schrei, doch ich bin wahnsinnig müde.

***

Die Zwillinge sind gesund, ich kann mein Glück gar nicht fassen. Und sobald wir sie sehen, ist es gar nicht schwer, Namen für sie auszusuchen: Janne und Damian.

Fünf Wochen dauert es allerdings dann doch, bis wir die beiden endlich mit nach Hause nehmen können, denn am Anfang haben die beiden kaum an Gewicht zugelegt. Mittlerweile futtern sie ganz schön und legen tüchtig zu. Mila kommt beinah jeden Tag vorbei, ich bin so froh darüber. Ihr sind beinah die Augen aus dem Kopf gefallen, als sie die beiden das erste Mal gesehen hat. Ich sollte vielleicht dazu sagen, dass ich Mila gar nicht verraten hatte, dass wir Zwillinge bekommen. Die Überraschung ist geglückt!

Und noch glücklicher bin ich, als wir endlich alle zuhause sind. Mittlerweile ist der August beinah zu Ende und die Blätter fangen bereits an, bunt zu werden. Aleks holt uns mit dem Auto ab, das wir vor drei Monaten gekauft haben. Eines dieser Pampasbomber, oh man, echt peinlich, aber sehr praktisch.

Zuhause packen wir aus, dann füttern und wickeln wir die Zwillinge synchron. Für die erste Woche hat Aleks erstmal keine Aufträge angenommen, damit wir alle eine gewisse Routine bekommen. Und ich will ja noch mit Mila über mein Angebot sprechen. Was sie wohl dazu sagen wird?

An unserem ersten Abend sitzen wir tatsächlich auf unserem Sofa und lauschen den regelmäßigen Atemzügen unserer beiden Kinder, die völlig erschöpft in ihren Gitterbetten liegen.

„Mila hat übrigens zugesagt, sie will es wirklich versuchen, auf die beiden aufzupassen."

„Vielleicht kann sie sich währenddessen weiterbilden", schlägt Aleks vor.

„Das ist eine super Idee", sage ich überrascht. „Willst du das eigentlich auch?"

„Ach was, ich bin gut in dem was ich tue", sagt Aleks unwirsch.

„Natürlich bist du das. Ich dachte nur, vielleicht willst du etwas kaufmännisches oder irgendetwas in der Richtung machen. Vielleicht könntest du Kurse an der VHS besuchen."

„Ich kann mir ja mal das Verzeichnis anschauen."

14. GESPRÄCHSSITTING

Das Babysitten mit Mila läuft besser, als ich es erwartet habe, allerdings weiß ich gar nicht, was ich erwartet habe. Und noch viel weniger habe ich erwartet, so entspannt zu sein. Ich genieße die Zeit zuhause, Aleks nimmt so viele Aufträge wie möglich an, um ein kleines finanzielles Polster für uns zu schaffen. Natürlich bleibe ich in Kontakt mit meinen Mandanten und verteile die Arbeit an Kollegen, damit sie gut betreut sind. Viele Telefonate führe ich selbst, nur die Gerichtstermine kann ich jetzt noch nicht wieder wahrnehmen.

Aber ich bin wirklich erstaunt, wie gut es mit Mila funktioniert, obwohl ich es ihr natürlich gönnen würde, wieder einen Job als Journalistin zu bekommen.

Etwas allerdings wundert mich: Ich esse drei Mahlzeiten, teilweise nasche ich sogar dazwischen, doch mein Gewicht schießt nicht rauf, wie ich es befürchtet habe. Und eigentlich sehe ich auch ganz ok aus für eine Zwillingsschwangerschaft, also finde ich. Irgendwie schaffe ich es auch gar nicht mehr, mir groß einen Kopf darüber zu machen, was ich esse, ich habe einfach keine Zeit dazu. Wenn ich Hunger habe, esse ich einfach etwas und fühle mich sehr gut dabei.

Bald werde ich wieder mit dem Laufen anfangen dürfen, meinte die Ärztin. Aber das werde ich einfach nur für mich tun, auf die Waage stelle ich mich nur noch einmal die Woche, manchmal vergesse ich es sogar, denn ich fühle mich einfach wohl. Ein sehr neues Gefühl für mich.

Mila ist mittlerweile sehr schlank geworden. Es steht ihr sehr gut, ich denke nicht, dass ich mich um sie sorgen muss. Häufig bringt sie Brötchen mit und isst auch ganz normal mit mir ein oder sogar zwei Brötchen, trotzdem werde ich das Gefühl nicht los, dass sie immer weniger wird, aber vielleicht bilde ich mir das auch nur ein.

Natürlich habe ich mich gefreut, dass sie für ihr Interview für den letzten Job bereits in meine Anzüge gepasst hat. Ich habe ihr einfach den Anzug, den ich ihr geliehen habe, geschenkt. Nur schade, dass der Job von so kurzer Dauer war, ein nettes Verhalten von Gottfried war das sicherlich nicht. Doch trotzdem hat Mila ihm verziehen, was ich verstehen kann. Schließlich ging es um Nina, seine Tochter, von der er erst vor einem Jahr durch Mila erfahren hat. Nina ist die Tochter von Milas Ex-Chefin, Christine, die von allen nur 'Die Montagsmobberin' genannt wird, weil sie am Montag wohl immer am schlimmsten ist. Leider scheint sie auch eine ziemliche Rabenmutter zu sein, ihre Tochter Nina hat sie permanent durch Nannys betreuen lassen und sie mit sieben auf ein englisches Internat geschickt. Anfangs hatte Mila gar nicht gewusst, dass Gottfried, ihr jetziger Freund und auch Chef im letzten Job, Ninas Vater ist. Sie hat Nina kennengelernt, weil Christine dringend für Samstag einen Babysitter gebraucht und die Nanny frei hatte. Nachdem Christine erfahren hatte, dass sich Mila bei der Konkurrenz und Vater ihrer Tochter, dem sie nie von Nina erzählt hatte, beworben hatte, hat sie Milas Vertrag nicht wieder verlängert. Die beiden sind zwar zusammengekommen, aber letztendlich musste Gottfried Mila noch in der Probezeit kündigen, denn dadurch hat Christine das Sorgerecht für Nina an Gottfried abgetreten. Seitdem lebt Nina bei ihm und fühlt sich, laut Mila, sehr wohl bei ihm.

„Wie sieht der Stellenmarkt eigentlich aktuell aus?" Versonnen schaukele ich Janne in meinem Arm und knabbere dabei an ihrem Finger. Sie sind so winzig! Mila schaukelt Damian auf ihrem Arm und wirkt angespannt.

„Ach, eigentlich sind Stellenanzeigen da, aber wie du ja leider weißt, hat mein letzter Job nur vier Wochen gedauert, das sieht schlecht aus."

„Ach was, du erzählst einfach etwas wegen Umstrukturierungen. Jeder Chef hat so etwas schon erlebt", versuche ich sie aufzumuntern. Zumindest war das Zeugnis dann sehr gut, davon habe ich mich selbstverständlich sofort überzeugt. „Bestimmt wirst du bald etwas finden, schließlich hast du ja mittlerweile Berufserfahrung."

„Ja, das stimmt. Ich wünschte, Gottfried könnte mir helfen", seufzt sie.

„Könnte er denn etwas für dich tun?"

„Ich denke, er hat ein großes Netzwerk und es wäre schon fair, wenn er mir nach der ganzen Geschichte mit Christine einen neuen Job besorgen könnte."

„Ja, vielleicht. Vielleicht hat er auch Leute angesprochen, nur da sie nichts hatten, hat er es nicht erwähnt."

„Stimmt, das könnte auch sein. Soll ich etwas zu essen machen?"

„Aber Mila, ich mache das schon. Ich hoffe, die beiden schlafen nach dem vielen Wiegen noch ein bisschen. Magst du Nudeln mit frischen Tomaten und Knoblauch essen?"

„Seit wann kochst du denn so etwas?" Ich schmunzele bei Milas erstauntem Gesichtsausdruck.

„Das ist gar nicht so schwer", tue ich das Ganze ab. „Wenn ich eine vernünftige Mahlzeit esse, esse ich weniger zwischendurch."

Vergnügt gehe ich in die Küche. Wir haben die Wand zum Wohnzimmer entfernen lassen, dadurch kann ich mich immer noch mit Mila unterhalten, während ich koche. Hätte man mir so etwas vor einem Jahr erzählt, ich hätte denjenigen einweisen lassen!

„Wow, Maya, das schmeckt super!" Mila futtert einen kleinen Berg Nudeln in sich hinein und ich freue mich einfach, dass es ihr schmeckt.

„Soll ich deine Bewerbungen Korrektur lesen?"

„Ja, sehr gerne. Ich bringe morgen meinen Laptop mit, wenn ich darf."

„Natürlich, das ist kein Problem, Mila!"

Irgendwie habe ich immer das Bedürfnis, mich bei Mila bedanken zu müssen, obwohl ich sie ja für ihre Arbeit bezahle. Es ist wohl eher eine

Grundschuld, dich ich ihr gegenüber empfinde, weil sie und ihre Eltern immer für mich da waren.

15. UMZUGSPLÄNE

„Hallo Aleks. Schön, dass du schon da bist!" Ich küsse seine verschwitzte Nasenspitze.

„Das ist ja eine nette Begrüßung! Ich bin gleich bei euch, aber erst muss ich dringend duschen!"

Nur kurze Zeit später sitzen wir beide am Abendbrottisch. Die Zwillinge haben ein Abendfläschchen bekommen und schlafen selig. Demnächst fangen wir schon mit der Beikost an, die 6 Monate sind einfach so weggerast und sie sehen sich im Vergleich zum Tag ihrer Geburt überhaupt nicht mehr ähnlich.

„Mila wird nach Berlin gehen."

„Wann?" Erstaunt blickt mich Aleks an und vergisst, in sein Brot zu beißen.

„Nächste Woche wird sie zu einer Weihnachtsfeier fahren, zu der ihr zukünftiger Chef sie eingeladen hat und ihr Job fängt bereits am 2. Januar an." Mein Seufzen dabei kann ich einfach nicht unterdrücken.

„So zeitig schon? Das freut mich sehr für sie, umso schneller ist sie wieder drin im Berufsleben." Aleks scheint mein Seufzen gar nicht aufzufallen.

„Machst du dir gar keine Sorgen, wie es hier weitergeht?"

„Wir wussten doch, dass das mit Mila nur temporär sein wird. Wo wird sie arbeiten?"

„Sie hat eine Stelle bei einem Wissenschaftsverlag bekommen."

„Großartig, das wollte sie doch schon immer!"

Stimmt, damit hat Aleks recht und ich schäme mich ein wenig für mein egoistisches Seufzen. Dann fällt mir auf, wie viel er bereits über Mila weiß, obwohl wir uns noch gar nicht so lange kennen, gerade mal ein gutes Jahr. Und das nächste Weihnachten würde bereits zu viert sein! Mein Bauch kribbelt dabei ganz komisch, wenn ich daran denke.

„Ja, das stimmt natürlich. Ich freue mich auch sehr für sie, aber ich bin auch nervös, wie wir das alles allein schaffen sollen."

„Wir werden das schon hinkriegen. Meine Familie wird uns immer unterstützen, wenn sie können."

„Das weiß ich, aber sie haben doch keine Zeit und deine Mutter kann doch nicht jeden Tag aus Bielefeld zu uns kommen."

„Vielleicht könnten wir ja nach Bielefeld ziehen?" Erwartungsfroh schaut mich Aleks an und ich bin total verwirrt.

„Na ja, da würde ich eher nach Berlin ziehen wollen, wenn überhaupt. Schließlich sind mein Job und auch deine Stammkunden hier."

„Ach was, verstopfte Rohre gibt es auch in Bielefeld. Es würde uns das Leben einfacher machen, meinst du nicht?" In mir sträubt sich alles, keine Ahnung warum, Bielefeld ist schließlich auch nur eine Stadt wie jede andere.

„Keine Ahnung, deine Familie ist doch auch sehr eingespannt. Wir stehen auf sämtlichen Listen für Tagesmütter, ich werde gleich morgen mit dem Amt telefonieren, ob es irgendwo kurzfristig freie Plätze gibt. Vielleicht haben wir Glück." Bielefeld, das ist so mindestens die letzte Stadt, in die ich hinziehen würde, denke ich seufzend.

„Wir machen es einfach so, wie wir es besprochen haben", sagt Aleks beschwichtigend. „Ich gehe abends arbeiten. Meistens haben die Leute da ohnehin besser Zeit. Du kannst einiges von zuhause machen bzw. telefonisch regeln."

„Das stimmt. Wir werden das schon schaffen. Da wäre nur noch etwas."

„Was denn?" Aleks schaut mich erwartungsfroh an. Ich mag diese positive Art an ihm.

„Na ja, Mila bräuchte Hilfe, also wenn sie eine Wohnung gefunden hat."

„Hat sie denn schon eine?"

„Nein, aber wenn, du kennst doch so viele Leute…"

„Natürlich helfe ich ihr, Maya. Das ist doch selbstverständlich!"

„Danke Aleks! Meinst du, du kannst einen Umzugswagen organisieren?"

„Wenn es so weit ist, spreche ich mit Bo, vielleicht hat Jo auch Zeit. Mit denen schaffe ich Milas Sachen bis in die Antarktis."

„Danke, die beiden sind wirklich super! Wie schnell ihr unseren Umzug über die Bühne gebracht habt, das war sensationell!"

„Ach, das war doch eine unserer leichtesten Übungen", sagt Aleks, doch ich sehe, dass er etwas verlegen geworden ist.

Aleks ist nicht unsicher, sein Auftreten ist natürlich und völlig unverstellt. Seine positive Ausstrahlung, seine Hilfsbereitschaft, das sind nur einige Attribute, weswegen ich ihn so mag oder vielleicht sogar…nein, oder doch vielleicht, aber nur ein bisschen.

16. EGONPROBLEME

„Ich glaub 's nicht!"

„Was denn?", fragt Aleks verschlafen. Der Nachmittag war anstrengend, für uns alle. Die ersten Zähne sind im Anmarsch. Trotzdem setze ich mich wieder im Bett auf.

„Mila ist kaum nach Berlin gezogen, schon ist sie wieder mit Egon zusammen!"

„Der, der nach Australien abgehauen ist?"

„Und der jetzt wieder da ist. Der hätte ruhig im Outback bleiben können! Da gehen doch alle naselang Menschen verloren!"

„Ist das so?", lacht Aleks. Ich mag sein Lachen.

„Keine Ahnung, aber wieso muss dieser Typ ausgerechnet in Berlin rumhängen. Und Mila fällt prompt auf ihn rein!"

„Was hat er denn so Schlimmes getan?"

„Na ja, er hat Knall auf Fall mit ihr Schluss gemacht, um dann ein halbes Jahr später einfach in ihrer Wohnung aufzutauchen und zu behaupten, dass sie verlobt seien. Und dass, wo sie gerade mit Gottfried dabei war, zusammen zu kommen."

„Das wusste ich noch gar nicht. Mila hat das nie erwähnt."

„Ist ja jetzt auch schon ein dreiviertel Jahr her. Aber ich hätte nie gedacht, dass Mila gleich wieder etwas mit ihm anfängt."

„Nun ja, sie ist allein in eine riesige Stadt gezogen."

„Das hat sie auch gesagt", sage ich irritiert.

„Sie wird sich einsam fühlen und wahrscheinlich hat auch Egon niemanden dort."

„Ja, das meinte sie auch, also, dass Egon niemanden dort kennt. Er muss ständig zu irgendwelchen Projekten fahren, er hat gar keinen festen Arbeitsplatz."

„Klingt wirklich sehr einsam."

„Du hast doch aber auch keine Arbeitskollegen."

„Ich bin ein anderer Typ, ich lerne schnell Leute kennen und brauche die Arbeit nicht dafür."

„Und du meinst, Egon ist nicht so der Typ dafür?"

„Das weiß ich nicht, aber Mila ist definitiv nicht der offenherzige Typ und da kommt Egon wahrscheinlich doch recht gelegen, egal wie die gemeinsame Vergangenheit aussieht."

„Ich mag Egon nicht." Wieso ist Aleks so verständnisvoll. Und wieso bin ich es nicht? Schließlich ist Mila doch meine Freundin, sollte ich mich nicht für sie freuen?

„Ich weiß", seufzt Aleks und drückt mich sanft an sich.

„Ich kann gar nicht genau sagen, wieso ich ihn nicht leiden kann. Gottfried ist ganz anders, viel angenehmer und kultivierter." Genau, wieso kann sie nicht mit ihm zusammenbleiben.

„Ich wusste gar nicht, dass du so ein Gottfried Fan bist." Selbst im Dunkeln spüre ich, dass Aleks die Augenbrauen nach oben zieht und mich dabei erstaunt mustert.

„Bist du etwa eifersüchtig?" Amüsiert schaue ich ihn an, zum Glück haben meine Augen sich an das Dunkle gewöhnt.

„Maya." Ich sehe, wie er mit den Augen rollt.

„Tut mir leid. Ich vermisse Mila. Ich wünschte, sie hätte hier etwas gefunden. Und dass sie mit Gottfried Schluss gemacht hat, zeigt nur, dass sie ihr altes Leben komplett hinter sich lassen will. Ich hoffe, sie tut das nicht auch noch mit mir." Merkwürdig: Wann genau bin ich eigentlich so melodramatisch geworden, das sieht mir gar nicht ähnlich!

„Aber Maya, das glaube ich nicht. Mila ist jetzt seit vier Wochen in Berlin. Wie oft habt ihr seitdem telefoniert?"

„Keine Ahnung, ich habe nicht gezählt."

„Ist doch ein gutes Zeichen, findest du nicht?"

„Vielleicht. Ich bin gespannt, wie es in einem halben Jahr aussieht."

„Sei nicht so pessimistisch, Maya. Warts doch erstmal ab."

„Glaubst du, dass sie noch an Gottfried denkt?"

„Ich befürchte nein, denke ich zumindest. Sonst würde sie ja nicht mit Egon zusammen sein wollen, oder?"

„Hast du mal mit Gottfried gesprochen, Aleks?"

„Ja, letzte Woche erst, wir haben etwas zusammen getrunken. Gottfried ist nett, Egon kenne ich allerdings auch nur aus Erzählungen von euch, deshalb kann ich die beiden nicht miteinander vergleichen."

„Und habt ihr über Mila gesprochen?"

„Nur kurz. Er hat überlegt, ob er Mila in Berlin besucht, hat sich aber dagegen entschieden. Mila hat gesagt, sie will einen Neuanfang und das will er respektieren."

„Kannst du ihm nicht zureden, dass er es doch noch einmal versucht?"

„Aber Maya, das müssen die beiden doch selbst entscheiden."

„Aber wenn sie doch die falschen Entscheidungen treffen!"

„Maya, wir müssen Milas Entscheidung respektieren und Gottfrieds auch."

„Ich befürchte, du hast recht."

„Ich werde mir diesen Tag im Kalender anstreichen."

„Wieso?"

„Na, weil du mir das erste Mal recht gegeben hast."

„Tut mir leid, wird nicht wieder vorkommen."

„Dachte ich mir, also lass mir das Hochgefühl."

„Ok. Gute Nacht, Aleks."

„Gute Nacht, mein Schatz."

17. ERNSTE GESPRÄCHE

„Hallo Maya."

„Nina? Bist du das?" Als ich Ninas Stimme erkenne, bin ich erstmal verwirrt. Kommt ja schließlich nicht alle Tage vor, dass man von der achtjährigen Tochter des Exfreundes der besten Freundin angerufen wird.

„Ich wollte dich sprechen, Maya. Geht das?"

„Natürlich, Nina. Worum geht es denn?"

„Ähm, wie findest du es eigentlich, dass Mila und Papa sich getrennt haben?"

„Find ich total blöd. Willst du die beiden wieder zusammenbringen? Ich bin dabei!" Ich muss bei meinen Worten schmunzeln, vor allem, weil ich es so schön finde, dass Nina die beiden, obwohl sie weder Gottfried noch Mila lange kennt, bereits vergöttert und die beiden wieder zusammenbringen möchte.

„Ich weiß nicht. Hast du nicht eine Idee? Du kennst Mila doch schon ewig. Deine Nummer habe ich mir heimlich aus Papas Handy besorgt. Bist du sauer?" Ich wusste gar nicht, dass Gottfried meine Handynummer hat.

„Natürlich bin ich nicht sauer, Nina", sage ich amüsiert. Nina ist so ein Goldstück. „Ich finde das sehr lieb von dir. Vielleicht hätte ich sogar eine Idee, ist allerdings riskant und vielleicht etwas gewagt." Ich räuspere mich und höre gespannte Stille.

„Also", beginne ich. „Wie wäre es, wenn du ein Problem hättest, Nina. Also nichts Ernsthaftes, aber zumindest so dramatisch, dass beide sich dafür treffen müssten."

„Ich will aber keinen Unfall haben…"

„Aber nein! Wie wäre es denn, wenn du sehr traurig wegen irgendetwas wärest? So, dass du beispielsweise nichts mehr essen kannst oder nicht schläfst oder so."

„Oh je, muss ich einen Hungerstreik machen? Das halte ich nicht durch!" Nina klingt nicht begeistert und ich werde ungeduldig.

„Keine Ahnung. Oder du tust nur so und sagst, du findest dich zu dick. Das könntest du ja einfach so erzählen."

„Bist du sicher? Meinst du, dass Mila dafür nach Hause kommt? Weil ich mich für zu dick halte?"

„Vielleicht ja. Schließlich hat sie doch mal diese Diätkolumne gehabt, sie kennt sich mit dem Thema aus. Du könntest was dazu googlen, was meinst du?"

„Wenn du meinst. Ich will auf alle Fälle, dass Papa und Mila wieder zusammenkommen. Papa sieht immer so traurig aus."

„Na ja, er hätte sich auch etwas mehr ins Zeug legen können, finde ich", sage ich unbedacht und ärgere mich sofort, weil man so vor einem Kind nicht über dessen Vater reden sollte.

„Hab ich ihm auch gesagt! Aber er meinte, dass das Milas Sache ist und er ihr nicht im Weg stehen will. Erwachsene sind echt komisch. Wieso trennt man sich, wenn man sich mag? Das kapier ich nicht."

Tja, ich versuche erst gar nicht, Nina das zu erklären, denn die meiste Zeit wusste ich in meinem Leben auch nicht, wieso ich manche Entscheidungen getroffen habe.

Natürlich habe ich versucht, mit Mila darüber zu sprechen, aber selbst mir hat sie sich nicht wirklich anvertraut, wie sie wirklich über die Sache mit Gottfried denkt. Jedenfalls hoffe ich, dass Nina das Thema Abnehmen verwendet, dann könnte ich vielleicht sogar zwei Fliegen mit einer Klappe schlagen. Das sage ich Nina natürlich nicht, sie braucht nicht zu wissen, dass ich längst glaube, dass Mila an einer Essstörung leidet oder zumindest sehr stark in diese Richtung tendiert. Vielleicht schaffe ich es ja so, irgendwie Zugang zu Mila zu bekommen. Aber in erster Linie möchte ich, dass sie noch einmal über sich und Gottfried nachdenkt.

„Natürlich weiß ich nicht, ob es funktioniert, aber ich finde es toll, dass du es versuchen willst, Nina!"

„Ich guck mal in meinen sozialen Netzwerken nach, vielleicht finde ich da etwas Brauchbares."

„Mach das, Nina, ich drücke die Daumen, dass den beiden ein Licht aufgeht. Und bitte denk nicht, dass ich dich für zu dick halte! Das sind nur Ideen, um die beiden wieder zusammen zu bringen."

„Weiß ich doch, Maya. Darf ich dich wieder anrufen?"

„Natürlich, sehr gerne jederzeit!" Dann lege ich auf und werde stutzig. Soziale Netzwerke, liebes bisschen, ich habe mit acht noch mit Puppen gespielt und Nina checkt ihr soziales Netzwerk! Unglaublich, die Kinder von heute.

Aber auch an ihrer Aktion kann ich sehen, wie reif Nina bereits ist. Hätte ich nicht mit einer Idee kommen sollen, hätte ich mich nicht viel mehr einsetzen müssen, damit die beiden wieder zusammenkommen? Wieso muss sich eine Achtjährige darum kümmern!

18.   SELBSTREFLEXION

„Was ist denn los, Maya?" Besorgt mustert mich Aleks.

„Mila ist sauer auf mich. Sie ist einfach gegangen und jetzt herrscht Funkstille." Ich wäre den Tränen nah, wenn so etwas für mich in Frage käme.

„Nun ja, du hast ihr Nina auf den Hals gehetzt."

„Trotzdem sind sie und Gottfried nicht wieder zusammengekommen."

„Hattest du das erwartet?"

„Irgendwie schon."

„Vielleicht brauchen die beiden einfach noch etwas Zeit."

„Mila hat mir gar nicht richtig zugehört. Dabei will ich doch nur ihr Bestes."

„Und das wäre?" Stirnrunzelnd blickt mich Aleks an.

Mittlerweile sprechen wir meistens abends, weil tagsüber einfach zu wenig Zeit dafür ist. Und natürlich nur dann, wenn Aleks nicht bei einem Auftrag ist. Wir haben einfach viel zu wenig Zeit, denke ich seufzend und schmiege mich an ihn.

„Ich glaube, dass Mila eine Essstörung entwickelt. Ich mache mir einfach Sorgen um sie. Es war super, dass Nina ausgerechnet das Ana und Mia Thema verwendet hat, um Mila nach Hause zu locken, aber irgendwie hat Mila das alles gar nicht auf sich selbst bezogen, befürchte ich."

„Hättest du das denn, Maya?"

„Ich hatte doch nie Essstörungen!"

„Wirklich nicht? Du hattest zuhause nur Müsli stehen und ansonsten Kaffee und Mineralwasser. Du bist jeden Tag joggen gegangen und abends ins Fitnessstudio. Ich bin froh, dass du sehr viel normaler isst und höchstens dreimal die Woche ins Fitnessstudio gehst."

„Du fandest mich essgestört?" Entrüstet richte ich mich auf und blicke ihn empört an. Abwehrend hebt Aleks die Hände.

„Vielleicht nicht gestört, aber schon sehr strikt."

„Na ja, ich achte schon darauf, was ich esse. Stimmt, irgendwie esse ich schon mehr, seitdem ich dich kenne, auch jetzt noch, obwohl ich gar nicht mehr schwanger bin."

Stimmt es, war oder bin ich essgestört? Ich habe immer sehr auf meine Figur geachtet, auch, weil meine Mutter mir das so vorgelebt hat. Ich habe meine Mutter eigentlich kaum essen sehen, außer dass sie vielleicht mal einen Diätshake getrunken hat.

„Vielleicht, aber ich habe doch nie so ausgesehen, also so, wie die magersüchtigen Mädchen, die man auf Fotos sieht."

„Sicher, aber die Frage ist natürlich, wann eine Essstörung anfängt. Du bist dir ja bei Mila gar nicht sicher. Aber wieso glaubst du denn, dass sie an einer Essstörung leidet?"

„Sie hat noch weiter abgenommen, seitdem sie in Berlin lebt. Wie und was sie isst, sehe ich leider nicht. Wenn sie bei uns ist, isst sie immer ganz normal, aber ihre Figur ist noch mehr zusammengeschrumpft."

„Was hat sie denn dazu gesagt?"

„Sie hat völlig abgeblockt und ist dann zu ihrem Zug geflitzt. Sie hat mich einfach stehengelassen."

„Was hättest du an ihrer Stelle gemacht?", fragt Aleks sanft. Tja, gute Frage.

„Ich habe ihr das zu unvorbereitet unterstellt, befürchte ich."

„Was hättest *du* dazu gesagt, Maya?", wiederholt Aleks.

„Ich glaube, ich hätte auch so gehandelt. Ich glaube auch nicht, dass ich eine Essstörung gehabt habe, aber anscheinend sehen das Außenstehende eher als man selbst. Ich hoffe, Mila redet irgendwann wieder mit mir."

„Bestimmt wird sie das, Maya. Ihr kennt euch schon so lange. Lass ihr Zeit, vielleicht sickert etwas in sie ein. Hattest du Nina den Tipp gegeben, also den mit der Essstörung?"

„Ich habe ihr einfach ein paar Beispiele vorgeschlagen, weswegen sich vielleicht Mila genügend Sorgen machen könnte, um sofort wieder hier her zu kommen. Natürlich habe ich versucht, das Thema Diät anzubringen. Dass sie dann sogar mit Mia und Ana kommt, hätte ich nicht erwartet.

„Wer sind Mia und Ana?"

„Das sind Abkürzungen für Bulimie und Anorexie. Es gab diese Seiten eine ganze Zeit lang im Internet und wahrscheinlich sind sie immer noch da. Heutzutage gibt es regelrechte Magersuchtchallenges in den sozialen Netzwerken."

„Jetzt wirklich?" Entsetzt blickt mich Aleks an.

„Ja, ich möchte heute keine dreizehn mehr sein. Der Druck ist wahnsinnig hoch bei den Jugendlichen."

„Ich bin gespannt, was angesagt sein wird, wenn unsere Kinder in dem Alter sind", seufzt Aleks.

„Bestimmt nichts, was wir kennen und woran wir jemals gedacht haben. Ich glaube, Nina ist ungewöhnlich reif für ihr Alter, aber dass sie gleich mit dem richtigen Thema angekommen ist, hat mich dennoch sehr überrascht. Vielleicht ahnt sie auch etwas, aber wollte mir das nur nicht sagen."

„Vielleicht", nickt Aleks.

„Was meinst du, wann soll ich mich wieder bei Mila melden?"

„Lass sie doch, vielleicht kommt sie auf dich zu."

„Mal sehen, das Ganze macht mich einfach total fertig. Das Blöde ist auch, dass Mila so weit weg wohnt. Ich kann nicht einfach bei ihr vorbeispazieren und sie festnageln." Aleks nickt.

„Das stimmt, aber vielleicht ist die Distanz auch gut für euch."

„Vielleicht", sage ich wenig überzeugt.

***

Doch Aleks hat recht. Wahnsinn, wie gut er Mila und mich anscheinend bereits kennt!

Nur zwei Wochen später ruft mich Mila an und entschuldigt sich sogar bei mir, nicht dass sie Grund dazu hätte. Die ganze Sache ist mir mehr als peinlich, als sie auffliegt. Zum Glück schaffen wir das ganze aus der Welt. Und wenig später kommen Mila du Gottfried sogar wieder zusammen. Egon ist Geschichte, hoffentlich ein und für allemal. Nina und ich sind selig!

19.   SO KANN ES BLEIBEN

„Es ist irgendwie immer noch merkwürdig, dass sie jetzt da sind, obwohl sie bereits ein Dreivierteljahr alt sind." Versonnen blicke ich auf unsere schlafenden Zwillinge.

„Ja, das ist es, Maya." Verschmitzt schaut mich Aleks an. „Ich möchte gerne, dass es für immer so bleibt."

„Was meinst du damit?" Erstaunt blicke ich Alex an.

Er steht auf und nimmt ganz vorsichtig die schlafenden Zwillinge in den Arm. Ich halte förmlich die Luft an und frage mich, wann sie aufwachen, aber die beiden interessiert das nicht. Mit jeweils einem Kind auf jedem Arm, geht Aleks vor mir auf ein Knie.

„Maya, ich weiß, wir kennen uns noch nicht so lange. Aber ganz ehrlich, das spielt überhaupt keine Rolle für mich. Denn für mich fühlt es sich so an, als ob wir uns schon ewig kennen würden. Bei dir bin ich glücklich und ich liebe unsere Kinder. Und ich liebe dich. Bitte, heirate mich."

Völlig perplex blicke ich Aleks mit den schlafenden Kindern an. Er verharrt tatsächlich in der Position, die alles andere als bequem aussieht. Dann blicke ich mich in unserem Haus um und mein Herz schlägt schneller.

„Ja." Keine Sekunde brauchte ich darüber nachzudenken, was mich selbst wohl am meisten überrascht.

Über Aleks Gesicht huscht ein so wunderbares Lächeln, dass mein Bauch ganz heftig flattert. Ohne sichtliche Anstrengung steht er auf und legt Janne und Damian behutsam in den Laufstall zurück. Dann kommt er zu mir und küsst mich, dass mir die Luft wegbleibt.

„Ich bin so froh, dass du Ja gesagt hast", sagt er heiser und nestelt an seiner Hosentasche. Dann nimmt er meine Hand und steckt mir einen Ring auf! Ich halte den Atem an und blicke auf meine Hand.

„Aleks", hauche ich. „Das ist doch viel zu viel!"

„Der Ring hat meiner Großmutter gehört. Sie hat ihn meiner Mutter schon vor Jahren für mich gegeben und ich könnte mir niemand Besseres dafür vorstellen, um ihn zu tragen."

Fasziniert betrachte ich den Ring. Er hat einen blauen Stein. Die dunklen Bänder sind ineinander verschlungen. Insgesamt könnte ich mir keinen schöneren Ring vorstellen als diesen hier.

„Dein Großvater hatte einen guten Geschmack."

„Wie man es nimmt", lächelt Aleks. Sein Gesicht leuchtet. Er sieht einfach wunderschön aus. „Der Ring war schon von seinem Vater. Er ist seit vielen Jahren in Familienbesitz und stammt aus den zwanziger Jahren des letzten Jahrhunderts. Es ist schön, dich damit zu sehen." Mir wird ganz warm ums Herz, dass mir Aleks so ein wertvolles Familienerbstück anvertraut. Ich werde ihn nach der Hochzeit sofort in einen Safe einschließen, um ihn später Damian zu geben.

„Danke."

„Ich habe zu danken, dass du Ja gesagt hast. Wann wollen wir heiraten?"

„Im Juni natürlich, wann sonst?"

„Das ist ja schon in drei Monaten!"

„Ja und?" Ich sehe das Problem nicht.

„Ich hab ja keine Ahnung von so etwas, aber wird es nicht schon schwierig sein, in der kurzen Zeit einen groß genügenden Partyraum zu finden?" Aleks schaut mich schmunzelnd an und sofort fühle ich mich herausgefordert.

„Notfalls feiern wir hier im Garten." Ich schlucke, denn ich weiß genau, dass ich das nicht will. Ich kann ja die Seniorpartner nicht in mein Wohnzimmer bitten, wie schaut denn das aus!

„Was ist mit der Kirche?", fragt Aleks und schaut mich durchdringend dabei an.

„Äh, du willst kirchlich heiraten?" Komisch, ich hätte Aleks gar nicht als religiös eingestuft. Sind seine Eltern nicht russisch-orthodox?

„Na ja, meine Schwestern haben kirchlich geheiratet", sagt er und zuckt die Schultern. Irgendwie scheint ihm das Thema peinlich zu sein.

„Ok, aber was willst du?"

„Ich renne bestimmt nicht jeden Sonntag in die Kirche", beginnt er vorsichtig, „aber irgendwie ist das in meiner Familie so Tradition. Die Religion spielt dabei gar keine Rolle, meine Schwestern haben beide katholisch geheiratet."

„Was möchtest du?", wiederhole ich zweifelnd. Schließlich erweitere ich meine To-Do-Liste nicht einfach nur deshalb, weil Aleks seiner Familie einen Gefallen tun will.

„Mir wäre es sehr wichtig."

„Gut, dann suche ich eine Kirche." Wenn es Aleks wichtig ist, dann ist es das für mich auch, auch wenn ich jetzt nicht unbedingt kirchlich heiraten müsste und auch nicht weiß, wie schnell sich so etwas realisieren lässt.

„Wie ist das mit dem Namen?"

„Mit welchem Namen?", frage ich zerstreut.

„Na ja, wollen wir beide unseren Namen behalten?" Verblüfft blicke ich Aleks an.

„Da habe ich noch gar nicht drüber nachgedacht. Ich hänge nicht sehr an meinem Nachnamen. Winkler hat doch sehr was von einem Winkeladvokaten." Aleks lacht laut auf.

„Das ist mir bis jetzt noch gar nicht aufgefallen!"

„Würdest du dann vielleicht… meinen Namen annehmen?", fragt er und seine sonst so heitere Stimme klingt plötzlich ganz rau und ernst.

„Wieso heißt du eigentlich März?"

„Was meinst du?"

„Na ja, du meintest, dass deine Familie aus Russland kommt, aber euer Nachname klingt eher deutsch."

„Ach so. Der Name kommt auch aus Deutschland, damals, also im 18. Jahrhundert, hat sich meine Familie an der Wolga niedergelassen. Vielleicht hast du schon mal von den Wolgadeutschen oder

Russlanddeutschen gehört. Nach dem zweiten Weltkrieg sind meine Großeltern nach Deutschland gegangen. Mein Vater ist in Deutschland groß geworden. Dass er eine gebürtige Russin geheiratet hat, war bloßer Zufall. Meine Mutter stammt aus St. Petersburg, ist aber auch bereits als Kind ins Ruhrgebiet gekommen."

„Und deine Schwestern? Ihre Kinder haben alle einen russischen Vornamen, oder? Sind ihre Ehemänner auch aus Russland?"

„Nein und wahrscheinlich haben ihnen die Namen einfach nur gut gefallen. Alinas Mann kommt aus der Ukraine und Galinas Mann aus Deutschland."

„Gut. Ich hab nichts gegen deinen Namen." Maya März, das klingt gar nicht so schlecht.

„Das wird meine Eltern sehr freuen, Maya. Dann werden wir alle März heißen!" Aleks klingt so glücklich, mein Bauch fühlt sich ganz warm dabei an.

Was ist bitte schön ein Name. Und ich habe mit dieser Familie, dessen Namen ich aktuell trage, schon lange nichts mehr zu tun. Es wird gut sein, das letzte bisschen, was mich mit ihnen verbindet, auch noch abzugeben.

20.   HOCHZEITSPLANUNG

Drei Monate, ich habe weniger als drei Monate hämmert es in mir, als ich im Gerichtssaal sitze. Ich bin überhaupt nicht bei der Sache, was mich wirklich ärgert. Reiß dich zusammen, Maya!

Nach der Verhandlung packe ich sofort zusammen und fahre nach Hause. Dann suche ich im Internet Kirchen raus, katholisch, denn zufällig bin ich ebenfalls katholisch. Allerdings bin ich seit meiner Kommunion nicht mehr in der Kirche gewesen, ich hoffe, das wird kein Problem werden.

Wird es nicht, es ist gar kein Problem! Bereits die dritte Kirche, die ich anrufe, hat einen Termin im Juni frei. Obwohl ich im Juni heiraten will, lasse ich mir noch weitere Termine für Juli und August geben, schließlich haben wir noch keinen Termin fürs Standesamt. Dann rufe ich noch weitere Kirchen an und habe dann Termine für jeden Sonntag im Juni, allerdings sind zwei Kirchen doch recht weit von hier, ich hoffe, dass es mit dem Termin der ersten Kirche klappt. Seufzend greife ich zum Telefon.

„Aleks, wie lange arbeitest du heute? Lass uns so schnell wie möglich zum Standesamt gehen, damit das mit der Kirche klappt!"

„Äh, was? Welche Kirche?", stottert Aleks. Männer, als ob er nicht wüsste, wovon ich rede.

„Aleks! Du wolltest doch in einer Kirche heiraten!"

„Ja, aber ich habe nicht damit gerechnet, dass du das sofort machst", sagt er lahm.

„Na hör mal, wie lange kennst du mich jetzt?"

„Ok, na gut. Ich bin hier gleich fertig. Hat denn das Standesamt noch auf?"

„Ich schaue nach. Ach Mist, die Dokumente muss ich erst aus dem Bankschließfach holen, kannst du sie mitbringen?"

„Natürlich, ich bin in einer Stunde zuhause."

Und natürlich hat das Standesamt schon zu, morgen hat es bis 18 Uhr auf. Ich sitze wie auf heißen Kohlen, ich will einfach, dass der Juni klappt. Eigentlich ist das alles halb so wild, ja ich weiß.

Als ich die Tür höre, zucke ich zusammen. Ich war ganz vertieft in Brautkleiderkataloge, um mir Anregungen zu holen.

„Hallo Maya. Ich bin so schnell gekommen, wie es irgendwie ging! Hier sind unsere Geburtsurkunden und das Familienbuch meiner und deiner Eltern."

„Das ist lieb von dir, Aleks, aber das Standesamt hat schon zu. Wir gehen morgen hin. Wann hast du Zeit? Blöderweise kann ich jetzt noch gar nicht weiter planen, bis wir den Termin haben."

„Wir könnten morgen in deiner Mittagspause dorthin gehen. Aber was ist, wenn das Standesamt gar nicht frei ist, wenn der Kirchentermin ist?"

„Das ist eine gute Idee, also morgen so gegen ein Uhr. Und wir müssen ja nur irgendeinen Termin vor dem kirchlichen Termin bekommen. Ich habe von Juni bis August Termine vereinbart, einer davon wird hoffentlich klappen. Bis kommenden Freitag muss ich den Termin in der Kirche bestätigen."

„Oh man", stöhnt Aleks und drückt mich. „Ich wusste nicht, dass es so stressig ist, sich zu heiraten."

„Welcher Stress? Das ist doch nicht stressig, ein paar Telefonate zu führen. Ich rufe gleich mal ein paar Brautgeschäfte an und mache Termine."

„Mir wird schwindelig", stöhnt Aleks, grinst aber dabei. Dann schnappt er sich die Zwillinge, füttert sie und geht mit ihnen spazieren.

Herrlich, diese plötzliche Ruhe zuhause. Da kann ich gleich besser telefonieren. Also rufe ich spontan einen Mandanten an, von dem ich weiß, dass er einen alten Gutshof besitzt. Er freut sich, von mir zu hören und verspricht mir gleich drei mögliche Termine, die ich bitte auch bis Freitag bestätigen möchte. Ich schreibe alles sorgfältig in meinen Kalender.

Jetzt brauchen wir eigentlich nur noch den Termin auf dem Standesamt. Das Restaurant am Tag der standesamtlichen Trauung ist halb so wild, es werden nur wenige Gäste dabei sein, also werden wir keinen so großen Tisch benötigen.

„Aleks!", rufe ich, als ich die Tür höre oder vielmehr das fröhliche Krähen unserer Kinder. „Wäre es sehr schlimm, wenn wir deine Familie erst für die kirchliche Trauung am Sonntag einladen?"

„Äh, ich weiß nicht so recht." Aleks schaut mich irritiert an.

„Wenn wir so viele Leute sind, wird es schwierig werden, kurzfristig ein Restaurant zu finden. Deine Familie besteht allein schon aus 5 Kindern und 6 Erwachsenen! Am Sonntag ist das egal, in den Gutshof passen ungefähr 300 Leute."

„Äh, Maya, wie viele Leute hast du eingeladen?", fragt Aleks alarmiert, während er die Zwillinge erfolgreich aus den Klamotten geschält hat und sie zufrieden auf dem Boden rumkriechen.

„Nur die wichtigsten Leute", sage ich achselzuckend. „Ich denke, ich werde ungefähr 200 Einladungen verschicken, ich habe schon mit der Druckerei telefoniert, die machen das innerhalb einer Woche. Aber wahrscheinlich kommen so kurzfristig nicht mehr als 150 Gäste." Aleks wird weiß im Gesicht.

„Ist das nicht sehr riesig und vor allem sehr teuer?"

„Das wird schon gehen." Allmählich werde ich sauer. „Den Gutshof kriegen wir zum Vorzugspreis, das Catering auch."

„Maya", sagt Aleks ruhig und nimmt mein Gesicht in seine noch von draußen kalten Hände. „Wir brauchen das alles doch nicht, wir haben doch uns."

„Hey, ich bin Juniorpartnerin in einer renommierten Kanzlei. Schon deswegen kann ich nun mal nicht in einer Pommesbude heiraten!"

„Ja, aber gibt es nicht etwas dazwischen? Mit vielleicht 50 Gästen?"

„Wie groß waren denn die Hochzeiten deiner Schwestern?", frage ich unschuldig, denn ich kenne die Antwort bereits. Und übrigens habe ich bereits mit Aleks Familie gesprochen und alle hatten gar nichts dagegen, erst am Sonntag dabei zu sein und nicht zweimal die lange Autofahrt von Bielefeld ins Ruhrgebiet machen zu müssen.

„Äh, das weiß ich nicht mehr so genau. Höchstens 80 Leute oder so."

„Bei Galina waren es 178 und bei Alina sogar 204 Gäste. Deine Mutter hat das sogar bedauert, weil russische Hochzeiten in der Regel viel größer gefeiert werden, meinte sie. Und übrigens hat deine Familie kein Problem damit, erst am Sonntag zur Feier zu kommen." Aleks wird rot.

„Ende der Beweisführung", schließe ich grinsend und küsse ihn.

21. PRÜFEN WIR UNS...

„Sollten wir die Nacht nicht getrennt voneinander verbringen?", fragt mich Aleks verschlafen, als wir endlich gegen elf Uhr abends im Bett liegen.

„Wieso?"

„Das macht man doch so, bevor man kirchlich heiratet."

„Aber morgen heiraten wir doch erstmal standesamtlich."

„Das stimmt."

„Macht man das vor dem Standesamt auch?"

„Wahrscheinlich schon bzw. bis zur kirchlichen Trauung."

„Das stelle ich mir schwierig vor."

„Na ja, in solchen Fällen teilt man ja auch noch keine gemeinsame Wohnung."

„Und wieso kommst du da jetzt drauf?"

„Tradition?" Ich muss schmunzeln. Traditionen in allen Ehren, aber wir sind einfach nicht die Typen für so etwas.

„Wenn du willst, darfst du gerne auf der Couch schlafen."

„Soll ich?"

„Nicht wegen mir", sage ich und schmiege mich enger an ihn heran.

„Dieses Argument ist sehr viel besser als die Tradition", stöhnt er und reibt sich an mir. „Wollen wir die Hochzeitsnacht nicht vielleicht etwas vorziehen?"

„Oh, also da weiß ich jetzt aber nicht, was die Tradition dazu sagt", flüstere ich und fange an, ihn auszuziehen.

„Nun ja, aber irgendwie haben wir ja schon, da spielt ein weiteres Mal doch keine Rolle", raunzt er und ich spüre sein Grinsen im Dunkeln und noch etwas anderes, sehr forderndes.

***

Äußerst ausgeruht stehe ich am nächsten Morgen auf, obwohl die Zwillinge dreimal wach waren und um sechs Uhr früh anfangen, laut nach ihrem Frühstück zu verlangen. Ich schaue nach den beiden, lege Damian zu Janne ins Bett und setze Kaffee auf. Als ich zurückkomme, liegen die beiden zusammengekuschelt zusammen und schlafen tief und fest. Ein Anblick für die Götter, denke ich verzückt.

„Ein Anblick für die Götter", seufzt Aleks und ich zucke zusammen.

„Du bist ja auch schon wach, du hättest doch noch schlafen können." Er drückt mir einen sanften Kuss auf die Nasespitze, ich kriege sofort eine Gänsehaut.

„Kaffee?"

„Ja gerne", sage ich verträumt.

Komisch, heute werde ich heiraten. Sollte ich nicht aufgeregt und nervös sein? Wieso bin ich so ruhig? Aber eigentlich ändert sich doch nichts für uns, außer vielleicht den Steuerabgaben, aber emotional sollte alles so bleiben, wie es ist. Zumindest hoffe ich das.

***

„Na, kann ich mich so blicken lassen?" Gekonnt marschiert Aleks in einem pflaumenblauen Anzug ins Wohnzimmer. Ich schlucke. Er könnte so durchaus auch über den Laufsteg in Mailand oder Paris laufen.

„Nicht schlecht", sage ich und muss mich direkt räuspern, weil ich so stark untertreibe.

„Na ja, es werden ohnehin alle nur Augen für dich haben", sagt er und sieht mich anerkennend in meinem zwar schlichten, aber schicken weißen Kostüm an, das mir sogar in Größe 36 passt, obwohl ich mittlerweile doch eher 38 trage.

„Du schaust wunderschön aus, Maya", raunzt er mir in mein Ohr, während die Zwillinge um uns herumkrabbeln.

Verdammt, wieso kann ich Aleks nicht sagen, wie toll ich ihn finde. Was ihm so leicht über die Lippen kommt, ist für mich einfach unaussprechbar. Was ist denn bitte daran so schwer, schelte ich mich.

„Maya, nicht die Stirn runzeln. Bestimmt geht alles gut." Dabei hat er Damian auf dem Arm, beide im gleichen Anzug. Absolut zum Anbeißen! Ich hebe Janne hoch, ihr Kleid ist zartrosa, entnervt zupft sie daran rum und zeigt mit dem Finger in Richtung Damian. Klar, dass sie lieber das anhaben will, was ihr Bruder trägt.

Am Standesamt treffen wir Mila und Gottfried. Mila sieht in ihrem silberfarbenen Kleid einfach nur hinreißend aus, doch leider auch sehr schmal. Daneben stehen Bo und Jo, jeweils mit ihren Familien. Bei Bo hatte ich eine Zeitlang gedacht, dass er besser zu Mila passen würde, Gottfried wirkte am Anfang so wahnsinnig steif und altmodisch auf mich. Doch das ist er ganz und gar nicht, wie ich feststellen musste und Bo wirkt doch sehr glücklich mit seiner Frau und seinen beiden Kindern. Am liebsten hätte Aleks wahrscheinlich beide Männer als Trauzeugen gehabt, keine Ahnung, wie er letztendlich eine Entscheidung hat treffen können. Ich glaube, er hat einfach gelost und trotzdem beide zum Standesamt eingeladen. Und bei Männern scheint das auch keine so emotionsgeladene Sache zu sein, zumindest stehen beide Männer sehr relax rum und Jo sieht keineswegs wütend aus.

Während der Trauung lassen wir die Zwillinge bei Gottfried und Mila. Nina hat ein süßes rosafarbenes Kleid an und wird am Sonntag, trotz des fortgeschrittenen Alters (ihre Worte), unser Blumenmädchen sein. Sie hat unser Angebot mit Fassung akzeptiert, aber gefordert, dass keine Fotos in den sozialen Netzwerken kursieren dürfen, denn dann dürfte sie sich nie wieder in der Schule blicken lassen.

Ich habe es ihr versprochen. Schließlich ist es völlig undenkbar, dass auch nur irgendjemand von uns ein Bild unserer Hochzeit irgendwo posten würde. Mal ehrlich, alle, die es angeht, werden spätestens am Sonntag dabei sein, wer würde Bilder von unserer Hochzeit sonst sehen wollen.

Die Trauung dauert nur wenige Minuten, mir kommt es wie eine Sekunde vor und, schwuppdiwupp, sind Aleks und ich verheiratet, begleitet von der laustarken Untermalung unserer Kinder.

***

Nach der Trauung fahren wir zu einem Café. Es liegt traumhaft gelegen an einem See, leider glitzert heute keine Sonne auf dem Wasser und der Himmel ist grau, doch zum Glück ist es nicht kalt und wir können alle draußen sitzen und uns die fantastische Erdbeertorte schmecken lassen. Sachte drückt Aleks meine Hand.

„Ich liebe dich, Frau März."

***

Nach ein paar gemütlichen Stunden, fahren wir alle zu einem Italiener. Kein besonders schickes, dafür aber sehr gemütliches Restaurant. Morgen werden wir wahrscheinlich gar nichts essen.

Kaum haben wir uns hingesetzt, erhebt sich Bo und klopft an sein Glas.

„Lass das doch, man", stöhnt Aleks genervt.

„Heute ist die Probe", sagt Bo ernst. „Ich muss doch schauen, ob ihr an den richtigen Stellen heult oder lacht, sonst mache ich mich am Sonntag womöglich lächerlich."

„Boris, das machst du jetzt schon", sagt Jo freundlich und ich muss kichern.

„Lass dir nichts einreden, Bo! Hau es raus!", ruft Gottfried und Mila klatscht und klopft ebenfalls an ihr Glas.

Nina verdreht die Augen und klopft auf ihren Bauch, wahrscheinlich hat sie Hunger. Die Zwillinge haben wir in ihren Buggy gepackt und durch die ganze Aufregung halten sie gerade tatsächlich ein Nickerchen, mal sehen, für wie lange. Bo räuspert sich.

„Ja, also. In meiner Funktion als Trauzeuge und längster Freund…"

„Äh, darf ich dich da korrigieren, Bo? Ich kenne Aleks schon seit der Grundschule, also genauer gesagt seit der ersten Klasse und du bist erst viel später dazugestossen."

„Upps, das stimmt!", stöhnt Aleks gespielt theatralisch. „Tut mir leid, Jo, ich hätte dich erwählen sollen!"

„Ja genau", pflichtet er ihm bei. „Das hättest du!"

Bei diesen Gesprächen haben wir bereits jetzt schon Lachtränen in den Augen.

„Als vielleicht nicht längster, dafür aber bester Freund…", startet Bo erneut.

„Also das ist jetzt ein wenig stark formuliert", mosert Jo wieder.

„Johannes, hör auf, dich wie ein Kleinkind zu benehmen!", weist Aleks ihn zurecht.

„Als ein sehr guter Freund, möchte ich heute die Gelegenheit dazu nutzen, Aleks mal ein wenig besser vorzustellen." Er holt tief Luft und wahrscheinlich wartet er auf eine Unterbrechung, doch diesmal hält selbst Jo den Atem an, was Bo sichtlich aus dem Konzept bringt.

„Äh, wo war ich stehen geblieben?"

„Aleks mal ein wenig besser vorzustellen", souffliert Nina genervt und zeigt wieder auf ihren Bauch. „Wann gibt es endlich etwas zu essen?"

„Dem schließe ich mich an", knurrt Aleks und zeigt ebenfalls auf seinen Bauch.

„Ihr seid ein undankbares Publikum", schmollt Bo und setzt sich wieder hin.

„Lasst uns erstmal etwas essen", schlägt Jo versöhnlich vor.

„Genau", stimmt jetzt Gottfried mit ein. „Ein sattes Publikum ist sehr viel dankbarer, glaub mir."

22. ...BEVOR WIR UNS BINDEN

Es wird ein lustiger Abend und erst spät kommen wir heim.

„Zum Glück ist die nächste Hochzeit erst morgen", stöhnt Aleks.

„Du wolltest das doch so", sage ich zärtlich, als wir endlich im Bett liegen, viel Nacht ist nicht mehr übrig.

„Das stimmt. Es bedeutet mir viel, dass du das für mich tust."

„Kein Problem. Du weißt, dass ich dich mag." Meine Wangen glühen, solche Gefühlsbekundungen sind mir peinlich. Ich spüre Aleks Grinsen und seine Hände umfassen mich zärtlich.

„Ich mag dich auch, Frau März. Sehr sogar!"

Der Samstag ist zum Glück ziemlich ruhig und irgendwie kommt gar keine Lust bei mir auf, morgen schon wieder zu heiraten. Das Ganze gleicht eher einem Marathon, aber das habe ich mir vorher einfach nicht überlegt. Ich hätte eine Woche Abstand einplanen sollen, mindestens, wenn nicht sogar ein Jahr. Wir schrecken richtig hoch, als es plötzlich klingelt.

„Erwartest du jemanden, Maya?"

„Nein, du vielleicht?"

„Auch nicht", zuckt Aleks mit den Schultern und rennt zur Tür, gefolgt von den Zwillingen, die versuchen, ganz schnell hinterher zu krabbeln. Damian fängt teilweise sogar schon an, sich hochzuziehen, es ist unglaublich, wie schnell sie groß werden.

„Hallo zusammen!"

„Gottfried! Ist etwas mit Mila?" Bestürzt laufe ich auf Milas Freund zu.

Er lacht: „Nein, es ist gar nichts mit Mila. Ich wollte euch nur etwas fragen. Entschuldigt, dass ich mich nicht vorher angekündigt habe, aber ich wollte nicht, dass Mila etwas davon mitbekommt. Und jetzt war es gerade günstig, weil sie mit Nina einen Spaziergang macht."

„Jetzt machst du mich aber wirklich neugierig!", rufen Aleks und ich gleichzeitig. Wir müssen alle drei lachen und Aleks stiefelt in die Küche.

„Setz dich schon mal, Gottfried, ich setze einen Kaffee auf. Aber fang bloß nicht ohne mich an!", ruft er aus der Küche.

„Wie geht es euch dreien?", frage ich amüsiert über Aleks Neugier.

„Ich glaube, es geht uns allen sehr gut", sagt Gottfried und seine Wangen werden tatsächlich leicht pink.

„Ist Mila schwanger?", platze ich heraus.

„Mila ist schwanger?", ruft Aleks aus der Küche.

„Nein, nein, niemand ist schwanger. Zumindest nicht, dass ich davon wüsste", wehrt Gottfried ernst ab und ich beiße mir auf die Zunge für meine Indiskretion. Schließlich hat er erst sieben Jahren später von seiner Tochter Nina erfahren.

„Tut mir leid. Du hast nur so verlegen gewirkt."

„Na ja, das bin ich auch, weil ich euch um etwas bitten möchte."

„Wir sind ganz Ohr", sagt Aleks vergnügt und schenkt uns Kaffee ein.

„Danke schön, Aleks", sage ich und gieße ein paar wenige Tropfen Milch in den Kaffee, damit er nicht zu bitter schmeckt. Kalorien, die ich mir früher immer verkniffen habe, die ich jetzt aber mit Genuss zu mir nehme.

„Vielen Dank ihr beiden. Also, ich möchte Mila einen Heiratsantrag machen."

„Das ist ja wunderbar!" Ich freue mich so, endlich legt mal einer der beiden einen Zahn zu.

„Aber wieso brauchst du uns dafür?", fragt Aleks direkt. Wir grinsen uns an, weil wir beide genau dasselbe gedacht haben. Wir sind so was von kitschgefährdet!

„Na ja, also ich wollte Mila morgen fragen, also auf eurer Feier. Natürlich könnte ich es auch privater machen, aber mit einer Liveband auf einem Gutshof wäre das schon ein sehr schöner Rahmen." Verlegen schaut er uns an. Ich muss laut loslachen.

„Was sollen wir denn dagegen haben, Gottfried?"

„Hast du schon einen Ring?", fragt Aleks sofort. Stimmt, das ist die viel wichtigere Frage!

„Es ist euer Tag, da möchte ich nicht reingrätschen und euch die Show stehlen. Natürlich, hier ist er."

„Nicht schlecht", pfeift Aleks durch die Zähne, bevor er ihn mir reicht. Dieser Ring hat definitiv noch niemandem vorher gehört, das ganze Design wirkt modern, nicht, dass ich Ahnung von so etwas hätte. Der Ring ist nicht glatt, sondern steht teilweise nach oben.

„Das soll ein wenig so aussehen, wie eine gefaltete Zeitung. Zumindest war das meine Vorgabe, als ich ihn habe anfertigen lassen", sagt Gottfried verlegen. „Das Datum ist der Tag, als Mila das Interview bei uns hatte. Ich glaube, ich habe mich noch nie so schnell in jemanden verliebt." Bei diesen Worten wird er rot, ich kann es ihm nicht übelnehmen.

„Was sind das für Steine?", fragt Aleks interessiert.

„Ich wollte etwas, das für Weisheit steht, aber natürlich auch für Liebe und Freundschaft und diesen ganzen Kram. Letztendlich bin ich dann doch an Diamanten hängengeblieben, weil sie einfach für die Ewigkeit stehen und das darf ja sowohl auf die Liebe als auch auf die Weisheit zutreffen."

„Er ist wirklich wunderschön", seufze ich und betrachte dabei meinen eigenen funkelnden Verlobungsring. Unsere Eheringe hingegen sind ganz schlichte goldene Reifen mit unserem Hochzeitsdatum.

„Mila wird begeistert sein!"

„Und meinst du, dass sie Ja sagen wird?"

„Mila liebt dich", sage ich achselzuckend. „Ob sie Ja sagen wird, weiß ich natürlich nicht. Schließlich lebt ihr immer noch in einer Fernbeziehung."

„Ich bin dabei, das zu ändern, aber das ist nicht so einfach. Natürlich könnte ich versuchen, erstmal irgendeine Arbeit zu finden, aber selbst das ist im Journalismus nicht ohne weiteres möglich, zumindest nicht von heute auf morgen."

Ich nicke. „Ja, ich weiß. Der Arbeitsmarkt ist leider nicht sehr flexibel. Leider muss man selbst sehr flexibel sein."

„Bin ich ja nicht, es sollte schon näher an Mila sein", grinst Gottfried.

„Ihr werdet das schon machen. Da bin ich mir sicher!", sagt Aleks und beide Männer stoßen ihre Fäuste aneinander und sofort wirkt Gottfried sichtlich entspannter.

***

Heute ist Sonntag und wir werden heiraten, zum zweiten Mal. Entspannt machen wir uns alle für die Kirche fertig. Ich schlüpfe in mein weißes Brautkleid mit Spitzenträgern. Es ist bodenlang, elfenbeinfarben und wirkt dadurch sehr nach vintage. Als ich es im Geschäft angezogen habe, wusste ich sofort, dass das mein Kleid ist. Ja, ich weiß selbst, wie kitschig sich das anhört.

Dann nehme ich meine Ohrringe aus meiner Schmuckschatulle. Auch wenn meine Mutter und ich kein besonderes Verhältnis zueinander gehabt haben, habe ich doch dieses eine Paar Ohrringe von ihr behalten. Mein Kleid ist neu, die Ohrringe meiner Mutter alt, Mila hat mir ein blaues Strumpfband geschenkt und Galina hat mir eine Spange für den Schleier geborgt. Man muss ja nicht mit jeder Tradition brechen und außerdem sind die Sachen alle sehr hübsch.

***

Also irgendwie muss ich wirklich zugeben, dass so eine kirchliche Zeremonie etwas ganz anderes ist als eine standesamtliche Trauung!

Aleks Vater hat mich zum Altar geführt, gemeinsam sind wir den Gang heruntergeschritten und er hat mich in die Arme von Aleks übergeben. Dabei hat die Orgel den Pachelbel Kanon gespielt. Alles war irgendwie so... stimmungsvoll, wow!

Auch das Wetter hat sich eigens für heute herausgeputzt. War es am Freitag eher grauverhangen, strahlt heute die Sonne aus einem blauen Himmel herunter und macht unserer Junihochzeit alle Ehre.

Der gesamte Gutshof ist festlich mit Blumen geschmückt. Ein riesiges Zelt wurde aufgebaut, dort werden wir später essen.

Doch im Augenblick sind alle draußen und die Band spielt „What a wonderful world", Milas Lieblingslied. Alle Gäste beobachten Gottfried dabei, wie er sich vor Mila hinkniet. Alle einschließlich mir halten den Atem an. Mila wird feuerrot und stammelt ein „Ja" und Gottfried kommt schwerfällig wieder auf die Beine.

Ich stürze auf Mila zu: „Herzlichen Glückwunsch, Mila!"

Mila strahlt mich an und wir fallen uns in die Arme. Viele Gäste kommen auf die beiden zu und gratulieren ihnen. Ich freue mich so für die beiden. Ganz bestimmt wird sich etwas für Gottfried in Berlin oder zumindest in der Nähe ergeben, da bin ich mir ganz sicher.

***

„Gute Nacht, Frau März", flüstert Aleks leise, nachdem wir die ganze Feierei endlich hinter uns haben. Zum Glück ist Weihnachten noch ein halbes Jahr hin und Mila und Gottfried haben mir versichert, dass sie ganz bestimmt nicht dieses Jahr heiraten werden.

„Gute Nacht, Herr März. Ähm, ich mag dich."

„Ich mag dich auch, Frau März."

23.   ARBEITSABSEITS

„Da sind sie ja endlich, Frau Winkler." Missbilligend schaut mich einer der Juniorpartner, Herr Dr. Schmitz, an. Ich schaue auf meine Uhr, ich bin eine Minute zu früh. Dass ich jetzt März heiße, scheint sich nicht wirklich rumgesprochen zu haben.

„Tut mir leid?"

„Das kommt in letzter Zeit häufig vor, Frau Winkler. Ist Ihnen der Ehrgeiz flöten gegangen?"

Ich gehe gar nicht auf die Bemerkung ein, das würde ohnehin nichts nutzen. Die anderen drei Juniorpartner setzen sich, die Assistentin bringt Kaffee und Gebäck.

„Also, mir ist aufgefallen, dass Sie hinterherhinken, Frau Winkler."

„Inwiefern?", frage ich sachlich.

„Mehrere Mandanten haben sich beschwert, dass Sie kaum noch Zeit für sie hätten." Drei Augenpaare ruhen auf mir, ich komme mir vor wie bei Gericht.

„Wenn dem so ist, sollte der Mandant das Ganze mit mir besprechen, würde ich vorschlagen. Gibt es vielleicht sonst noch Themen, ansonsten ist das heute ein kurzes Meeting und wir können zurück an unsere Arbeit gehen."

„Moment mal, das ist schon wichtig. Vielleicht sollten Sie kürzertreten, Frau Winkler. Zwillinge, das ist schon eine Herausforderung", mischt sich jetzt Herr Vietering, der Kanzleiälteste ein, der bereits Enkelkinder hat, die älter sind als meine Kinder und von denen er wahrscheinlich gar nicht weiß, wer wann Geburtstag hat.

„Wie gesagt, wenn ein Mandant nicht zufrieden mit mir ist, sollte er das an mich persönlich richten."

„Zwei Mandanten haben bereits gewechselt", macht sich Ruben wichtig, der Jüngste von den Juniorpartnern, etwa zwei Jahre jünger als ich. Ich erstarre bei den Worten.

„Wohin gewechselt?"

„Keine Sorge, sie sind bei uns geblieben, sie werden jetzt von anderen Kollegen betreut."

„Wann genau sollte ich davon in Kenntnis gesetzt werden?"

„Wir sprechen ja jetzt darüber", sagt Herr Dr. Schmitz. „Des Weiteren nehmen Sie so gut wie nie an den Meetings nach 18 Uhr teil. Schlafen Sie da bereits?"

„Ich muss mich doch sehr wundern", sage ich aufgebracht. „Wenn ein Mandant zu Ihnen käme und Ihnen von solch einer Polemik am Arbeitsplatz berichten würde, zu was würden Sie ihm raten?"

„Dass er wohl besser wo anders arbeiten sollte." Ich zucke zusammen.

„Das ist aber schlecht für unseren Berufsstand, nicht wahr?", frage ich in die Runde. „Schließlich hätten wir dann gar keine Mandanten mehr, wenn einfach jeder sich einen neuen Job suchen würde, ohne rechtliche Schritte einzuleiten. Noch einmal: Gibt es irgendwelche *wirklich wichtigen* Themen oder ist das schon alles."

„Ich denke, das war alles für heute." Mit hochgezogenen Augenbrauen blicken mich die Herren an, auch Ruben. Verräter!

Wütend verlasse ich den Konferenzraum und setze mich an meinen Schreibtisch.

Plötzlich durchfährt mich Panik. Schnell sehe ich meine Mandantenakten durch. Vier Akten fehlen, vier Akten von gut betuchten Mandanten mit eigener Firma und einem Haufen Mitarbeiter. Mir bleiben die kleinen Konflikte, die kaum Geld einbringen und das als Juniorpartnerin.

Trotzdem mache ich pünktlich um fünf Uhr, denn, seit Mila in Berlin lebt, ist es schwierig für uns geworden. Die Zwillinge werden älter und gehen zwar vormittags zur Tagesmutter, doch die Nachmittage sind das

Problem. Ab und an kommt Aleks Mutter vorbei, aber das können wir nicht jeden Tag erwarten, manchmal bringen wir Janne und Damian zu Alina oder Galina.

Natürlich nehme ich an den Meetings nach 18 Uhr auch teil, nur halt via Skype, nicht physisch.

„Was ist los Maya?", fragt Aleks sofort, als er spät abends nach Hause kommt.

„Ich hatte heute eine Inquisition", sage ich dumpf und stiere vor mich hin.

„Sind die Herren auf dem Kriegspfad?"

„Sie haben mir die einträglichsten Mandanten weggenommen. Sie behaupten, dass ich an den Meetings nach 18 Uhr nicht mehr teilnehmen würde!" Ich werde immer frustrierter.

„Hey, es gibt doch auch noch andere Kanzleien, Maya."

„Ja, aber ich habe so geschuftet für die Juniorpartnerschaft. Ruben musste nicht halb so viel arbeiten wie ich und ist sogar noch ein Jahr jünger bei seiner Juniorpartnerschaft gewesen."

„Dann musst du eine Kanzlei finden, die vielleicht einen höheren Frauenanteil hat", schlägt Aleks vor, schlüpft ins Bett und fängt an, meinen Nacken zu massieren. Das tut so gut. Schlagartig kann ich viel klarer denken.

Am nächsten Tag stehe ich eine Stunde früher auf und durchforste die Stellenanzeigen. Dann bringe ich die Kinder zur Tagesmutter, arbeite konzentriert an den Fällen, heute beschwert sich zum Glück niemand.

Abends setze ich einen aktuellen Lebenslauf auf und schicke zwei Bewerbungen raus, die in unmittelbarer Umgebung sind. Das ist das Nette am Ruhrgebiet, es gibt eine Ansammlung an Städten mit vernünftiger Infrastruktur, so dass ich nicht nur in meiner Stadt mich zu bewerben brauche und trotzdem hier wohnen bleiben kann. Ich denke schon, dass ich auf Kurz oder Lang eine Stelle im Arbeitsrecht finden werde, ist ja schließlich ein gefragtes Gebiet.

Und muss ich wirklich Juniorpartnerin sein bzw. strebe ich wirklich weiterhin eine Partnerschaft an? Schon länger habe ich das Gefühl, ohnehin nicht am richtigen Platz zu arbeiten. Eigentlich möchte ich mich viel lieber für Arbeitnehmer engagieren. Merkwürdig, seit wann empfinde ich so? Ich wollte immer Karriere machen, so lange wie ich denken kann, aber irgendwie fühlt sich das überholt an.

24. JOBFINDUNG

„Ich weiß, du willst nicht nach Bielefeld. Aber zumindest könntest du doch darüber nachdenken. Schließlich lebt meine ganze Familie dort und könnte uns unterstützen. Mein Vater hat übrigens etliche alte Kontakte für mich angerufen, das sollte es leichter machen, dort Fuß zu fassen." Ich erstarre bei diesen Worten. Wo kommt das jetzt bitte her?

Überrascht schaue ich Aleks an. Ich dachte, ich hätte mich klar ausgedrückt, dass ich da nicht hinwill.

„Ich will nicht nach Bielefeld!" Ich komme mir vor wie ein Kleinkind, fehlt gerade noch, dass anfange, mit dem Fuß aufzustampfen.

„Aber du suchst doch gerade nach einem neuen Job, du könntest doch auch in Bielefeld schauen. Vielleicht sind die Leute ja dort netter als hier."

„Wieso bist du von dort weggezogen, wenn es da so toll ist?"

„Ich stamme aus dem Ruhrgebiet, meine Eltern haben lange hier gelebt. Als ich vor zehn Jahren ausgezogen bin, sind meine Eltern dorthin gezogen. Übrigens, weil beide Schwiegersöhne aus Bielefeld stammen und es so einfacher war, sich gegenseitig zu unterstützen."

„Äh, das verstehe ich, also, irgendwie. Und ich mag deine Familie auch, also so ab und zu mal. Aber ich will dort nicht wohnen." In meinem Bauch zieht sich alles zusammen. Kann es sein, dass das unser erster Streit ist?

„Das ist das erste Mal, dass wir streiten", grinst Aleks. Er zieht mich sanft in seine Arme. „Wir werden das gemeinsam entscheiden, ich möchte nicht, dass du etwas tust, was du nicht willst. Aber, was wenn einem von uns etwas passiert? Wenn plötzlich einer von uns alles allein machen muss." Mir wird kalt bei diesen Worten.

„Ist alles in Ordnung, Aleks?" Beunruhigt schaue ich ihn an.

„Natürlich, Maya. Aber wir können nicht in die Zukunft blicken, wir wissen nicht, was kommt. Und da wäre es doch gut, seine Familie, um sich zu haben bzw. in greifbarer Nähe zu wissen." Ich schlucke.

„Mila ist *meine* Familie."

„Ja das stimmt. Aber wir können doch nicht einfach nach Berlin gehen, das ist viel zu weit weg." Herausfordernd schauen wir uns an und mir wird mulmig. Ich fühle Angst in mir aufsteigen. Was, wenn es das jetzt war? Wird er gehen, wenn wir uns nicht einig werden?

„Maya, was machst du dir denn solche Gedanken", lächelt Aleks mich an.

„Seit wann kannst du denn auch noch Gedanken lesen?" Überrascht lache ich zurück.

„Das war doch offensichtlich. Nein, ich finde nicht, dass wir uns trennen sollten, hier geht es doch nicht um Trennung, Maya! Wir finden eine Lösung mit der hoffentlich alle zufrieden sind und mit alle meine ich dich und mich."

Wir lassen das Ganze ruhen, erstmal, aber ich spüre, dass es unter der Oberfläche brodelt.

Die Familie. Ja, natürlich würde es deutlich einfacher werden, wenn um einen herum Leute sind, die sich für einen verantwortlich fühlen. Aber, nur weil ich keine eigene Familie habe, sollte das nicht heißen, dass wir automatisch seiner Familie hinterherziehen. Mila ist schließlich auch meine Familie. Gottfried hat mir bereits im geheimen erzählt, dass er mittlerweile konkrete Pläne hat, demnächst nach Berlin zu gehen, Mila wird Augen machen.

***

Auf der Arbeit war es heute glücklicherweise sehr ruhig, die Senior Chefs waren alle außer Haus und dadurch brauchten sich die Juniorpartner nicht zu beweisen, was die ganze Atmosphäre ruhiger stimmt. Ich frage mich, ob ich mich als Juniorpartnerin anfangs auch so benommen habe, so übermotiviert und rücksichtslos. Wahrscheinlich ja, befürchte ich. Irgendwie scheine ich meinen Biss verloren zu haben.

Grübelnd durchforste ich das Internet nach neuen Stellen, aber irgendwie ist nichts dabei, auf das ich mich bewerben möchte. Vielleicht bewerbe ich mich einfach auf alles, aber irgendwie widerstrebt mir das. Ich bin Juniorpartnerin in einer riesigen Kanzlei mit einem Millionenumsatz im Jahr.

Die dich aber nicht mehr haben will, höhnt meine innere Stimme genervt.

Ich sollte zusehen, dass ich meine Profile im Internet anpasse. Vielleicht sollte ich auch ein paar Headhunter kontaktieren, darüber könnte sich ja auch etwas ergeben, schaden kann es auf alle Fälle nicht. Zwischendurch versorge ich die Zwillinge, Aleks hat noch einen eiligen Auftrag reinbekommen, Wasserrohrbruch. Zum Glück hat er Bo und Jo noch mitgenommen, allein wäre er bestimmt die ganze Nacht beschäftigt. Ich bin froh, dass er so gute Freunde hat. Auch das würde gegen einen Umzug sprechen, die drei sind so ein gutes Team. Allerdings würden sie wohl bei Not am Mann auch nach Bielefeld fahren, aber viel weiter bestimmt nicht.

Plötzlich macht es Pling und ich sehe, dass ich auf einem Jobportal angeschrieben wurde. Ein Headhunter hat mir seine Kontaktdaten zugeschickt und bittet um einen Gesprächstermin, natürlich sage ich sofort zu und schicke ihm drei mögliche Termine. Vielleicht hat er bereits Stellenangebote an der Hand, denn viele Firmen, die etwas auf sich halten, setzen mittlerweile Headhunter ein, um möglichst viele sehr vielversprechende Kandidaten ausfindig zu machen. Wieder macht es Pling, der Headhunter hat einen Termin für morgen Mittag bestätigt. Ich werde also morgen Mittag nach Hause fahren, das Gespräch führen und dann von zuhause weiterarbeiten.

Um weiteren Vorwürfen aus dem Weg zu gehen, teile ich mich jetzt in jedem Meeting mehrere Male mit bzw. schreibe es noch einmal in den Chat, um es auch schriftlich beweisen zu können, dass ich anwesend war. Dass ich jetzt vorzugsweise eher kleine Klienten habe, hat mich anfangs geärgert. Doch dann habe festgestellt, dass mich diese Fälle teilweise sogar mehr fordern. Ich hatte mir ja schon des Öfteren überlegt, was mich an meinem Job stört und ich denke, dass ich mehr Menschen wirklich helfen möchte und dass das Vertreten der Arbeitnehmerseite mich deutlich mehr befriedigt, ich habe keine Ahnung, wann das passiert ist.

Beispielsweise habe ich einen neuen Klienten mit mehreren Pizzerien freiwillig an einen jungen, motivierten Kollegen weitergereicht, eigentlich wollte ich nur sehen, was er daraus macht, aber auch, weil mich seine Mitarbeiter bereits vorher kontaktiert hatten, daher musste ich ihn ohnehin als Mandanten ablehnen. Keine Ahnung, wie seine Mitarbeiter auf mich gekommen sind, wir vertreten, wie gesagt, meistens sehr betuchte Klienten. Ich habe dann auch andere Tarife für die Leute verwendet, nicht, dass ich der Kanzlei schaden will, aber wir haben durchaus Spielraum in unseren Tagessätzen und dadurch, dass es so viele geprellte Mitarbeiter waren, ist die Kanzlei immer noch auf einen guten Batzen Geld gekommen. Ich habe für alle durchsetzen können, dass sie ihr Geld bekommen. Schwierig war der Fall nicht, für geleistete Arbeit muss schließlich auch der vereinbarte Lohn gezahlt werden, wo kämen wir denn sonst dahin.

Der junge Kollege kam allerdings völlig aufgebracht zu mir und fragte mich allen Ernstes, ob ich jetzt einen auf Jean D`Arc machen wolle. Schließlich sind wir eine angesehene Kanzlei und nicht ein Sozialbüro. Ich habe erwidert, dass das Arbeitsrecht für alle da ist und dass er offensichtlich nicht das Beste für seinen Mandanten herausgeholt hat. Natürlich gibt es Mittel und Wege, Zahlungsaufschübe oder auch schlechte Arbeit nachzuweisen, ich kenne diese Tricks alle. Der junge Kollege muss einfach noch viel lernen, scheint das aber nicht nötig zu haben. Natürlich verstehe ich seinen Ehrgeiz, aber dann muss er sich eben mehr anstrengen.

Also irgendwie mag ich die jungen Leute in der Kanzlei aktuell nicht sonderlich, obwohl ich nur zehn Jahre älter bin. Ist denen das Abi geschenkt worden? Wie kann er denn sein Versagen in meiner Arbeit suchen. Unglaublich!

Am nächsten Tag unterhalte ich mich mit dem Headhunter, der überraschenderweise eine Frau ist. Überraschend eigentlich nur für mich und ich könnte gar nicht begründen, wieso ich automatisch von einem Mann ausgegangen bin. Diese ganzen Klischees braucht doch keiner, tadele ich mich selbst.

„Hallo Frau Dr. März, Sie haben wirklich einen beeindruckenden Lebenslauf."

„Guten Tag Frau Schwarz, vielen Dank, dass Sie mich kontaktiert haben."

„Ich habe gesehen, dass Sie „offen für neue Möglichkeiten" in Ihr Profil geschrieben haben. Ist das noch Ihr aktueller Status?"

„Das ist noch aktuell. Ich suche hier in der Umgebung nach einer neuen Herausforderung, liegen Ihnen da Angebote vor?"

„Leider nicht in Ihrer Größenordnung, ich wollte Sie trotzdem schon mal kontaktieren und Sie bitten, mir Ihre Unterlagen zu schicken, vielleicht ergibt sich ja etwas daraus."

„Das ist sehr nett von Ihnen. Ich suche auch nicht zwingend nach etwas Vergleichbarem."

„Wonach suchen Sie denn genau?"

„Ich möchte eher Arbeitnehmer vertreten, es müssen auch keine betuchten Mandanten sein. Daher kann es auch eine kleine Kanzlei sein."

„Sie möchten sich also sozial engagieren?" Ich versuche, den Sarkasmus in ihrer Stimme zu finden, aber ich höre nur ein ehrliches Interesse heraus.

„Ich kenne da eine Kanzlei, die vielleicht etwas für Sie wäre. Natürlich hat sie auch andere Mandanten, setzen sich jedoch auch sehr viel für Hartz-IV-Empfänger ein oder auch Leute mit einem kleineren Budget. Das Gehalt wäre jedoch nicht vergleichbar zu Ihrem jetzigen, höchstwahrscheinlich. Und die Kanzlei wäre in Berlin."

„Das klingt interessant, Frau Schwarz. Ich werde Ihnen meine Mappe zuschicken. Könnten Sie mir den Namen und die Adresse der Kanzlei nennen?"

Wir tauschen noch ein paar Floskeln aus. Für die Kanzlei arbeiten zwei ehemalige Leute, die sie eigentlich woanders hin vermittelt hatte, mit ihr aber in Kontakt geblieben sind. Wie sie zu der Kanzlei kamen, weiß sie auch nicht, aber sie bewundert die Arbeit sehr, wie sie meinte. Nach dem Gespräch schaue ich mir die Internetseite der Kanzlei an. Prenzlauer Berg, heute sehr viel hipper als damals, als die Kanzlei gegründet wurde. Es arbeiten 5 Rechtsanwälte und zwei Assistentinnen dort, also keine so kleine Kanzlei, aber laut Frau Schwarz eben nicht so hochpreisig, da die Mandanten nur über wenig Geld verfügen. Ich seufze.

Könnten wir es uns überhaupt leisten, dass ich weniger Geld verdiene? Geschweige denn einen Umzug nach Berlin! Berlin wäre deutlich teurer als Bielefeld, vielleicht kann ich mich dort auch engagieren und eine Kanzlei finden, die solche Mandanten hat, die gibt es schließlich in jeder Stadt.

Aber immer wieder ertappe ich mich, wie ich zurück auf die Seite der Kanzlei gehe, mir die Lebensläufe der Anwälte durchlese und mir wieder und wieder das Portfolio anschaue. Irgendwo finde ich sogar den Namen einer Professorin, die an einer der vielen Berliner Hochschulen lehrt. Eigentlich habe ich nie über die Uni nachgedacht, meine Promotion habe ich gemacht, weil das bei Mandanten einfach gut ankommt, wenn da ein Dr. am Namen steht. Ich schaue auf ihren Lehrstuhl, lese mir ihre Publikationen durch und schaue auf einmal auch im Jobportal der Universität nach. Dort steht, dass man Interesse an Honorardozenten hätte, auf freiberuflicher Basis.

Ich und Dozentin, würde ich das können? Und was sollte ich den Studenten erzählen? Na ja, ich habe bereits etliche Jahre Berufserfahrung im Arbeitsrecht! Die Professorin finde ich leider nicht dabei, aber vielleicht ergibt sich ja etwas, wenn.

Komisch, was sollte sich ergeben, ich habe mich doch gar nicht beworben und Berlin kommt auch nicht in Frage für uns, genau so wenig wie Bielefeld! Oder?

25.   LIEBE IST NICHT GENUG

In den nächsten Tagen hadere ich mit mir selbst. Soll ich mit Aleks sprechen? Aber was, wenn es gar nicht klappt und ich ihn unnötig aufrege.

Ich habe keine freie Stelle in der Kanzlei gesehen. Bei der Hochschule habe ich nur gelesen „Initiativbewerbung ausdrücklich erwünscht". Auch das ist keine Zusage, nur etwas, was mir in den Sinn gekommen ist. Auch bei den privaten Unis habe ich geschaut, es gibt so viele Möglichkeiten, eventuell ein niedrigeres Gehalt aufzustocken. Aber dafür brauche ich doch die Unterstützung von Aleks und ich möchte meine Kinder auch noch sehen und Zeit für sie haben.

Bis jetzt habe ich drei Bewerbungen innerhalb des Ruhrgebiets an sehr renommierte Kanzleien weggeschickt, maximal 50 km, mehr macht einfach keinen Sinn für uns, doch sofort nach einem Tag Absagen bekommen. Wahrscheinlich suchen sie jüngere, noch formbare Leute. Und es stimmt ja, ich käme mit eigenen Ideen, ich müsste nicht mehr an die Hand genommen werden. Vor- und Nachteil, je nachdem, was man sucht.

Die Bewerbung für die Lehrtätigkeit lasse ich erstmal offen, das macht erst Sinn, wenn ich einen neuen Job habe und weiß, wo er sein wird. Wäre er in Dortmund, würde ich versuchen, mich auch dort an der Uni zu bewerben.

Aleks sieht sich meine Grübelei nicht lange an. Abends, als wir im Bett liegen, drückt er sich an mich. Ich genieße diese Stunden abends zu zweit, wir haben so wenig Zeit füreinander, vor allem, wenn ich abends noch mit Mila quatsche, was nur geht, wenn die Kinder im Bett sind oder Aleks zuhause ist.

„Dich bedrückt doch etwas, Maya. Rede mit mir doch darüber."

Ich habe keine Ahnung, was ich sagen soll. Ich kann doch Aleks nicht sagen, dass ich eventuell die Stadt wechseln will, nachdem ich mich so gegen Bielefeld ausgesprochen habe. Aber Berlin oder Hamburg wäre einfach etwas anderes, das Flair und die Möglichkeiten kommen mir viel unendlicher vor, auch wenn das vielleicht doch sehr rosarote Brille ist. Mila hat von den horrenden Mieten erzählt und davon, dass die Obdachlosigkeit immer mehr zunimmt. Nein, nichts ist rosig dort und ganz bestimmt nicht besser als hier.

Auch Gottfried erzählt leider von vielen Absagen. Es ist vielleicht eher von Nachteil, wenn man sich von einer hohen Position wegbewirbt, weil man automatisch als unflexibel erscheint oder die Leute glauben, man will dringend auch den neuen Laden übernehmen.

Mittlerweile habe ich mich auch auf kleinere Kanzleien beworben, doch auch dort habe ich keine Zusagen bekommen, ich kann nur annehmen, dass es an meiner aktuellen Juniorpartnerschaft liegt und die Leute glauben, dass ich mich nicht werde integrieren können. Auch über Selbstständigkeit habe ich in den letzten Tagen viel gelesen, aber das kann ich mir für mich einfach nicht vorstellen, als Juniorpartnerin habe ich trotzdem ein festes Gehalt bekommen, nur die Senior Partner kaufen sich in die Kanzlei ein und bekommen dann ein flexibles Gehalt. Daher habe ich auch die meisten Fälle zugewiesen bekommen und hatte sehr wenig mit Akquise zu tun. Ich hatte einfach Glück, dass die Kanzlei bereits einen exklusiven Kundenstamm hatte, der uns einfach kontinuierlich beauftragt hat. Würde ich etwas Eigenes aufmachen, müsste ich mir erstmal selbst einen Namen machen, sämtliche bekannte Mandanten wären tabu und ein geeignetes Büro müsste ich auch finden und zusätzlich bezahlen. Nein, das möchte ich nicht.

Die eine Kanzlei in Berlin würde mich thematisch interessieren, aber wie soll ich das Aleks erklären? Wie soll ich ihm erklären, dass ich zwar umziehen würde, aber nicht dorthin, wo er hinmöchte? Und ist mein Verhalten nicht einfach nur schrecklich albern!

„Maya? Rede mit mir", fordert Aleks.

„Es tut mir leid, Aleks."

„Was genau? Bist du fremdgegangen?" Er zieht eine Augenbraue nach oben und schaut mich erwartungsfroh an.

„Natürlich nicht!" Verdutzt fange ich seinen Blick auf. „Wie kommst du bitte auf so etwas?"

„Komme ich nicht, aber jetzt habe ich zumindest deine Aufmerksamkeit.", grinst Aleks und nimmt mich noch fester in den Arm. Mir wird heiß und ich muss mich räuspern.

„Ich weiß ja, dass du, wenn wir umziehen, nur nach Bielefeld umziehen würdest."

„Das habe ich *so* nicht gesagt", unterbricht mich Aleks, „ich meinte lediglich, dass dort meine Familie wäre und uns unterstützen könnte."

„Ja genau und das wäre woanders nicht gegeben."

„Worauf willst du hinaus? Hast du einen neuen Job?"

„Ich habe noch keinen neuen Job. Ich habe Ideen und ich überlege, wo ich mich am liebsten bewerben möchte. Eigentlich wollte ich immer in einer großen Stadt leben, ich lebe nur im Ruhrgebiet, weil ich hier aufgewachsen bin, aber eigentlich wollte ich immer nach München oder sogar London oder Paris."

„Tut mir leid, aber da müsstest du ohne mich hin", sagt Aleks und mir entgeht nicht, wie kühl er auf einmal klingt, „denn ich spreche nur Deutsch. Mein Englisch war nie gut und ehrlich gestanden, will ich überhaupt nicht ins Ausland."

„Ich will doch gar nicht ins Ausland", sage ich ungeduldig. „Ich habe neulich mit einer Headhunterin telefoniert und dabei festgestellt bzw. auch schon davor, dass ich lieber Leute vertreten möchte, die nicht so viel Geld haben. Leute, die jederzeit auf der Straße landen könnten, weil sie plötzlich keine Unterstützung vom Amt bekommen. Es gibt so viele Sozialfälle, um die sich scheinbar niemand kümmern will. Ich habe mich hier in der Umgebung umgesehen, ich habe mich in den letzten Wochen bei zehn Kanzleien, großen, wie kleinen beworben, aber nur Absagen bekommen. Sei es, weil sie die Seniorpartner aus der jetzigen Kanzlei kennen, oder sei es, weil sie glauben, dass ich als ehemalige

Juniorpartnerin davon ausgehe, dass ich bald deren Laden übernehmen möchte. Ich habe die Hoffnung, dass ich vielleicht in einer größeren Stadt besser unterkomme. Und ich habe überlegt, ob ich auch versuche, eine Lehrtätigkeit an einer Universität zu bekommen. Vielleicht kann ich auch darüber noch etwas dazu verdienen."

„Und da konntest du bis jetzt nicht mit mir darüber reden?" Ich höre das Entsetzen in seiner Stimme, aber auch seine Enttäuschung und spüre einen Stich in der Magengrube.

„Es tut mir leid, du hast doch klar gemacht, wie du über einen Umzug denkst. Und eigentlich will ich hier auch gar nicht weg oder vielleicht doch, ich weiß es nicht. Aber ich will alle meine Möglichkeiten ausloten können, ohne mich dabei einschränken zu müssen."

„Maya", sagt Aleks hörbar ungeduldig. „Du bist nicht mehr nur für dich allein verantwortlich. Wir müssen das zusammen entscheiden oder wir haben keine gemeinsame Basis!" Ich zucke zusammen.

„Ich weiß", sage ich leise und lege mich auf die Seite.

„Maya, wolltest du nicht mit mir reden?" Aleks klingt verletzt, aber ich habe genug gehört. Ich werde weiterhin Bewerbungen schreiben und schauen, was ich bekommen kann. Morgen werde ich mal in Bielefeld schauen, meine Abneigung dagegen kommt mir immer kindischer vor.

Auch wenn ich nicht einschlafen kann, höre ich auf, mit Aleks zu sprechen und schon bald höre ich seine regelmäßigen Atemzüge. Doch er legt seinen Arm nicht wie sonst um mich, sondern liegt zusammengerollt auf seiner Seite des Bettes.

***

Am nächsten Tag verschwinde ich bereits früh ins Büro. Ich bin enttäuscht, weiß aber gar nicht, wieso, denn eigentlich habe ich doch gar keinen Grund dazu. Und ich weiß einfach nicht, mit wem ich darüber reden soll, denn eines ist klar: Die meisten werden mir raten, mich in Bielefeld umzuschauen, das liegt einfach auf der Hand. Und dort gibt es immerhin auch eine Uni und bestimmt noch mehr, wenn ich mir nur die Mühe mache und danach suche.

Der Tag ist nervenaufreibend. Die Klienten sind angenehm, aber die Arbeitsatmosphäre ist unerträglich. In meine Besprechungen platzt permanent jemand rein und zu Mittag hin kommt jemand neues hinzu und sofort werde ich aufgefordert, denjenigen an den Nachmittagsterminen zu beteiligen, was halb so wild ist, nur dass der junge Mann permanent hineinredet und versucht, sich zu profilieren, was sowohl bei mir als auch bei dem Klienten nicht gut ankommt. Deshalb spreche ich ihn zwischen zwei Terminen sofort darauf an.

„Herr Erzberg, ich habe gar nichts dagegen, wenn Sie bei mir hospitieren, aber wenn Sie Anmerkungen haben, teilen Sie sie mir bitte hinterher mit, ansonsten wirkt das sehr unprofessionell."

„Wieso, dann ist es doch zu spät für den Mandanten.", gibt er unverblümt zurück. Ich lasse das so stehen, er wird sicherlich schnell eigene Mandanten bekommen und dann wird er schon sehen, wie er mit denen am besten umgehen kann.

Dann hole ich die Zwillinge von der Tagesmutter ab, Aleks ist bereits unterwegs, ich habe keine Ahnung, wann er wiederkommt.

Vielleicht haben wir uns das alles zu einfach vorgestellt. Denn, mal ehrlich, kaum steht ein Problem vor der Tür, herrscht bereits Eiszeit zwischen uns! Dabei ist noch gar nichts passiert, ich habe weder ein konkretes Angebot, noch wurde mir gekündigt und ich müsste sofort etwas Neues finden.

Zuhause gebe ich den Zwillingen erstmal Obst in die Hand und wir gehen raus in den Garten, der Garten ist wirklich praktisch.

Ich setze mich auf die Terrasse und die beiden rennen herum. Für September ist es immer noch recht warm, denke ich versonnen und blicke in den strahlendblauen Himmel.

Als es dann doch zu kühl wird, marschieren wir drei rein. Damian steht schon ganz sicher auf den kleinen Beinen, Janne ist ein wenig größer, aber ihre Beine wirken noch nicht ganz so stabil. Ich lasse Badewasser ein, wasche die beiden, während sie sich gegenseitig nass spritzen und mich auch. Dann geht es ab in die Schlafanzüge, Abendbrei und Gute Nacht Geschichte. 13 Monate sind die beiden bereits, Janne kann schon Worte wie Papa und Schaufel sagen, Damian grunzt dann immer zustimmend. Dann endlich sind die beiden eingeschlafen und ich fange an, zu arbeiten bis mir die Augen zufallen.

26. LEBENS(T)RÄUME

„Guten Tag, Frau Dr. März."

„Guten Tag. Wer spricht da bitte?"

„Mein Name ist Isolde Jonas, ich rufe auf Ihre Bewerbung hin an. Wann hätten Sie Zeit für ein telefonisches Bewerbungsgespräch?"

„Guten Tag, Frau Jonas. Sehr gerne jederzeit."

Wir tauschen noch ein paar Floskeln aus, die Dame klang sehr nett, denke ich seufzend.

Das war übrigens die Kanzlei in Berlin. Ja, ich habe mich dann doch beworben, weil ich es einfach versuchen musste. Aleks habe ich nichts von meiner Bewerbung erzählt.

Aleks und ich haben so unsere Schwierigkeiten gehabt, bis ich mich nach ein paar Tagen endlich Mila anvertraut habe. Und die hat uns dann beide in ein Online-Meeting gezwungen.

„So, ihr beiden. Tut einfach so, als ob ich nicht da wäre."

„Äh, Mila. Du bist gar nicht da."

Ärgerlich schaue ich Aleks an. „Das war total überflüssig!"

„Das war ein Scherz."

„Ein schlechter."

„Ok, tun wir doch mal so, als ob ich doch da wäre, denn dann würdet ihr euch sicherlich besser benehmen!" Milas feste, leicht lauter gewordene Stimme lässt mich zusammenzucken. Diese Stimme kenne ich gar nicht von ihr.

„Tut mir leid", sagen wir gleichzeitig und schmunzeln uns das erste Mal seit Tagen wieder zu.

„Tut mir wirklich leid", sagt Aleks zerknirscht.

„Nein, mir tut es leid, Aleks. Ich habe ja mit dem Thema angefangen. Aber du weißt nicht, wie unerträglich es in der Kanzlei für mich geworden ist."

„Nein, das weiß ich nicht, Maya, denn du redest ja nicht mit mir darüber."

„Weil du das nicht verstehen kannst! Du arbeitest nur für dich. Du hast keine Ahnung wie das ist, wenn deine Kollegen nicht mehr mit dir reden und die Leute über dir, dich nur noch kritisieren möchten, egal, wie gut deine Arbeit ist!"

„Das stimmt natürlich, Maya. Aber ich kann dir zuhören." Ganz sanft kommen plötzlich seine Worte, sie umhüllen mich wie eine zärtliche Umarmung.

„Es tut mir leid", flüstere ich und lege mich in seinen starken Arm.

„Was ist denn eigentlich das Problem?", fragt jetzt Mila dazwischen.

„Dass ich dringend einen neuen Job brauche, ich hier in der Umgebung aber keinen neuen kriege. In Bielefeld habe ich drei Kanzleien angeschrieben, aber noch nichts gehört. Die Kanzlei, für die ich gerne arbeiten möchte, hat sich gemeldet und mich zu einem telefonischen Interview eingeladen."

„Also hast du dich doch beworben? Wieso erzählst du mir so etwas nicht", sagt er und ich höre deutlich, wie enttäuscht er ist.

Ich schlucke. „Vielleicht wird ja nichts draus und sie haben sich erst heute auf meine Bewerbung gemeldet, mein Termin ist in drei Tagen. Natürlich hätte ich dir davon erzählt."

„Wirklich?", fragt Mila amüsiert.

„Na ja, vielleicht wollte ich das Interview erstmal abwarten, um mich weniger unter Druck zu setzen." Mila nickt und Aleks nimmt meine Hände.

„Maya. Ich liebe dich, aber ich brauche Vertrauen, und damit meine ich dich, die mir vertraut. Ich verstehe nicht, wieso du mir kein Vertrauen schenkst, ich dachte, wir sind Partner."

„Ich bin einfach nicht der Typ dafür. Ich musste immer alles mit mir selbst ausmachen."

„Ja, das stimmt", sagt Mila ernst.

„Ich will dich nicht ändern, Maya, aber so weitreichende Entscheidungen betreffen nun mal nicht nur dich, sondern auch Janne, Damian und mich."

„Das weiß ich doch. Aber im Moment habe ich einfach nur eine unerträgliche Arbeitssituation und weiß einfach nicht mehr, wie ich damit fertig werden soll. Und diese Kanzlei in Berlin macht eine hervorragende Arbeit, sie engagieren sich sozial für die Schwächsten."

„Aber das kannst du doch auch hier tun."

„Sicher, aber die Leute hier müssten mir auch erstmal einen Job geben und das hat bis jetzt im Ruhrgebiet niemand getan. Weiter weg habe ich mich nicht beworben, denn Düsseldorf oder Köln sind sehr weit zum Pendeln, da müssten wir auch umziehen und die Städte sind wahnsinnig teuer."

„Ich wusste nicht, dass es so schrecklich auf der Arbeit für dich ist. Lass uns doch das Interview erstmal abwarten."

„Ich denke, das ist eine gute Lösung", bringt sich Mila ein. „Ich wusste gar nicht, dass du dich in Berlin beworben hast, Maya!"

„Wunderbar, dass du auch mit anderen nicht über alles sprichst", spottet Aleks.

„Ich hab das nicht für so wichtig gehalten." Wieso ist hier eigentlich niemand auf meiner Seite?

„Na ja, ist es ja auch nicht. Wäre trotzdem toll, wieder mit dir in derselben Stadt zu leben." Mila grinst.

„Fände ich auch!", quietsche ich plötzlich los, denn plötzlich fehlt mir Mila unheimlich. Mila quietscht ebenfalls und Aleks hält sich die Ohren zu.

„Uff, ich wusste nicht, dass ihr Fledermausgeräusche machen könnt."

„Würden wir das tun, hättest du nichts hören können", stellt Mila klar.

„Sie hat Biologie studiert", erkläre ich Aleks amüsiert, der völlig verdutzt aussieht.

„Mila ist wirklich eine gute Freundin", sagt Aleks anerkennend, als wir im Bett dicht aneinander gekuschelt liegen. Endlich wieder, nachdem wir uns die letzten Tage kaum angesehen haben.

„Ja, das ist sie. Ich vermisse sie."

„Das verstehe ich. Und ich hatte wirklich keine Ahnung von deiner schwierigen Jobsituation." Beinah schuldbewusst sieht mich Aleks an und ich bekomme ein schlechtes Gewissen.

„Das war mir irgendwie peinlich. In meiner Familie haben wir nie über Probleme geredet."

„Man muss ja auch nicht alles bereden, aber ich möchte schon gerne wissen, was in dir vorgeht und ob es dir gut geht."

„Aber du redest doch auch nicht über dich."

„Weil es da wenig zu erzählen gibt."

„Siehst du."

„Was sehe ich?"

„Du magst das auch nicht."

„Wenn ich ein Problem hätte, würde ich ganz bestimmt mit dir darüber sprechen."

„Rein hypothetisch."

„Doch natürlich. Wir würden gemeinsam darüber entscheiden oder zumindest darüber diskutieren." Ich muss seufzen.

„Es tut mir wirklich leid, wie ich mich benommen habe."

„Ok, Frau März, Entschuldigung angenommen. Aber bitte lass uns das künftig nicht mehr so machen. Die letzten Tage waren furchtbar. Wir sollten uns ab jetzt immer spätestens abends wieder vertragen bevor wir schlafen gehen."

„Du hast recht, Aleks. Das machen wir."

„Gute Nacht. Ich liebe dich, Frau März!"

Ich küsse Aleks sanft und wir schlafen eng aneinander gekuschelt ein.

27. AUF ZU NEUEN UFERN

Nachdenklich blicke ich nach draußen auf die mir immer noch recht fremde, regennasse Straße mit ihren vielen bunten Lichtern.

Seit November leben wir jetzt in Berlin. Nein, das Ruhrgebiet vermisst niemand von uns und bis jetzt bereue ich auch nicht, mit meiner Familie umgezogen zu sein. Die letzten Wochen waren einfach nur turbulent: Mein neuer Job, unser Umzug, Umgewöhnung der Zwillinge in der Kita.

Erstmal fing es mit der Zusage der Kanzlei in Berlin an. Frau Jonas war begeistert von meiner Bewerbung und ich habe sofort zugesagt. Es fühlte sich irgendwie richtig an. Danach hatte ich ein furchtbar schlechtes Gewissen.

„Wäre das wirklich ok für dich?", habe ich Aleks sicherlich 1000-mal gefragt, aber er hat jedes Mal lächelnd genickt. Und dann haben wir tatsächlich eine Wohnung in Berlin gesucht und sind allesamt umgezogen!

Komischerweise kennt Aleks wahnsinnig viele Leute in Berlin. Das war mir gar nicht so bewusst, obwohl er ja bereits Mila bei ihrem Umzug geholfen hat Er scheint irgendwie jeden Handwerksbetrieb, aber auch Handwerksbedarfsladen zu kennen, von Bodenbelägen über Farbe und die dazu passenden Leute. Sogar einen neuen Job, erstmal als Angestellter in einer Klempnerfirma, hat er mir nichts dir nichts an Land gezogen.

„Ja, ich werde erstmal für diese Firma arbeiten, solange mich hier niemand kennt", hat er gemeint und dem Chef vorgeschlagen, dass er gerne flexibel, dafür aber bevorzugt abends und am Wochenende arbeiten möchte. Nun, meinte der, dass ginge erstmal nicht, aber man kann ja über alles sprechen. Also hat Aleks trotzdem den Job angenommen, aber gleichzeitig seine Homepage auf Berlin umgestellt, um zu schauen, ob sich überhaupt zukünftig wieder eine Selbstständigkeit lohnt. Denn das Risiko, dass man gar nicht wahrgenommen wird in einer solchen anonymen Großstadt ist groß.

Binnen einer Woche kamen allerdings so viele Anfragen rein, dass er quasi ganz schnell wieder kündigen wollte, sehr zum Leidwesen seines Chefs, der meinte, dass wirklich gute Leute rar gesät sind. Aleks hat ihm zugesichert, dass er ihn anrufen kann bei Engpässen bzw. ihm vorgeschlagen, ihn zu empfehlen. Nur zwei Wochen später hatte er plötzlich so viele Leute an der Hand, dass er immer auf jemanden verweisen konnte, wenn er selbst keine Zeit hat. Mich hat das alles einfach nur verblüfft, das Ganze scheint ein absoluter Selbstläufer zu sein. Oder es liegt einfach an Aleks, er kommt wahnsinnig schnell in Kontakt mit Menschen, ist offen und herzlich, ganz anders als ich es von mir selbst gewohnt bin.

Die Kanzlei hatte mir bei meiner Zusage direkt einen Makler empfehlen können und irgendwie haben wir binnen kürzester Zeit eine riesige Altbauwohnung gefunden, die gar nicht weit ist von Mila, also nur 5 U-Bahnhaltestellen, ohne Umsteigen, entfernt ist. Entfernungen haben sich für mich in Berlin doch sehr relativiert.

Mila hat sich einfach nur gefreut, dass endlich jemand auch in Berlin wohnt, den sie kennt, also abgesehen von Egon, der ohnehin die meiste Zeit beruflich unterwegs ist. Auch wenn Gottfried und Nina regelmäßig vorbeischauen und Mila viele Wochenenden bei ihnen verbringt, ist es nicht dasselbe. Leider hat Gottfried immer noch nichts in Berlin gefunden.

***

Mir schwirrt der Kopf. Die vielen Eindrücke und die langen Wege. Natürlich hat Berlin eine tolle Infrastruktur, ich komme prima zur Arbeit und Aleks benutzt unseren Wagen für seine Aufträge. Doch die Wege sind einfach viel länger, weil Berlin nun mal sehr viel größer ist als die Stadt, in der wir vorher gelebt haben. Also bin ich beinah eine Stunde morgens mehr oder weniger unterwegs, denn vorher fahre ich mit den Zwillingen drei Haltestellen U-Bahn, was die beiden unheimlich aufregend finden und dadurch schon völlig aufgekratzt in der Kita ankommen. Danach fahre ich mit zwei verschiedenen U-Bahnen in die Kanzlei.

Mein erster Tag war seltsam, anders kann ich das nicht ausdrücken und irgendwie hatte ich schon ein ungutes Gefühl in der Magengrube, als ich morgens losfuhr. Ungut wahrscheinlich schon deswegen, weil ich meiner Familie das ganze zumute.

Natürlich hätte ich alternativ erstmal allein nach Berlin ziehen können, schauen, ob der Job wirklich etwas ist, aber das hätten wir uns finanziell absolut nicht leisten können. Denn mein Gehalt ist leider gar nicht vergleichbar mit einem Juniorpartnergehalt, auch wenn durchaus ein Berlinaufschlag hinzugerechnet wurde und man mir sicherlich mehr geboten hat als den anderen Anwälten. Das Risiko, dass der neue Job nichts ist und dass ich meine Familie entwurzelt habe, lastet schwer auf mir. Und dieses Gefühl habe ich wahrscheinlich anfangs auch zur Arbeit getragen.

Von den Kollegen wurde ich an meinem ersten Tag reserviert begrüßt, kühle Blicke streiften mich, nur wenige boten mir die Hand an.

„Hi", sagte eine zierliche Frau freundlich. „Ich bin Laura. Die meisten duzen sich hier. Bist du Frau Dr. März?"

Ich nickte. „Ja, ich bin Maya März. Ich bin ganz schön aufgeregt, entschuldige bitte." Das war ich wirklich, hätte das aber eigentlich nie zugegeben, keine Ahnung, wieso ich es einfach ausgesprochen habe.

Laura lachte mich an. „Das hätte ich nicht gedacht. Du warst Partnerin, nicht wahr?"

Ich hatte wieder genickt. „Ja, allerdings nur Juniorpartnerin. Aber Neuanfänge sind doch immer aufregend."

„Das stimmt", sagte plötzlich ein Kollege, der mich mit meinen 1,75m immer noch gut überragte.

„Ich bin Heiko. Zuständig für Familienrecht, meistens leider bei häuslicher Gewalt."

Ich hatte schlucken müssen, als ich das Wort Gewalt hörte. Ja, das hier sind ganz andere Fälle als in der letzten Kanzlei, in der kleine Leute als Klienten so gut wie gar nicht existent waren.

„Die meisten von uns haben als Schwerpunkt Familienrecht gemacht", hatte Laura erzählt.

„Wir sind froh, jetzt noch eine Verstärkung für Arbeitsrecht zu bekommen. Die meisten mit diesem Hintergrund wollen lieber für zahlungskräftige Klienten arbeiten. Wen hat die letzte Kanzlei vertreten, für die du tätig warst?" Die Frage kam von einem sehr jung aussehenden Blonden, klein für einen Mann, mit Hornbrille, der sich gar nicht erst vorstellte.

„Die Kanzlei, für die ich gearbeitet habe, vertritt eher Großkunden, Arbeitgeber mit einem gewissen Mindestumsatz im Jahr."

„Und was machst du dann hier?", fragte mich daraufhin eine große Blondine. Das Verhör nervte zwar, aber trotzdem wollte ich mich kooperativ zeigen.

„Ich bin seit einem guten Jahr Mutter von Zwillingen und seitdem war es mir nicht mehr möglich, in der Kanzlei zu arbeiten."

„Das verstehe ich nicht", meinte Laura verblüfft. Auch die anderen hatten mich daraufhin verwirrt angesehen.

„Was haben denn deine Kinder damit zu tun?", wollte ein bärtiger Typ wissen. Bis dahin hatten sich tatsächlich nur zwei Leute namentlich vorgestellt.

„Nun, die Meetings waren sehr spät, also habe ich sie von zuhause verfolgt, aber das wurde nicht akzeptiert. Viele meiner zahlungskräftigsten Klienten wurden mir weggenommen. Ich habe dann selbst zugesehen, dass ich neue bekomme, indem ich die Gegenseite vertrete." Das war der Moment, als mehrere Leute anfingen zu lachen.

„Stark, du hast dann die anderen vertreten? Wahrscheinlich mit Erfolg", schmunzelte Heiko.

„Na ja, ich will nicht angeben", hatte ich nur geantwortet und gegrinst.

Irgendwie lief es danach, zumindest war die Stimmung weniger frostig. Frau Jonas kam auch irgendwann dazu und führte mich rum. Insgesamt sind es sieben Anwälte, die Büros sind jeweils zu zweit besetzt. Frau Jonas, die Kanzleiinhaberin, ist ebenfalls Anwältin für Arbeitsrecht.

„Wir werden uns das Büro teilen. Ich heiße übrigens Isolde."

„Vielen Dank. Ich heiße Maya. Schön, dass wir uns alle hier duzen."

„Ja, das war meinem Mann und mir immer sehr wichtig."

„Das finde ich gut. Wieso führt ihr die Kanzlei nicht mehr zusammen?"

„Mein Mann ist letztes Jahr gestorben."

„Das tut mir leid. Woran?"

„An Bauchspeicheldrüsenkrebs, es ging zum Glück sehr schnell." Ihre Augen wurden traurig bei diesen Worten und wieder waren mir Aleks Worte in den Sinn gekommen: Was, wenn einem von uns etwas passiert?

28. ERSTE SCHRITTE

In Kürze werden wir unser erstes Weihnachten in Berlin feiern. Komisch, wann werde ich wohl aufhören, darüber nachzudenken, wie lange wir hier wohnen?

„Bei mir hat das eine ganze Weile gedauert", lacht Mila.

Gemütlich bei einer Tasse Tee, sitzen wir in Milas Wohnung, ebenfalls eine Altbauwohnung, wie unsere, aber wesentlich kleiner. Unsere Wohnung liegt vielleicht 10 Kilometer von hier entfernt, himmlisch, in so einer großen Stadt.

„Wie schön, dass ihr hierhergezogen seid", wiederholt Mila und blickt mich versonnen an.

„Obwohl ich immer noch in Wochen zähle, fühle ich mich bereits sehr heimisch hier."

„Da hast du mir definitiv etwas voraus", stöhnt Mila.

„Das liegt wahrscheinlich daran, dass ich meine Familie mitgenommen habe." Sanft drücke ich Milas Arm.

„Das stimmt wahrscheinlich", seufzt sie. „Ich vermisse die beiden sehr, aber es ist so schwierig, etwas für Gottfried zu finden, außer vielleicht als freischaffender Journalist. Zumindest hat er darüber nachgedacht."

„Wäre natürlich eine finanzielle Einbuße."

„Ich glaube, was ihn davon abhält ist, dass er dann zu viel unterwegs wäre. Gottfrieds Mutter ist als freischaffende Journalistin in der ganzen

Welt rumgereist, das ist nichts, was er will. Es reicht, meinte er, dass sich Ninas Mutter nicht um sie gekümmert hat, er möchte viel Zeit mit ihr verbringen."

„Nun ja, sie hat das Sorgerecht ja komplett abgetreten."

„Natürlich, aber ich könnte mir trotzdem nicht vorstellen, gar nichts über mein Kind zu wissen."

„Das stimmt natürlich, aber sie war doch nie an Nina interessiert, selbst, als sie noch allein für sie verantwortlich war", erinnere ich Mila.

„Eine furchtbare Frau!", sagen wir beide synchron und schütteln uns.

Ich genieße es, Mila endlich mal wieder zu sehen. Obwohl wir jetzt wieder in derselben Stadt leben, war die letzten Wochen einfach zu wenig Zeit dafür.

„Wie läuft dein neuer Job?"

„Ich weiß nicht so genau", gebe ich zu und ernte erstaunte Blicke von Mila.

„Sind die Leute nicht nett zu dir?"

„Mittlerweile sind sie etwas weniger reserviert. Die Arbeit ist ok, aber irgendwie habe ich das Gefühl, dass wir nicht richtig aufgestellt sind. Wir müssen eine Mischung an gut zahlenden Klienten und weniger betuchten Klienten haben. Ich weiß, dass das sehr simpel formuliert klingt. Ich weiß nicht, wie meine Kollegen sich finanzieren, aber mein Gehalt ist sehr viel niedriger als vorher und Berlin doch recht teuer. Natürlich wusste ich das vorher, es ist trotzdem eine große Umstellung für mich. Da die Kanzlei viel Zulauf hat, habe ich irgendwie geglaubt, dass auch andere Kunden zu uns kämen. Aleks hilft jetzt seinem Chef, wenn etwas anfällt, möchte dann aber doch weiterhin selbstständig bleiben. Er bekommt genügend Aufträge, aber so viel kann er dafür auch nicht nehmen."

„Vielleicht brauchst du einfach ein bisschen Werbung. Habt ihr Anzeigen geschaltet?"

„Na ja, das wirkt so, als ob wir keine Kunden hätten", sage ich skeptisch.

„Auch wahr. Aber irgendwie brauchst du ein Netzwerk an zahlungsstarken Leuten. Schließlich gibt es auch genügend Angestellte, die sich euch leisten können."

„Nur, wie komme ich an die ran? Das war eigentlich der Grund, dass ich mich nicht selbstständig machen wollte. Klinkenputzen liegt mir einfach nicht."

Eindringlich blickt mich Mila an. „Als Klinkenputzen würde ich das nicht bezeichnen, Maya. Eher so etwas wie eine Akquise und die ist doch legitim."

„Sicher", sage ich wenig überzeugt.

„Habt ihr eine Homepage?"

„Leider keine sehr professionelle. Wir haben, wie gesagt, einen regen Zulauf an Klienten. Die meisten bekommen Unterstützung, doch dadurch sind die Stundensätze natürlich sehr gering."

„Wie läuft es bei dir, Mila?", frage ich, schon um das Thema zu wechseln, weil es mich einfach etwas frustriert. Wir bräuchten einen besseren Internetauftritt und auch eine bessere Lobby, um eben gehaltstarke Kunden an uns zu binden, im besten Fall auch längerfristig. Da waren gerade die Großkunden natürlich sehr hilfreich in der letzten Kanzlei, für die ich gearbeitet habe. So etwas sollte sich auch nicht ausschließen, finde ich. Schließlich waren das allgemeine Denken und der Umgang mit mir dort furchtbar. Aber gegen eine ausgewogene Mischung der Mandanten sollte nichts einzuwenden sein, soziales Engagement hin oder her.

„Ich glaube, es läuft ganz gut. Elfie ist jetzt meine Chefin und sie ist einfach sehr gut darin, die Leute zu fördern. Sie meint, als Journalist sollte man sich in viele Themen einarbeiten können. Also sucht sich jede Woche jemand ein Thema aus und hält einen Vortrag darüber."

„Klingt irgendwie sehr verschult." Ein Vortrag jede Woche bei uns, worüber sollte der handeln, denke ich amüsiert.

„Na ja, wir sind ein Wissenschaftsverlag. Die Themen dürfen über alles sein, auch lustige Sachen. Ich habe einen Vortrag übers Backen gehalten."

„Was genau kann man denn übers Backen erzählen?" Wieder denke ich an die Lehre, die ich gerne an der Uni machen würde, aber leider keine Zeit dazu habe.

„Ich habe erklärt, wie der Backvorgang chemisch passiert und dann eine Versuchsreihe mit verschiedenen Temperaturen gemacht und grafisch dokumentiert. Plätzchen kann man bei 100°C bereits ganz gut backen, aber ein Kuchen geht erst ab 170°C vernünftig hoch."

„Oh je, ich hätte dir gar nicht folgen können." Habe ich erwähnt, dass ich eine Niete in Naturwissenschaften in der Schule war?

„Och, ich habe natürlich versucht, das so zu beschreiben, dass man kein Naturwissenschaftler zu sein braucht. Genau darum geht es ja bei den Vorträgen und dadurch können wir dann auch noch leichter schwierige Themen auf ein allgemein verständliches Niveau runterbrechen. Ein Kollege hat immer versucht, möglichst viele Fachtermini zu verwenden und war da auch sehr beratungsresistent. Deshalb war der erste Vortrag für diese Runde über das KISS Prinzip. Den hat Elfie übrigens gehalten, damit niemand von uns den Anfang machen muss."

„Wofür steht denn Kiss?" Ich habe das tatsächlich noch nie gehört. Wieso sollte man ein Konzept Kuss nennen, denke ich irritiert.

„Es steht für „keep it simple, stupid". Das bedeutet, dass, je einfacher man etwas ausdrückt oder einen Prozess gestaltet, desto eher wird es auch von einem Kunden angenommen." Ich muss schmunzeln. Gerade Juristen wird ja vorgeworfen, dass sie sich nie verständlich ausdrücken können.

„Was hat der Kollege dazu gesagt?"

„Sein nächster Artikel war ein Knaller, denn ohne die ganzen intellektuellen Möchtegern Füllwörter, hatte er sich endlich mal auf das Wesentliche beschränkt und plötzlich hatte er sein Thema endlich mal verständlich formuliert. Mir hat das übrigens auch sehr bei meiner Arbeit geholfen."

„Elfie scheint ja sehr intelligent zu sein."

„Sie hat wahnsinnig viel Lebenserfahrung. Ich hätte gar nicht damit gerechnet, dass sie überhaupt noch eine Führungsposition bekommt. Jeder hatte mit einem jungen, neuen Kollegen gerechnet, der den Laden umkrempelt."

„Dem hätte dann allerdings die Lebenserfahrung gefehlt."

„Ich denke auch, aber das sieht man ja häufig in Firmen."

„Bei uns ist das auch eher ein Problem. Die sehr jungen Leute haben eigentlich noch nicht die Berufserfahrung, um bereits selbstständig zu arbeiten. Nachdem ich gehört habe, dass mehrere Klienten auf der

Straße gelandet sind, habe ich mir die Sachen mal angeschaut. Ich verstehe ja, dass man einen gewalttätigen Ehemann rausschmeißt, aber das kann doch nicht bedeuten, dass er jetzt draußen schlafen muss."

„Wirklich? Die Leute sind obdachlos geworden?" Entsetzt schaut mich Mila an.

„Einer ja, er ist starker Alkoholiker und hat seine Frau mehrfach verprügelt. Ich habe kein Mitleid mit ihm, aber trotzdem finde ich nicht, dass er dafür auf der Straße leben muss. Ich habe versucht, ihn in einer Entzugsklinik unterzubringen. Danach muss er dringend ein Antiaggressionstraining machen, aber ich habe keine Ahnung, wer das bezahlen wird, ich bin ja nicht sein Sozialarbeiter. Für einen anderen habe ich Widerspruch eingelegt, dafür hätten wir eigentlich jemanden mit Erfahrungen im Mietrecht gebraucht, den wir nun mal nicht haben. Im Grunde genommen arbeiten wir alle völlig autark, wir müssten uns alle viel besser unterstützen, wenn wir doch schon unter einem Dach arbeiten und eine ähnliche Klientel betreuen."

„Wie ist die Kanzlei eigentlich entstanden und gibt es sie schon lange?"

„Isolde hat sich zusammen mit ihrem Mann selbstständig gemacht, bereits vor über zehn Jahren. Leider ist ihr Mann letztes Jahr gestorben. Sie hat dann über das Jobcenter versucht, Leute anzuwerben, doch die Klientel lässt einfach keine hohen Gehälter zu. Also hat sie Leute bekommen, die einfach keinen Job gefunden haben oder Leute, die genug von ihrem alten Job hatten und auch nichts neues mehr gefunden haben. Sie ist froh, meinte sie, dass sie jetzt endlich wieder jemanden für Arbeitsrecht hat."

„Also habt ihr eine recht große Fluktuation?", vermutet Mila und ich nicke.

„Ja, im Grunde genommen sind junge Leute auch super für eine Kanzlei. Sie kommen gerade von der Uni und haben den neuesten Wissensstand, aber sie benötigen einfach mehr Anleitung. Bei uns wurde das viel über die Juniorpartner und auch Seniorpartner abgefangen, wobei die Seniorpartner sich immer die Besten rausgepickt und individuell gefördert haben. Wir haben uns viel um die Leute gekümmert, damit sie schneller laufen lernen. Je mehr man jemandem erklärt, desto früher wird er selbstständig, sieht nur halt leider nicht jeder so. Ich überlege, ob ich ein Programm aufziehe, vielleicht ein Praktikum für Studenten. Ich habe mal bei der Professorin nachgeschaut, die auch auf unserer Homepage steht."

„Wieso steht eine Professorin auf eurer Homepage?"

„Isolde und sie kennen sich noch vom Studium. Die Professorin hat etliche Fallbeispiele für ihre Publikationen und auch als Beispiele für ihre Vorlesungen verwendet. Nächste Woche wollte ich mit allen darüber sprechen und ihnen ein Praktikantenprogramm vorschlagen, mal schauen, wie die Resonanz ist."

„Die Idee klingt nicht schlecht. Als Student sucht man doch immer nach Praxiserfahrung, die Frage ist nur, ob man da so viel lernen kann bei euch."

„Das stimmt, aber Recherche für einen Fall kann man schon recht früh machen. Dadurch sieht man eben auch sehr schnell, wieviel Aufwand solch ein Fall darstellen kann. Die Berufsanfänger verzetteln sich oft und reichen dann die Sachen zu spät ein. Ich finde das nur menschlich, wir haben alle mal klein angefangen, aber ich hatte eben Glück, dass man mich an die Hand genommen hat. So etwas würde ich mir hier auch wünschen."

„Die Idee ist gut, wir haben dafür ja das Volontariat, allerdings würde uns die Nähe zur Hochschule auch guttun."

„Das stimmt. Vielleicht schlägst du es Elfie vor. Hat sie eigentlich promoviert?"

„Ja, in Biochemie. Durch ihre Promotion hat sie viel Erfahrung darin, Leuten etwas zu erklären, Vorträge zu schreiben und auch zu halten. Sie scheint wahnsinnig viel zu lesen, zumindest hat sie irgendwie von allem Ahnung. Ich finde, das Team ist viel besser aufgestellt, seit sie es hat. Der Austausch untereinander ist besser geworden, die Leute verschanzen sich weniger hinter irgendwelchen Phrasen."

„Das klingt so, als ob wir so etwas auch bräuchten. Ich muss dringend mit Isolde sprechen."

29. ARBEITSINNOVATION

Gleich nach Neujahr beschließe ich, mit Isolde zu reden.

„Guten Morgen, Isolde. Ich würde gerne mal über die letzten Wochen sprechen."

„Na klar, nur zu, Maya."

Isolde reibt sich die Augen, sie arbeitet bestimmt doppelt so viel wie jeder andere hier. Ich weiß, dass sie sich sämtliche Schriftsätze ansieht und sie auch gegebenenfalls korrigiert. Sie sieht so müde aus.

„Geht es dir gut?"

Erstaunt blickt mich Isolde an. „Ich glaube, das hat mich das letzte Mal mein Mann gefragt", sagt sie leise und seufzt.

„Das tut mir leid. Ich kann gar nicht nachvollziehen, wie du dich fühlst. Bis jetzt habe ich nur wenige nahestehende Menschen verloren."

„Es ist schön, dass du das sagst. So viele Leute haben mir gesagt, dass sie verstünden, wie ich mich fühle. Woher wollen sie das denn wissen? Natürlich schätze ich echte Anteilnahme, ich bin wohl recht dünnhäutig geworden."

„Das ist schon ok, wirklich. Aber worüber ich mit dir sprechen wollte, ist ein Praktikantenprogramm."

„Was soll das sein? Ich denke nicht, dass hier Praktikanten arbeiten können, dazu ist das Niveau zu hoch." Bei solchen Worten muss ich mich erstmal räuspern und verstehe sofort, wieso Isolde lieber still im Hintergrund korrigiert, statt die Leute zu trainieren. Klar, dadurch spart man vielleicht erstmal Zeit, muss es dann aber immer selbst machen, weil die Leute es nicht lernen.

„Ich denke, es wäre gut, wenn wir Studenten mehr Einsicht in unsere Arbeit vermitteln. Für Recherchearbeit muss man noch keinen Abschluss haben und für eine Hausarbeit muss man sich genauso in einen Fall reinfuchsen. Was spricht dagegen?"

„Na, da wären ja erstmal die Kosten", seufzt sie, als ob ich ein Kleinkind wäre. „Und wer soll sich denn um den Praktikanten kümmern? Er muss doch eingewiesen, überwacht und kontrolliert werden." Sofort sträuben sich mir die Nackenhaare bei Worten wie „überwacht" und „kontrolliert". Ich versuche, freundliche Worte zu finden, aber Diplomatie ist einfach nicht meine Stärke.

„Durch deine ehemalige Kommilitonin hätten wir ja bereits einen Zugang zu den Studenten. Lass es uns doch testen, wenn es nicht klappt, brauchen wir es nicht zu wiederholen."

„Aber wovon sollen wir die Leute bezahlen? Maya, ich weiß dein Engagement wirklich zu schätzen, aber wir haben das Geld nicht. Ich bin froh, dass du mir ein paar Fälle abnimmst, dadurch wurden jetzt schon sehr viel mehr Mandanten abgearbeitet, aber gerade die jungen Leute verursachen eher Kosten, da können wir keinen Praktikanten zusätzlich finanzieren."

„Wir können versuchen, das mit dem Arbeitsamt zu klären, schließlich werden Praktika teilweise finanziell übernommen. Wir können uns mit Frau Prof. Schadt zusammensetzen und fragen, welche Möglichkeiten es gibt."

„Ich verstehe gar nicht, wieso dir das so wichtig ist." Missbilligend runzelt sie die Stirn und wendet sich ihrem Bildschirm zu. Anscheinend ist für sie das Gespräch beendet.

Hätte ich mich vielleicht besser vorbereiten sollen? Ehrlich gestanden, habe ich nicht mit dieser Abwehrhaltung gerechnet, vielleicht auch nicht mit einer Zusage, aber zumindest einer Chance, sich das Ganze näher anzusehen.

„Steht es denn um die Kanzlei so schlecht?", frage ich jetzt geradeheraus, weil mir um den heißen Brei laufen einfach nicht liegt.

„Das geht dich nichts an!", faucht mich Isolde an.

„Ich denke schon", sage ich ruhig. „Denn, wenn du kurz vor dem Bankrott stehst, sollte ich schon mal Bewerbungen schreiben." Kühl mustere ich Isoldes puterrotes Gesicht.

„Wieso? Hast du das etwa deinen letzten Chef auch gefragt? Du bist Mitarbeiterin, benimm dich bitte entsprechend!"

„Ich war Juniorpartnerin", sage ich ruhig, obwohl ich mich gerade weit weg von hier wünsche. Isolde wirkt völlig unnahbar, eigentlich habe ich sie so noch gar nicht erlebt seitdem ich hier arbeite.

„Bei uns wurde immer jedes Jahr ein Bonus ausgeschüttet, wenn der Umsatz einen gewissen Schwellenwert erreicht hatte. Nein, es muss nichts auf Heller und Pfenning dargelegt werden, aber ein Jahresvergleich zu den letzten Jahren ist man seinen Mitarbeitern schon schuldig. Transparenz bringt einem immer mehr Loyalität als Mauerpolitik."

„Ach ja? Und wenn ich ihnen erzählen würde, dass seit letztem Jahr die Umsätze rapide zurückgegangen sind und ich gar nicht weiß, woran das überhaupt liegt, wie stünde ich denn dann da?", schluchzt Isolde plötzlich auf. Mir wird heiß und kalt.

„Äh, du weißt nicht, wieso die Umsätze schwinden?"

„Nein," flüstert sie. „Mein Mann war so viel besser in Finanzen als ich. Und er war so viel besser im Umgang mit Menschen. Ich weiß, dass ich verschlossen bin. Ja, ich weiß, dass ich den Leuten besser ihre Fehler erklären sollte, aber ich habe Angst davor, es ihnen zu sagen." Verstört blicke ich in das verheulte Gesicht.

„Ok, Vorschlag: Ich schaue mir die Finanzen an, wenn du willst. Ich mache das übrigens auch für meinen Mann, der mag das nämlich auch nicht." Dabei grinse ich sie an und sie grinst verhalten zurück.

„Das würdest du tun? Einen Steuerberater kann ich mir leider nicht leisten."

„Erstmal sollten wir eine Kostenaufstellung machen und schauen, ob sich da ein Leck auftut. Bei meinem Mann war es das Mahnwesen. Er hatte so viele offene Rechnungen, weil er einfach nicht gut darin war, die Leute anzumahnen."

„Viel Geld wird natürlich vom Amt getragen, trotzdem lief der Laden eigentlich, oder dachte ich zumindest. Anfangs habe ich es gar nicht gemerkt, aber nach der letzten Steuererklärung musste ich plötzlich 10.000€ zurückzahlen, weil die Vorauszahlung zu gering angesetzt war."

„Hat dein Mann eigentlich immer die Steuererklärung gemacht?" Isolde nickt. „Konntest du in der alten Steuererklärung nichts abgucken?" Isolde wird rot.

„Natürlich habe ich in der letzten Erklärung nachgeschaut, aber ich bin da einfach nicht draus schlau geworden."

„Ganz ehrlich, Isolde. Du solltest dir da Unterstützung holen, denn von Steuern habe ich auch nicht viel Ahnung. Die arbeiten doch auf Provisionsbasis, also manche zumindest. Sie bekommen vielleicht einen kleinen festen Betrag, doch das meiste kriegen sie anteilmäßig aus der Rückerstattung. Hast du das Geld schon bezahlt?"

„Nein, ich habe erstmal Widerspruch eingelegt. Doch davon habe ich bis jetzt nichts gehört."

„Dann wende dich jetzt an einen Steuerberater. Ich spreche mit meiner Freundin, ihr Freund ist Geschäftsführer, vielleicht hat er jemanden an der Hand, der dir weiterhilft. Und ich schaue mir die Bilanzen des letzten Jahres an, wenn du möchtest."

„Dich schickt der Himmel, Maya!"

30. BRAINSTORMING

Über Gottfried habe ich tatsächlich einen Steuerberater gefunden und ihm sofort alle Unterlagen zugeschickt. Gottfried kennt ihn schon lange, hat Mila erzählt.

Dann haben Isolde und ich einen kompletten Sonntagnachmittag bei ihr das letzte Jahr reflektiert, also aus finanzieller Sicht natürlich.

Zuerst fand ich es merkwürdig, zu Isolde nach Hause eingeladen zu werden. Schließlich ist sie nach wie vor meine Chefin, obwohl ich das Gefühl habe, dass sie eine Partnerin braucht, eine für die ganzen organisatorischen Dinge und auch jemanden, dem sie vertraut.

Sie lebt in Mitte, in einer tollen Dachgeschosswohnung mit einem atemberaubenden Blick über Berlin mit verschneiten Dächern. Der Januar ist ganz schön kalt und die Zwillinge haben zum ersten Mal Schnee kennengelernt.

„Wow, du hast eine tolle Wohnung, Isolde!"

„Oh, bitte nenn mich Noldi, ich hasse diesen Namen. Meine Mutter hat mich immer so gerufen und meine Freunde haben sich totgelacht. Mein Mann hat mich irgendwann Noldi gerufen, ich würde mich freuen, wenn du mich auch so nennst."

„Das tue ich gerne, aber wieso nennt dich sonst niemand auf der Arbeit so?"

„Keine Ahnung, wahrscheinlich haben sie gedacht, dass das nur ein Spitzname von meinem Mann für mich ist."

„Ist ja deine Sache, aber wenn du das möchtest, musst du das den Leuten selbst sagen. Vielleicht wäre das gut für das Arbeitsklima."

„Meinst du, dass das Klima schlecht ist?" Der entsetzte Unterton schockiert mich dann doch ein wenig.

„Nun, es könnte sehr viel besser sein. Auch denke ich, dass wir die jungen Leute mehr unterstützen müssen, dann machen sie auch weniger Fehler."

Irritiert schaut mich Isolde, äh Noldi, an und führt mich ins Wohnzimmer. Die ganze Wohnung hat Ähnlichkeit mit meinem Loft und ganz leise seufze ich wehmütig auf.

„Möchtest du einen Tee trinken, Maya?"

Wir setzen uns auf ein gemütliches Sofa, vor uns steht bereits eine weiße Kanne mit Tee auf einem Stövchen, daneben steht eine kleine Schale mit Keksen.

„Ja, sehr gerne, Danke schön!" Dazu nehme ich mir einen Keks.

„Die schmecken ja super", sage ich mit vollem Mund.

„Danke. Ich habe so viel Zeit, also treibe ich Sport, gehe in Kochkurse und trotzdem habe ich ständig das Gefühl, nichts zu tun zu haben."

Ich nicke. „Ich glaube, das war bei mir auch so, bis ich meinen Mann kennengelernt habe. Irgendwie habe ich ständig Leerlauf gehabt, trotz eines 12-stündigen Arbeitstags, morgens Joggen, abends Fitnessstudio und dann weiterarbeiten. Ich habe mich oft dabei ertappt, dass mir langweilig war, ich wusste einfach nichts mit mir anzufangen, sobald ich nichts zu tun hatte."

„Bei mir ist es erst so, seitdem Torben gestorben ist. Mit ihm war ich einfach nicht so allein."

„Hast du eigentlich überlegt, mit jemandem über diesen Verlust zu sprechen?" Noldi zuckt zusammen.

„Nein, ich bin doch nicht verrückt!"

„Das bist du nicht, auf gar keinen Fall", sage ich bestimmt. „Aber manchmal benötigen wir einfach Hilfe von außen, Leute, die uns nicht so gut kennen, wie wir selbst. Man selbst ist sich gegenüber nicht mehr objektiv genug. Nenn es einfach aktive Trauerbewältigung."

„Trauerbewältigung. Meinst du wirklich, ich soll damit zu einem Therapeuten gehen? Die haben doch Wichtigeres zu tun."

„Na ja, wenn dir das nicht liegt, könntest du nach Selbsthilfegruppen schauen. Meine Freundin geht zu einer wegen eines anderen Themas. Sie sagt, dass sie Glück hatte mit den Leuten, denn alle sind sich recht sympathisch und die Moderatorin hat selbst ähnliche Probleme, womit sie ein guter Ansprechpartner ist. Du kannst beides oder erst das eine ausprobieren, aber vielleicht fühlst du dich dann besser."

„Meinst du", flüstert sie traurig.

„Mal ehrlich: war es nicht gut, dass du dich mir anvertraut hast? Gemeinsam haben wir zumindest die Steuerrückzahlung abwenden können. Es ist keine Schande, um Hilfe zu bitten."

„Und ich bin dir wirklich dankbar dafür, Maya! Das hätte ein riesiges Loch in die Finanzen gerissen."

„Und vielleicht können die Erfahrungen anderer Menschen dir dabei helfen, deinen Verlust besser zu verarbeiten." Vorsichtig trinke ich einen Schluck Tee, er schmeckt nach Brombeeren und Minze. „Das tut gut, es ist schon ziemlich kalt draußen."

„Du sagst es. Tee spendet so viel Wärme."

Ich blicke auf die Frau, wie sie sich an ihre Teetasse klammert und wieder beschleicht mich diese Sorge, dass auch ich einen geliebten Menschen verlieren könnte. Ich wüsste einfach nicht, wie ich damit fertig werden würde.

„Ich habe mir die Finanzen angesehen. Natürlich bin ich kein Experte, aber eigentlich sieht alles ganz normal aus. Woran hast du denn festgemacht, dass die Kanzlei schlechter läuft?"

„Der Gewinn ist deutlich geschrumpft."

„Das liegt daran, dass viele übernommene Kosten noch nicht beglichen wurden. Ich habe eure Einnahmen mit dem letzten Jahr verglichen. Was der Kanzlei fehlt, sind ein paar feste Kunden."

„Das ist beim Familienrecht nicht so leicht. Man kann sich an die jeweiligen Rechtsberatungen wenden, was unsere Mandanten natürlich auch tun könnten. Mein Mann hat das Ganze aufgezogen, er war ebenfalls im Familienrecht tätig. Irgendwie hatte er mehr ein Händchen dafür und hat auch immer viele Kunden angeheuert, aber es ist nie etwas Längerfristiges daraus geworden, trotzdem hat es immer gut ausgereicht, es kamen genügend Fälle rein."

„Was ist mit Eheverträgen oder Scheidungen?" Dabei verputze ich schnell noch einen köstlichen Keks. Natürlich achte ich auf mein Gewicht und gehe oft mit Mila joggen. So oft man das eben tun kann mit einer Familie und einem Fulltime-Job. Aber ich genieße mehr und das tut mir gut.

„Am Anfang hatten wir zwei Anwälte, die Scheidungen oder auch Eheverträge aufgesetzt haben, aber die sind schon seit vier Jahren nicht mehr da, sie haben sich selbstständig gemacht. Irgendwie haben wir dann auf junge Leute gesetzt, aber die sind nach ein bis zwei Jahren gegangen, weil wir einfach nicht so hohe Gehälter zahlen können. Also haben sie Expertise abgegriffen und sind dann zu besseren Kanzleien gegangen. Ich glaube, auch deshalb habe ich irgendwann aufgehört, die Leute zu betreuen, weil ich Angst hatte, dass sie schnell wieder gehen. Doch dadurch sind viele Mandanten die Leidtragenden, also habe ich nach Feierabend alles kontrolliert und teilweise schnell fertig gemacht und am nächsten Tag direkt eingereicht. Vielen Leuten ist das nicht einmal aufgefallen." Schweigend höre ich ihr zu, Noldi scheint so furchtbar traurig zu sein. Doch ich bin nicht der Typ, der Leute in den Arm nimmt, ich suche nach Lösungen.

„Ich habe überlegt, dass die Homepage überarbeitet werden sollte. Und wir müssen dringend etwas für unsere Kundenakquise tun."

„Das würde bestimmt sehr viel kosten, oder?" Skeptisch schaut mich Noldi an, ich finde, mit diesem Spitznamen wirkt sie gleich etwas weniger streng.

„Ich habe keine Ahnung, aber ich denke, eine gute Homepage mit der Vorstellung jeden einzelnen Mitarbeiters zusammen mit seinem Fachgebiet bringt uns automatisch eine gute Möglichkeit für die Kundenakquirierung. Anders machen es die anderen Kanzleien auch nicht."

„Wie wurde das in deiner alten Kanzlei gemacht?"

„Das weiß ich gar nicht so genau, als Juniorpartnerin habe ich immer noch recht viele Fälle zugewiesen bekommen, also zumindest, bis ich angefangen habe, mir welche auszusuchen."

„Werbung müssen wir machen und vielleicht müssen wir auch zu Wohltätigkeitsveranstaltungen gehen", überlegt Noldi plötzlich und ich bin überrascht von der auf einmal so hellen Stimme, die viel weniger traurig klingt. Ich strahle sie an.

„Das sind alles super Ideen, Noldi! Wir sollten drei Adressen heraussuchen, die professionelle Homepages bauen und uns Kostenvoranschläge geben lassen. Von Wohltätigkeitsveranstaltungen habe ich keine Ahnung, aber vielleicht können wir in einen dieser Clubs einsteigen, ich hab den Namen vergessen, aber da gibt es Spendenveranstaltungen und unter den Mitgliedern sind ganz viele Businessfrauen aus allen möglichen Sparten der Industrie. Wenn wir mit denen in Kontakt treten könnten..." Wir seufzen beide unisono, lachen und trinken unseren Tee.

31.   SNOWBALLSYSTEM

Noldi und ich haben uns tatsächlich für so einen Club beworben, zum Glück gibt es in Berlin gleich mehrere davon. Noldi hat sich dem in Mitte verschrieben und ich habe einen etwas näher an mir dran gewählt. Blöderweise kennen wir aber niemanden dort, der uns für eine Mitgliedschaft vorschlagen könnte, bis Noldi mir nur wenige Tage später berichtet, dass Prof. Schadt tatsächlich dort Mitglied ist. Wahnsinn, was für ein Zufall! Natürlich schlägt sie uns beide direkt für ihren Club vor, wir warten noch auf das Ergebnis der nächsten Ausschusssitzung.

Adressen für professionelle Websites gibt es viele, doch irgendwie wissen wir nicht so recht, worauf wir achten müssen. Also telefonieren wir jeweils mit vier verschiedenen Leuten und tauschen uns aus. Nur zwei schaffen es überhaupt in die engere Wahl, weil die anderen einfach zu wenig zugehört haben. Noldi wünscht sich etwas Familiäres, ich habe eher zu etwas businessmäßigem geraten, schon wegen der besser zahlenden Klientel, die wir anstreben. Noldi stimmt mir durchaus zu, dass uns diese Klientel ein finanzielles Polster verschaffen könnte, vor allem, wenn wir sie langfristig an uns binden könnten. Also haben uns nur zwei Leute etwas wirklich Brauchbares vorschlagen können, die Kostenvoranschläge kriegen wir in den nächsten Tagen, ich bin gespannt.

Janne und Damian fühlen sich auch recht wohl in Berlin, manchmal dürfen sie am Wochenende bei Mila übernachten, was die beiden wahnsinnig genießen, besonders, wenn Gottfried auch noch da ist und mit ihnen spielt. Aber auch Mila und Nina lieben die beiden sehr. Nachdem Gottfried feststellen musste, dass Egon, Milas Exfreund (jetzt hoffentlich für immer!) im selben Haus und auch noch direkt gegenüber wohnt, hat er ganz schnell eine neue Wohnung gesucht, schon, damit auch alle genügend Platz haben, wenn sie in Berlin sind, obwohl Mila eigentlich häufiger zu ihnen ins Ruhrgebiet gefahren ist. Seitdem wir hier wohnen, komme Nina und der doch größtenteils nach Berlin. Das Tolle an der größeren Wohnung ist, dass Nina jetzt auch ihre Freundin mitbringen kann und dass eben auch unsere Zwillinge dort übernachten können.

***

Doch immer noch haben wir keine zündende Idee, wie wir eine besser betuchte Klientel an uns binden können.

„Wie genau ist dein Mann eigentlich dafür vorgegangen?", frage ich Noldi über den Schreibtisch hinweg. Mittlerweile verstehen wir uns richtig gut und ich bin froh darüber, dass wir im selben Büro sitzen. Ich habe sogar überlegt, sie mit Mila bekanntzumachen, vielleicht könnten wir eine Art Kleeblatt bilden. Aber eigentlich ist sie immer noch meine Chefin, deshalb habe ich das vorerst doch lieber gelassen.

„Na ja, wir waren oft eingeladen, bei Firmenbossen oder auch gut betuchten Leuten. Die Familie meines Mannes besitzt mehrere Firmen, dadurch hat er irgendwie ein sehr umfangreiches Netzwerk gehabt. Aber als er krank wurde, haben wir keine Einladungen mehr annehmen können, neue Anwälte mit vielleicht guten Klienten an der Hand, haben wir schon lange keine mehr bekommen. Ich hatte gehofft, dass das mit dir anders werden würde." Ich schlucke.

„Ich durfte keine Klienten mitnehmen."

„Das weiß ich doch, ich hatte nur gehofft, dass du mehr Leute kennst, dass dir das liegt."

„Tut mir leid, ich habe gar keine Ahnung von so etwas. Aber, oh wieso habe ich eigentlich daran noch gar nicht gedacht?!" Fragend schaut mich Noldi an, ich klatsche mir gegen die Stirn.

„Mach`s nicht so spannend, Maya. An was hast du nicht gedacht?"

„Ach, na ja, mir kam nur gerade der Gedanke, dass Aleks doch auch ein großes Netzwerk hat und dass ich doch seine Mahnungen geschrieben habe und das auch immer noch tue. Die Frage ist, ob seine Kollegen bzw. deren Chefs nicht vielleicht auch fähige Anwälte brauchen. Vielleicht brauchen sie neue Arbeitsverträge, vielleicht gibt es Schwierigkeiten mit Abrechnungen, keine Ahnung. Große Firmen haben eigene Rechtsabteilungen, da können wir nur versuchen, privat an die Leute ranzukommen und das ist schwierig, aber kleine Betriebe könnten wir doch anschreiben und eine Art Serviceleistung anbieten."

„Äh, aber wir sind doch keine Dienstleister!"

„Natürlich sind wir das. Wir erbringen doch eine Leistung, für die wir bezahlt werden. Ohne Klienten sind wir arbeitslos."

„Aber Klinkenputzen, wie schaut denn das aus?"

„Im Grunde genommen hat dein Mann genau das gemacht, nur halt in einem glamouröseren Rahmen. Aber Handwerksbetriebe sind durchaus angesehen und verfügen über mehr Geld als man meinen könnte. Wir haben im Moment sieben Anwälte hier, fünf davon im Familienrecht, aber sehr ähnlich ausgerichtet. Wir sollten als nächstes jemanden für Scheidungen finden, der kann doch auch sozial arbeiten, aber eben nicht nur. Und ich sage es nur ungern, aber wir sollten nur ein bis zwei junge Referendare einstellen, ansonsten Leute mit Berufserfahrung. Dann zusätzlich ein bis zwei Praktikanten. Ich bin auf alle Fälle dafür, Berufseinsteigern eine Chance zu geben, aber wir brauchen Leute, die bereits Wissen haben!" Ich hole tief Luft und blicke in Noldis lächelndes Gesicht.

„Bist du fertig, Maya?", grinst sie. Ich bin überrascht darüber, wie sehr sich Noldi in den wenigen Wochen seit unserem Gespräch verändert hat. Ich hatte wieder mit einer Schimpftriade gerechnet, aber ganz bestimmt nicht mit einem entspannten Grinsen.

„Äh, ja?"

„Also, ich habe mit Frau Prof. Schadt gesprochen. Nächste Woche stellen sich ein paar Leute für ein Praktikum vor. Ich möchte dich bitte dabei haben bei der Auswahl. Zwei Leute haben zum nächsten ersten gekündigt, die Stellenausschreibungen sind bereits in den gängigen Jobportalen zu finden." Jetzt holt Noldi tief Luft. Ich glaube, ich habe sie noch nie so viel auf einmal reden gehört.

„Wow! Ok, dann, äh, ja…" Mir fehlen einfach die Worte.

„Dann sollten wir vielleicht noch die Referendarstellen ausschreiben", sagt Noldi vergnügt.

Unglaublich. Wer ist diese Frau, die mir noch bis vor Kurzem gesagt hat, dass sie keine Ahnung hat, was sie tun soll. Der ganze Tatendrang, den sie seit unserem Gespräch bei ihr zu Hause hatte, scheint kein Strohfeuer gewesen zu sein.

„Du bist einfach unglaublich", sage ich und meine es auch so.

Noldi wird rot. „Ach, na ja. Wie gesagt, ich hätte dich gerne bei allen Vorstellungsgesprächen dabei. Mir liegen solche Sachen einfach nicht. Und dann möchte ich dir noch etwas vorschlagen, aber nicht hier. Lass uns jetzt weiterarbeiten. Wie sieht es heute oder an einem anderen Abend aus? Ich möchte dich gerne zum Essen einladen, wenn du nichts dagegen hast. Als Dankeschön und, wie gesagt, um dich etwas zu fragen." Ich schlucke.

„Natürlich, na klar. Ich muss mit Aleks telefonieren, dann sage ich dir Bescheid."

Mir wird mulmig. Was ist es, dass mich Noldi fragen möchte?

32. ZEITEN ÄNDERN MICH

„Es ist so schön, endlich mit dir allein zu sein", sagt Aleks und drückt sich an mich. Ein Prickeln durchfährt mich, Aleks Berührungen hören einfach nicht auf, sich so für mich anzufühlen, unglaublich.

„Ich bin froh, dass wir heute Abend mal für uns sind. Allerdings wollte ich dich etwas fragen."

„Frag." Dabei küsst er allerdings meinen Nacken und ich bin abgelenkt.

„Noldi möchte mich zum Essen einladen, als Dankeschön, na ja, nicht, dass sie das bräuchte und weil sie mich etwas fragen möchte."

„Will sie dir die Partnerschaft anbieten?" Ich erstarre und nehme meinen Nacken von seinen Lippen.

„Wie kommst du denn darauf?"

„Das liegt doch auf der Hand, Maya. Du hast dich so eingesetzt die letzten Wochen für die Kanzlei. Ich würde dich zu meiner Partnerin machen, wenn ich einen Betrieb hätte."

„Ich dachte, ich bin deine Partnerin und du hast doch einen Betrieb", lache ich und küsse ihn zärtlich.

„Natürlich bist du das", grinst er.

„Dann wollte ich dich noch nach Adressen fragen. Du kennst doch viele Handwerksbetriebe. Ich wollte ein Servicepaket anbieten und es an verschiedene Leute schicken."

„Das ist eine super Idee, aber meinst du nicht, dass sie alle längst einen Anwalt haben?"

„Ja, vielleicht, aber man darf seinen Anwalt des Vertrauens doch auch mal wechseln", sage ich schnippisch.

„Das stimmt natürlich. Und wie willst du das anstellen?"

„Ich habe keine Ahnung. Ich wollte die Leute erstmal anschreiben. Und vielleicht frage ich Gottfried, vielleicht kennt er auch jemanden, der einen Anwalt braucht."

„Wundert mich, dass du das noch nicht gemacht hast."

„Wieso? Eigentlich möchte ich Freunde da nicht mit reinziehen, aber an und für sich ist es doch kein Problem, habe ich überlegt."

„Es sollte keins sein", sagt Aleks und versucht, mich wieder in romantische Stimmung zu versetzen. Mit Erfolg.

***

„Vielen lieben Dank für die nette Einladung, Noldi. Aber, was möchtest du mich fragen?" Noldi grinst mich an.

„Ist nichts Schlimmes, keine Bange, Maya. Wirklich. Wollen wir nicht erst mal essen? Die Linguine hier sind fantastisch!"

„Also ich wüsste jetzt schon ganz gerne, was du mich fragen möchtest, sonst kann ich das Essen gar nicht genießen."

„Ah, wir möchten gerne bestellen", sagt Noldi zu dem ankommenden Kellner. „Eine Flasche Rioja und die gemischten Vorspeisen, mit dem Hauptessen warten wir noch."

„Sehr gerne, Frau Jonas."

„Der kennt deinen Namen?" Erstaunt blicke ich Noldi an, die tatsächlich leicht rot wird.

„Mein Mann und ich waren oft hier essen", sagt sie verlegen.

„Ich fühle mich geehrt", sage ich ehrlich. Das Restaurant wirkt unscheinbar, halt ein Italiener um die Ecke des Kudammes, aber es riecht fantastisch.

„Ich dachte, dass es gut zum Anlass passt."

„Was ist der Anlass?", frage ich ungeduldig. Doch schon kommt der Ober mit einer Flasche Wein.

„Darf ich?", fragt er galant und gießt einen kleinen Schluck ein. Ich glaube, es ist Jahre her, seitdem ich so schick essen war. In Berlin tatsächlich noch gar nicht.

„Danke, der Wein ist in Ordnung", sagt Noldi, nachdem sie ein winziges Schlückchen probiert hat. Der Ober gießt nach und auch mir wird ein Gas eingeschenkt.

„So. Erstmal Prost und schön, dass du da bist", sagt Noldi feierlich.

„Prost. Danke für die Einladung", sage ich ungeduldig und wir klirren die Gläser aneinander.

„Wie lange bist du jetzt schon in Berlin, Maya?"

„Seit einem halben Jahr, ungefähr."

„Es kommt mir vor, als ob du schon viel länger für mich arbeiten würdest." Noldi lächelt mich herzlich an und ich werde ganz verlegen.

„Danke, Noldi. Ich arbeite gerne für dich."

„Und das ist genau das Problem. Ich möchte gar nicht, dass du *für* mich arbeitest. Ich möchte mit dir arbeiten, weil du so dein Potential viel besser ausschöpfen kannst. Könntest du dir vorstellen, meine Partnerin zu werden, also in der Kanzlei?" Noldi holt Luft und schaut mich erwartungsfroh an.

Ich muss mich räuspern. Natürlich hatte Aleks so etwas vermutet, trotzdem ist es etwas anderes, es jetzt wirklich zu hören.

„Das ist wirklich nett von dir, Noldi."

„Aber du möchtest nicht?" Ihre Stimme klingt wertfrei, absolut frei von Enttäuschung, bewundernswert.

„Das wäre zu viel gesagt. Es gibt so vieles dabei zu beachten. Aleks ist ebenfalls selbstständig, ich weiß nicht, ob es sinnvoll für uns wäre, wenn ich auch selbstständig arbeite. Dann hätten wir gar kein festes Einkommen mehr." Noldi nickt.

„Das verstehe ich, Maya. Ihr habt Kinder, vielleicht wollt ihr euch noch vergrößern. Ich wollte es dir anbieten und ich habe auch einen Vertrag aufgesetzt. Nimm ihn mit, lies ihn durch, vervollständige ihn. Vielleicht werden wir uns doch noch einig. Aber wenn du ablehnst, nehme ich dir das nicht übel. Es ist eine große Entscheidung, das weiß ich. Lass dir Zeit damit und sag mir irgendwann Bescheid. Sollte ich bis dahin jemand nettes, sympathisches finden, dem ich uneingeschränkt vertraue, ist mein Angebot natürlich zu Ende", grinst sie und ich grinse zurück.

Danach sprechen wir nicht mehr darüber und ich versuche, alles beiseitezuschieben. Es wäre wirklich besser gewesen, nach dem Essen darüber zu sprechen, aber dann hätte ich es auch nicht genießen können.

„Woher stammst du eigentlich, Noldi?", frage ich mit vollem Mund. Die Linguine sind wirklich göttlich, die Lachsstücke glasig und die Tomatensauce leicht fruchtig.

„Aus Niedersachsen bzw. aus Hannover."

„Herrlich, der Weihnachtsmarkt ist wunderschön!"

„Ja, ich habe gerne dort gelebt. Meine Familie hat dort gelebt, jetzt lebt leider keiner mehr von ihnen."

„Ich stamme aus dem Ruhrgebiet und meine Familie lebt auch nicht mehr."

„Oh, du hast auch keine Familie mehr?"

„Einen Bruder, aber ich habe keine Ahnung, wo er jetzt ist. Unser Verhältnis war nie sehr innig, weil mein Vater sich ausschließlich um ihn gekümmert hat."

„Ich habe leider keine Geschwister, vielleicht ein oder zwei Cousins, aber so genau weiß ich das nicht. Wir sind einfach keine Familienmenschen."

„Ja, das war meine Familie auch nicht. Ich bin froh, dass ich Mila und Aleks habe."

„Wer ist Mila?"

„Meine Freundin, ich kenne sie bereits seit der Schulzeit. Sie lebt auch in Berlin."

„Wahnsinn, ihr seid beide nach Berlin gezogen. Ist sie wegen dir hierhergezogen?"

„Nee, natürlich nicht", lache ich. „Mila hat letztes Jahr hier einen Job angenommen und bei mir hat es sich irgendwie so ergeben, ohne, dass ich unbedingt nach Berlin hätte ziehen müssen. Mein Mann wollte eigentlich nach Bielefeld."

„Was und wo ist Bielefeld? Ich dachte, die Stadt gäbe es gar nicht", sagt Noldi und grinst dabei.

Wir verstehen uns wirklich gut, aber eine Partnerschaft ist ein ganz anderes Kaliber, warnt mich meine innere Stimme.

„Genau das habe ich auch gefragt!", sage ich ernst und wir lachen wieder und genießen unser Essen und den Wein. Vielleicht sollten wir uns doch mal mit Mila treffen, überlege ich wieder.

Wieso zögere ich, frage ich mich. Noch vor wenigen Jahren hätte ich Luftsprünge gemacht! Ich wollte immer unbedingt Karriere machen. Aber ich bin eben nicht mehr für mich allein verantwortlich. Noldi betont wieder und wieder, dass ich mir Zeit lassen soll.

Erst spät bin ich im Bett und Aleks schläft bereits. Schade, am liebsten würde ich sofort mit ihm darüber sprechen. Mittlerweile bin ich viel offener geworden, mit Aleks über alles zu reden. Also, zumindest finde ich das, keine Ahnung, ob Aleks das auch so sieht.

Kurzentschlossen nehme ich den Partnervertrag mit ins Bett und lese ihn in Ruhe durch. Die Klauseln sind alle in Ordnung, die Beteiligung beträgt tatsächlich 50%, Noldi möchte also eine gleichberechtigte Partnerschaft. Auch der Betrag, um mich einzukaufen, erscheint mir nicht zu hoch. Da wir durch den Verkauf meines Lofts, nur einen geringen Kredit hatten aufnehmen müssen, haben wir durchaus ein gutes finanzielles Polster. Aber das ist eigentlich für ein neues Haus gedacht, na ja, wenn wir mal eines finden werden. Aktuell fehlen mir die Sicherheiten. Ich habe kein Eigentum, dafür aber auch keine Schulden.

Wieso kam mir eine Seniorpartnerschaft immer so erstrebenswert vor und jetzt zögere ich, weil ich das Risiko scheue? Was wäre denn gewesen, wäre ich bei der alten Kanzlei geblieben? Ich hätte, ohne zu zögern, zugegriffen. Allerdings für eine ganz andere Gehaltsklasse, das muss man schon bedenken. Selbst, wenn mein Vorschlag uns feste Mandanten bringt, werden da nicht plötzlich Millionenumsätze bei rausspringen. Schließlich müssen wir doch immer noch Zeit für die Sozialfälle haben.

Müssen wir das wirklich? Als Partner darf man sich ruhig die Rosinen rauspicken, dafür hat man Mitarbeiter.

Ich drehe mich im Kreis und schaue auf die Uhr. Gleich ist es schon drei Uhr morgens und um sechs Uhr klingelt mein Wecker. Seufzend lege ich mich schlafen.

33.   ENTSCHEIDUNGSFINDUNG

„Noldi hat mir die Partnerschaft angeboten", platze ich direkt beim Frühstück raus und versuche das Gebrüll von Janne und Damian zu übertönen.

„Das habe ich mir fast gedacht", lacht Aleks. Dann küsst er mich, schnappt sich die Zwillinge und bringt sie in den Kindergarten.

Die plötzliche Stille in der Wohnung ist beinah schmerzhaft.

Ich schaue auf meine Uhr, mein erster Termin ist erst um zehn. Also nehme ich mir eine weitere Tasse Kaffee und schreibe Noldi, dass ich erst später komme. Sie antwortet prompt:

„Lass dir Zeit und sprich mit Aleks, Smiley." Ich kann mich wieder nur wundern über diese herzliche Antwort und schicke ihr einen Kusssmiley zurück. Na klar kann sie sich denken, dass ich mit Aleks reden möchte, aber wie ich sie anfangs kennengelernt habe, so verschlossen und kalt, hätte ich niemals so eine Herzlichkeit bei ihr vernutet.

Dann rufe ich schnell Aleks an, weil ich nicht weiß, ob er vielleicht noch einkaufen geht, doch leider erreiche ich ihn nicht. Aber nur wenige Minuten später höre ich auch schon die Tür.

„So, lass uns darüber sprechen!" Er geht rüber zur Kaffeemaschine, setzt frischen Kaffee auf und setzt sich erwartungsfroh an den Esstisch.

„Ja, also, ich habe mir den Vertrag durchgelesen und eigentlich sieht es gut aus."

„Worüber denkst du nach?", fragt er lächelnd. Er kennt mich genau, er weiß, dass ich mir unsicher bin.

„Ich wäre dann ebenfalls selbstständig. Bei dir scheint es gut zu laufen, aber wir hätten dann gar kein festes Einkommen mehr."

„Das stimmt, aber die Partnerschaft ist eine riesige Chance für dich. Ich dachte, das ist es, was du immer wolltest: Partnerin sein."

„Ich wollte Partnerin in einer Großkanzlei sein, mit einem riesigen Umsatz im Jahr. Das hier wäre nur ein Bruchteil von dem, was ich mir vorgestellt habe und ich habe noch gar keine Ahnung, wie ich an besserverdienende Kunden rankommen soll."

„Habt ihr die Homepage fertig?"

„Die ist fertig, sie ist auch sehr gut geworden, aber ob es etwas bringt, kann man jetzt noch gar nicht sagen."

„Natürlich nicht, aber diese Kosten sind jetzt schonmal weg. Wenn du nicht gleich so viel ausgeben möchtest, könntest du dann nicht auch in Aufträgen bezahlen?"

„Wie meinst du das?" Ich kann Aleks gerade gar nicht folgen, Akademiker werden dann wohl doch überschätzt.

„Ich verstehe dich ja, dass du Angst davor hast, unsere ganzen Ersparnisse in die Kanzlei zu stecken. Das fände ich auch schwierig, denn für ein Haus oder eine größere Wohnung brauchen wir auch noch Geld und wir haben wenig Sicherheiten. Also könntest du doch auf einen Teil der Zahlungen verzichten, eine Art zinsloses Darlehen."

„Das wäre tatsächlich eine Möglichkeit, allerdings würde ich dann noch weniger verdienen."

„Das stimmt natürlich. Du kannst auch das Geld nehmen und wir warten mit dem Haus, zumindest würde das Geld dann arbeiten."

„Also dieser BWL-Kurs an der VHS hat sich wirklich bezahlt gemacht", lache ich anerkennend.

„Anscheinend", grinst Aleks und küsst mich.

„Ich werde mit Noldi sprechen, vielleicht können wir uns auf eine geringere Anzahlung verständigen und einen Teil tatsächlich über die Einnahmen laufen lassen."

***

Als ich ins Büro komme, liegt ein kleiner Stapel Briefe auf meinem Schreibtisch. Gespannt öffne ich sie, es sind Antworten auf meine Anfrage bei Handwerksbetrieben. Drei Antworten, in denen es heißt, dass sie gerne mehr Informationen über uns hätten. Ich hänge mich gleich ans Telefon und mache Termine.

Des Weiteren liegen mehrere Bewerbungsmappen auf meinem Schreibtisch. Heute werde ich nichts anderes tun, als Bewerbungsmappen sichten und mich auf die Vorstellungsgespräche vorzubereiten. Ich sollte dazu sagen, dass das die Mappen sind, die Noldi ausgewählt hat, eigentlich hätte ich gerne alle gesehen und ich werde ihr vorschlagen, sie mir noch auszuhändigen. Morgen werden sich drei Praktikanten vorstellen, nächste Woche werden wir uns mit den Betrieben treffen und Gottfried hat mir ein paar Namen genannt, die ich anschreiben werde. Irgendwie habe ich nur wenig Zeit für meine wirkliche Arbeit, aber die Mandantenakquise ist wichtig für uns. Und da wird es mir wirklich klar: Ich will Partnerin sein!

„Noldi, ich wäre interessiert", sage ich unvermittelt und ohne Einleitung.

Noldi grinst mich an. „Ja, aber?"

„Das Problem ist der Betrag, ich habe nicht so viel Geld und ich will auch keinen Kredit aufnehmen müssen, weil wir nach einem Haus schauen."

„Tja, und was machen wir dann?", fragt Noldi, lächelt aber dabei.

„Na ja, ich könnte es über meine Fälle teilweise zurückzahlen, sagen wir 20% von jedem Fall, du müsstest mir also nur 30% der Einnahmen auszahlen. Je nachdem, wie gut es läuft, würden wir von fünf Jahren sprechen, also grob hochgerechnet. Für den Vertrag müssen wir das natürlich noch festzurren."

„Eventuell auch früher. Vielleicht gelingt es uns ja, Betriebe an uns zu binden, dann geht es schneller." Enthusiastisch grinst mich Noldi an und wirkt ganz jung dabei.

„Du wärst also einverstanden?"

„Maya, mir ist jede Art der Zahlung recht. Du hast bereits so viel für die Kanzlei getan, dass alleine befähigt dich schon zur Partnerin!"

Wir strahlen uns an, das ist irgendwie ein ganz besonderer Moment für uns, so melodramatisch das jetzt auch klingen mag.

34. EIN NEUES LEBEN

Mittlerweile liegt ein ganzes turbulentes Jahr in Berlin hinter uns. Nachdenklich blicke ich auf die Baumwipfel, die bereits zarte grüne Knospen haben. Ich glaube, keiner von uns hat es auch nur einen Tag bereut, dass wir hierher umgezogen sind. Aleks konnte sich binnen kürzester Zeit ein neues Netzwerk und neue Kunden aufbauen. Der Mann ist wirklich der Wahnsinn!

„Ja, was soll ich sagen", pflegt er dann immer zu sagen. „Verstopfte Abflüsse gibt es auch in Berlin."

Von Aleks Familie kam gar kein Widerspruch, etwas, womit ich eigentlich fest gerechnet hatte, wenn man Aleks Argumenten Glauben schenkt.

„Berlin ist so toll!", haben Alina und Galina sofort geschwärmt, nachdem wir von unserem bevorstehenden Umzug erzählt hatten. „Wir kommen euch ganz oft besuchen!"

Natürlich tun sie das nicht, mit ihren Kindern haben sie einfach keine Zeit dazu. Aber Berlin ist nicht aus der Welt, pflegt seine Familie immer zu sagen. Deshalb, also unter anderem, feiern wir Weihnachten bei uns. Zum Glück ist unsere Altbauwohnung nicht so klein, aber wir schauen uns trotzdem nach einem Haus um. Aleks hätte gerne etwas, an dem man noch etwas verändern kann, keinen so neuen Kasten, wie wir ihn hatten und den wir zum Glück kurzfristig sehr gut verkaufen konnten, sogar mit einem kleinen Plus. Die Leute kaufen immer noch wie verrückt Immobilien, weil der Leitzins so niedrig ist, sparen lohnt sich daher wirklich nicht. Trotzdem mussten wir das kleine finanzielle Polster zusammen mit unseren Ersparnissen erstmal parken, konnten es aber natürlich nicht festanlegen, denn, wie gesagt, Aleks hätte gerne wieder ein Haus mit genügend Zimmern für uns alle.

Das brauchen wir auch, denke ich seufzend und schaue auf den positiven Schwangerschaftstest. So schön die Altbauwohnung auch ist, sie hat nur drei Zimmer, die zwar riesig sind, aber noch ein Kind können wir nicht auch noch in das Zimmer zu den Zwillingen quetschen.

Meine Arbeit verrichte ich am Schreibtisch im Schlafzimmer. Platz ist sicherlich genug, die Wohnküche ist sehr gemütlich, aber ohne Wände dazwischen bietet es trotzdem nicht genügend Raum für uns.

Nein, Kind Nummer drei ist nicht ganz so ungeplant wie die Zwillinge es waren. Aleks und ich haben öfter schon über ein drittes Kind gesprochen. Allerdings wollten wir erst damit loslegen, wenn wir ein Haus gefunden haben. Aber anscheinend haben wir doch nicht so gut aufgepasst und jetzt bekommen wir Anfang nächsten Jahres Kind Nummer 3. Was Janne und Damian wohl dazu sagen werden?

***

„Ich bin zuhause!"

„Ich muss mit dir reden!", sagen wir gleichzeitig und lachen los.

„Du zuerst!", sagen wir wieder gleichzeitig und lachen noch mehr.

Aleks seufzt: „Also, was sind *deine* Neuigkeiten?"

„Ach, das hat Zeit. Was wolltest du mir sagen?"

Aleks grinst. „Es kann sein, dass wir ein Haus haben."

„Es kann sein?"

„Na ja, ich habe es bis jetzt nur einmal gesehen", sagt Aleks verlegen. Dabei wirkt er immer wie ein kleiner Junge.

„Und weiter?"

„Es ist recht baufällig und wir brauchen einen Gutachter, um die Kosten abzuschätzen. Aber es wäre wirklich ein tolles Grundstück in Grunewald." Ich lausche Aleks Enthusiasmus, etwas, was ich unheimlich an ihm mag.

„Du klingst zuversichtlich. Wird das nicht zu viel für dich?"

„Na ja, ich könnte meine Aufträge wieder vermehrt auf unter die Woche legen, also abends natürlich, aber dann hätte ich am Wochenende Zeit. Das Haus kostet nicht sehr viel, aber man muss halt noch sehr viel investieren."

„Ich weiß nicht so recht, aber wenn es dir gefällt." Wie lange würde das alles dauern?

„Es ist riesig! Es hat zehn Zimmer. Wir könnten dann endlich mit unserer Nummer 3 starten", sagt er zärtlich und nimmt mich in den Arm. Mir wird ganz warm im Bauch und ich schmiege mich an ihn.

„Ja, das stimmt, das könnten wir tun. Allerdings brauchen wir das gar nicht mehr."

„Was brauchen wir nicht mehr?" Verwirrt blickt mich Aleks an.

„Wir brauchen nicht damit zu starten, weil, ja, also, wir schon dabei sind, also ich."

„Du sprichst in Rätseln, Maya. Ich habe übrigens schon einen Gutachter gefunden, ein Kollege meines letzten Chefs. Wann wollen wir uns das Haus ansehen?"

„So schnell wie möglich, würde ich sagen, denn wir brauchen ein weiteres Kinderzimmer."

***

Aleks hat sich wahnsinnig gefreut, ich freue mich auch, auch wenn es unsere Wohnsituation nicht einfacher macht. Den Zwillingen werden wir es erst später sagen, wenn man schon etwas sieht. Vielleicht kaufe ich auch eines dieser Bücher für Kinder, wenn ein Geschwisterchen unterwegs ist.

Das Haus ist der Wahnsinn!

Eigentlich habe ich mir vor dem inneren Auge eine Bruchbude vorgestellt. Eine, wo einem die Dachschindeln bereits entgegenfallen, Risse in den Wänden sind (nun ja, die hat das Haus tatsächlich) und abfallenden Putz (hat es auch). Aber das Grundstück ist riesengroß und das ganze Haus verströmt Persönlichkeit, so als ob es uns bereits gehören würde. Ich habe nur davorgestanden und gesagt:

„Wann können wir einziehen?"

„Es gefällt dir also?" Aleks hat dabei gewirkt wie ein kleiner Junge im Spielzeugwarengeschäft, seine Augen haben wirklich geleuchtet.

„Das ganze Haus ist riesengroß, vielleicht haben hier früher mehrere Generationen gelebt. Der Dachboden und auch der Keller könnten noch ausgebaut werden, wir können also noch ganz viele Kinder bekommen!"

„Erstmal bekommen wir Nummer drei und dann reicht es auch", habe ich ihn angegrinst und ihn geküsst. „Wenn der Gutachter grünes Licht gibt, geben wir ein Angebot ab."

Das Treffen mit dem Gutachter war dann allerdings doch mehr als ernüchternd.

„Die Wände sind gut, durchweg massiv, so baut man heute gar nicht mehr. Erschwert aber die Erneuerung der Rohre, was Sie aber tun sollten, sonst haben sie demnächst einen Rohrbruch. Auch die Elektrik müsste dringend neu gemacht werden, es sei denn Sie wollen so einen Aussteigerbauernhof draus machen ohne Fließendwasser und Licht."

„Äh, nein," sagte Aleks bestimmt. „Was würden denn da so für Kosten auf uns zu kommen?"

„Tja, das kommt natürlich auf die Leute an, professionelle Betriebe können da schon mehrere Tausendeuro für nehmen. Über den Daumen gepeilt würde ich mit guten 200.000€ zusätzlich rechnen, plus minus Fuffzigtausend. Im Grunde genommen wäre neu bauen auch eine Alternative."

„Ok, Danke für Ihre Einschätzung. Wann bekommen wir Ihr Gutachten?"

„Das bekommen Sie in ungefähr zwei Wochen."

***

177

Abends haben wir noch lange geredet, wie wir das meistens tun, wenn wichtige Entscheidungen anstehen und Aleks mal abends zuhause ist. Leider viel zu selten, denn nur allzu oft kommt er erst spätnachts nach Hause, wenn ich bereits schlafe.

„Was meinst du, Maya. Wollen wir es wagen?"

„Das Risiko ist ganz schön hoch. Oder wir fragen, was das Grundstück allein kosten würde. Dann müsste das Haus abgerissen werden."

„Aber der Gutachter meinte, dass die Wände sehr dick sind und dass man so heute gar nicht mehr baut." Dabei kuschelt er sich eng an mich und streichelt meinen Bauch.

„Das stimmt. Allerdings weiß ich nicht, ob wir wirklich einen Kredit in dieser Höhe bekommen werden."

„Stimmt auch", sagt Aleks niedergeschlagen und ich fühle mich schuldig, weil ich nicht mehr das hohe Gehalt verdiene.

„Tut mir leid."

„Wieso tut es dir leid, Maya?"

„Na ja, ich habe uns alle nach Berlin umgeschifft für weniger Geld."

„Geld ist doch nicht alles, Maya. Du bist doch jetzt viel glücklicher, das ist viel entscheidender für mich."

„Und bist du glücklich, Aleks?"

„Ich liebe dich, Maya. Ich freue mich, dass wir noch ein Kind bekommen. Ja, ich hätte gerne das Haus, aber wenn wir es uns nicht leisten können, hängt mein Glück nicht davon ab. Du weißt doch: Wir entscheiden das gemeinsam!"

„Das stimmt", sage ich erleichtert.

„Alternativ können wir auch weiter außerhalb ziehen, dort werden die großen Wohnungen vielleicht günstiger."

„Vielleicht. Allerdings möchte ich ja nicht unbedingt am Görlitzer Park wohnen."

„Grunewald ist doch auch eher außerhalb."

„Aber die Gegend ist schon netter."

„Vielleicht brauchen wir dann sogar zwei Autos."

„Schwierig. Ich glaube, wir schlafen erstmal drüber. Gute Nacht, Herr März."

„Gute Nacht, Frau März."

35.   PACKEN WIR ES AN

Wir entscheiden uns für das Haus.

Es ist die richtige Entscheidung, hoffe ich, denn, irgendwie war es so, als ob uns das Haus bereits gehört hat, als wir es besichtigt haben. Ja, das ist merkwürdig, ich weiß. Auf jeden Fall kam irgendwie keine andere Entscheidung in Frage für uns, im Nachhinein betrachtet.

Es ist wirklich wahnsinnig viel Arbeit. Nach etlichen Regenwochen im April belohnt uns der Mai mit ein paar sonnigen Tagen. An seinen Wochenenden arbeitet Aleks mit Bo und Jo daran. Wir lassen uns Kostenvoranschläge von Firmen für die Elektrik geben und haben zum Glück einen Kredit in einer guten Höhe bewilligt bekommen.

Mein Partnerschaftsanteil wächst glücklicherweise, eventuell habe ich meinen Anteil bereits in zwei Jahren abbezahlt. Durch die Handwerksbetriebe konnten wir einen soliden Kundenstamm aufbauen, besonders rentiert haben sich allerdings zwei Scheidungsanwältinnen, die wir letztes Jahr eingestellt haben und denen wir Anfang des Jahres die Partnerschaft angeboten haben, um sie längerfristig an uns zu binden.

„Tja, das hätte uns schon vor Jahren einfallen sollen, dann wären die Leute vielleicht geblieben," hat Noldi geseufzt.

„Du und dein Mann wolltet halt, dass die Kanzlei in euren Händen bleibt, aber der Markt ist umkämpft, was wirklich gute Anwälte betrifft.

Und die beiden haben in nur wenigen Monaten wirklich sehr viel Geld eingespielt."

Das haben sie wirklich! Die beiden kennen einfach jeden, der Rang und Namen hat. Wir haben uns oft gefragt, wieso sie zu uns gekommen sind. Doch beide haben nur geantwortet, dass sie einfach von unserem Portfolio beeindruckt sind; die richtige Mischung aus sozialem Engagement und zahlenden Kunden. Sie haben mit Freuden die angebotene Partnerschaft akzeptiert und ihren Anteil sofort beglichen. Natürlich haben wir die beiden Damen in dem Club kennengelernt, unsere Aufnahme wurde akzeptiert. Dadurch haben wir ein fantastisches Netzwerk an Frauen in Führungspositionen bzw. generell in der freien Wirtschaft aufbauen können!

***

Seit Ende des Jahres ist unser Haus fertig!

Ok, kleine Dinge sind noch zu machen, die Kleiderschränke nehmen wir erstmal mit, aber wenn wir etwas gespart haben, habe ich bereits Einbauschränke bei Aleks bestellt. Doch das hat Zeit, die Zeit drängt, im Januar wird unsere Tochter geboren werden.

Also sind wir im Dezember bei Eis und Schnee umgezogen. Wir haben Glück, alle packen mit an: Aleks komplette Familie kommt vorbei, natürlich mit Kindern, Milas Familie, also Gottfried und Nina helfen uns. Ninas größter Beitrag besteht darin, auf sämtliche Kinder aufzupassen, was sie wirklich fantastisch meistert mit ihren gerade mal 9 Jahren! Mit der tatkräftigen Unterstützung von Bo und Jo haben wir alle unsere Sachen innerhalb eines Tages rübergebracht. Der Umzug ist aufregend für Janne und Damian, obwohl unser letzter Umzug gerade mal knappe zwei Jahre zurückliegt. Aber da waren die Zwillinge eins, jetzt sind sie drei und bekommen schon viel mehr mit.

Zwei Wochen später laden wir alle als Dankeschön zu einem gemeinsamen Weihnachtsfest ein. Glücklicherweise ist die Küche riesig und gemeinsam mit Aleks Mutter, seinen Schwestern, Mila und Noldi werkeln wir in der Küche, während die Männer irgendetwas sehr Lautes machen. Es klingt nach Klingeln, teilweise Sägen und viel Fluchen in verschiedenen Tonlagen und Sprachen.

„Was fabrizieren die Männer denn da?", fragt Galina und haut Lew auf die Finger, der seinen Finger in die Mousse Chocolat getunkt hat, die gleich in den Kühlschrank soll.

„Ich habe keine Ahnung", sage ich ehrlich und versuche mich daran, den Rotkohl zu schneiden. Es ist schon von Vorteil, versierte Köchinnen wie Aleks Familie hier zu haben, aber die Blöße will ich mir dann doch nicht geben und versuche, auch etwas zu kochen.

„Wer macht die Klöße?", fragt auch schon Aleks Mutter und Mila schnappt sich die Kartoffeln und fängt an zu reiben. Obwohl das meine Küche ist, ist es selbstverständlich, dass Aleks Mutter das Regiment übernimmt.

„Ganz fein reiben. Ich setze die Kartoffeln auf", erklärt jetzt Noldi zu meiner Überraschung.

„Ich wusste gar nicht, dass du kochen kannst", sagen Mila und ich gleichzeitig. Noldi lacht.

„Ich habe für ein Jahr in einer gemischten vierer WG in Paris gelebt, während meines Studiums und da konnte man nicht essen gehen, das hat unser Budget nicht hergegeben. Eine Mitbewohnerin konnte einfach unglaublich gut kochen. Sie führt schon lange ein 1 Sterne Restaurant mit ihrem Mann in Köln."

„Wahnsinn, du warst in Paris!", rufe ich.

„Das war ein super Jahr und ich habe noch lange Kontakt zu den Leuten gehabt."

„Heute nicht mehr?", fragt Mila neugierig, während sie hingebungsvoll 5 kg rohe Kartoffeln reibt.

„Ach naja, wir haben alle geheiratet, glaube ich zumindest, zwei haben auch Kinder. Die eine lebt in Australien, der andere in England und Miriam, wie gesagt, hat ein Restaurant in Köln eröffnet."

„Schade", sagt Mila unbestimmt.

Mila, Noldi und ich haben uns im Laufe des letzten Jahres häufiger getroffen, interessanterweise hat sie das Jahr in Paris noch nie dabei erwähnt. Wir verstehen uns alle super, ich freue mich sehr über das neu gebildete Kleeblatt, das wir haben.

Gefühlte Stunden später, meine Füße haben Elefantenfußausmaße eingenommen, habe ich mich dann doch irgendwann rausziehen müssen. Ich bin dankbar, dass Nina wieder auf sämtliche Kinder aufpasst. Lächelnd reicht mir Alina eine Tasse mit Kräutertee.

„Hier. Du hast prima durchgehalten, Maya, aber schon dich. Wann ist der Geburtstermin?"

„Am 20. Januar, ungefähr", antworte ich und halte mir den Rücken. „Aber mein Rücken schmerzt so heftig!"

„Vielleicht solltest du dich lieber hinlegen", sagt Mila besorgt. Langsam steige ich die Treppe mit ihr nach oben, doch dort bietet sich mir ein verblüffendes Bild.

„Was ist das?" Fragend blicke ich in unserem Schlafzimmer auf einen riesigen weiß lackierten Einbauschrank.

„Maya, geht es dir nicht gut?" Aleks kommt ins Schlafzimmer.

„Nein, ich habe enorme Rückenschmerzen und wollte mich hinlegen. Ist das etwa ein Einbauschrank?"

„Ja, aber das sollte doch heute Abend eine Überraschung werden!"

„Tut mir leid", stöhne ich und setze mich in einen Sessel.

„Sollen wir besser ins Krankenhaus fahren?" Besorgt mustert mich Aleks.

„Ach, bestimmt sind das nur erste Wehen, das Baby soll doch erst in vier Wochen kommen. Bestimmt habe ich mich nur überanstrengt."

„Am besten, du legst dich etwas hin, ich gehe wieder runter, aber das meiste ist ja ohnehin fertig." Mit diesen Worten verlässt mich Mila, Aleks hilft mir, mich auf unser Bett zu legen.

„Ruhr dich aus, wir sind beinah fertig oder sollen wir aufhören. Brauchst du Ruhe?"

„Nein, macht ruhig weiter. Aber wollten wir nicht damit warten?"

„Na ja, ich habe mich mit sämtlichen Ehemännern beratschlagt und da wir ja jetzt alle hier sind, war es ein leichtes. Das Material war letztendlich gar nicht so teuer, mach dir keine Sorgen."

„Vielleicht sollten wir uns doch schon mal um das Kinderzimmer kümmern", presse ich hervor. „Ich habe das Gefühl, die Prinzessin will raus.

„Dann bringe ich dich jetzt ins Krankenhaus!" Aleks nimmt eine Tasche aus dem neuen Einbauschrank und wirft ein paar Klamotten von einem riesigen Stapel hinein. Ich mache mir keine Gedanken darüber, dass das noch jemand aufräumen muss, sondern beginne langsam, die Treppen wieder runter zusteigen.

„Wir fahren ins Krankenhaus!", ruft Aleks, hilft mir in die Schuhe und zieht mich schnell nach draußen, bevor die Zwillinge mitwollen.

Zwei Tage später werde ich wieder entlassen. Es ging alles rasend schnell und dann war sie auch schon da, in der Nacht zwischen Heiligabend und Weihnachten. Unser kleiner Weihnachtsengel, der es so eilig hatte, damit er unbedingt noch mit uns allen Weihnachten feiern kann.

Zuhause wird sie von Aleks Familie begrüßt, die eigentlich heute hatte abreisen wollen, jetzt aber bis Silvester bleibt. Das ganze Essen hat brav auf den heutigen Abend gewartet und abends sitzen wir alle zusammen.

„Das ist Natascha", stelle ich unsere kleine Weihnachtsmaus vor und natürlich sind alle begeistert. Natürlich hat niemand ein Geschenk dabei, außer Aleks Familie, denn sämtliche Frauen in der März Familie sind wahre Strickkünstler. Mützchen, Söckchen, alles haben die drei Märzdamen bereits seit Wochen fertiggestellt und hatten es uns jetzt eigentlich nur mitbringen wollen. Dass die Sachen direkt zum Einsatz kommen würden, damit hat dann doch niemand gerechnet.

Abends kuscheln wir uns ins Bett, zwei Stunden habe ich, bis ich Natascha wieder stillen muss.

„Danke für dieses wunderbare Weihnachten, Aleks."

„Oh, das hat eher meine Familie und Mila geschafft", sagt er verlegen und drückt sich an mich, was ohne den dicken Bauch wieder viel einfacher ist.

„Aber dass du das mit den Schränken organisiert hast, das ist wirklich toll! Und du hast das Haus fertiggestellt und alles ist so schön geworden!"

„Ich bin froh, dass wir eine so tolle Familie haben", sagt Aleks sanft und küsst mich. „Frohe Weihnachten, Frau März!"

36. DAS COMEBACK DER MONTAGSMOBBERIN

„Ok, ich habe Neuigkeiten!", verkündet Mila strahlend.

Ich muss grinsen, denn natürlich kenne ich die Neuigkeiten bereits. Gemütlich sitzen wir in unserem fertig eingerichteten Haus. Seit einem halben Jahr leben wir bereits darin, die Zwillinge lieben den Garten, Natascha liegt im Kinderwagen und kräht laut vor sich hin. Allmählich machen sich zarte kleine blonde Locken auf ihrem Köpfchen breit, dazu ein paar himmelblaue Augen. Wir fragen uns ja schon, woher sie das hat, denn Janne, Damian und Aleks sind dunkelblond und meine gefärbten hellblonden Haare habe ich immer mehr rauswachsen lassen und mittlerweile sind sie wieder kastanienbraun und nur noch schulterlang. Ich gefalle mir so wieder viel besser.

Überhaupt habe ich durch Aleks zu mir selbst gefunden und bin froh darüber. Ich wiege mich nach wie vor nur einmal die Woche, um mich einfach weniger abhängig von meinem Gewicht zu machen, manchmal vergesse ich es sogar. Ich habe das auch Mila vorgeschlagen, aber ich glaube, sie ist einfach noch nicht so weit. Wir gehen auch alle paar Tage joggen, teilweise mit der ganzen Familie, dann flitzen Janne und Damian um die Wette, Nina hängt uns alle ab beim Joggen, weil sie einfach eine super Kondition hat, aber auch Mila und Gottfried sind natürlich sehr fit. Aleks schiebt Natascha im Kinderwagen, er hat genug Bewegung auf der Arbeit, behauptet er und sein Sixpack spricht da für sich. Die Zeit rennt vorbei wie im Fluge. An Natascha sehe ich, wie schnell sie vergeht. Die Zwillinge sind ganz vernarrt in ihre kleine Schwester und schubsen sich immer gegenseitig weg, wenn ich sie baden muss, weil jeder ganz nah dran sein will. Ich freue mich, dass sie ihre kleine Schwester so gut aufgenommen haben, das hätte auch ganz anders laufen können.

„Gottfried und Nina sind gestern nach Berlin gekommen", holt mich Mila aus meinen Gedanken zurück.

„Das tun sie doch an vielen Wochenenden", spiele ich mit und versuche, mir mein Lachen zu verkneifen.

„Ja, aber diesmal für *immer*", sagt sie selig und hat ganz rote Flecken auf den Wangen. Ich freue mich so für sie, die jahrelange Fernbeziehung war bestimmt schrecklich für beide.

„Für immer? Oh, das ist ja wunderbar, Mila!", kreische ich.

„Wie lange hast du es bereits gewusst, Maya?" Stirnrunzelnd blickt mich Mila an.

„Wie kommst du denn darauf?"

„Wie lange?"

„Seit ein paar Wochen. Woran hast du es gemerkt."

„Du kreischst eher selten", sagt Mila und verdreht die Augen.

„Tut mir leid. Das war wohl zu übertrieben."

„Ziemlich", grinst sie mich glücklich an. „Aber das ist noch nicht alles."

„Was denn noch?"

„Ach, das hat Gottfried nicht ausgeplaudert?"

„Hey, er musste uns einweihen. Er brauchte uns schließlich, um den Umzug zu organisieren."

„Ach so. Na ja, wo die beiden jetzt endlich ganz hier leben, haben wir endlich einen Termin festgelegt."

„Was für einen Termin?" Verdutzt schaue ich Mila an.

„Na, einen Hochzeitstermin!" Jetzt kreischen wir doch los, man muss solche Gelegenheiten einfach nutzen.

„Wann? Wird auch Zeit!"

„Im Dezember, wegen der Steuer. Und ja, das finde ich auch!"

„Das wird ganz schön kühl werden", sage ich und fröstele bei dem bloßen Gedanken daran.

„Das stimmt. Ich denke, ich werde ein warmes Bolerojäckchen über das Brautkleid ziehen."

„Willst du in weiß heiraten?" Ich runzele die Stirn.

„Ja klar, wenn schon, denn schon. Ich meine, du hast in weiß geheiratet mit Zwillingen auf dem Arm!" Wir lachen und ich freue mich ungemein für Mila.

Und sofort stürzen wir uns mit Feuereifer auf die Hochzeitsvorbereitungen:

Kirche: definitiv erst nächstes Jahr, das weiße Kleid dafür werden wir auch erst im Januar kaufen, sonst läuft man Gefahr, dass es nicht mehr passt (aber bitte kein Sahnebaiser, Milas Worte)

Restaurant: gemütlich, ich schlage Mila sofort das italienische Restaurant am Kudamm vor, in dem ich mit Noldi essen war.

Gäste: 8 (ja, wirklich, sie wollen nur Aleks und mich als ihre Trauzeugen haben) und nächstes Jahr um die 50 (Natascha wird natürlich Blumenmädchen sein, dann wird sie schon eineinhalb sein, aber notfalls tragen wir sie mit ihren Blüten den Gang herunter.

Ich bin froh, dass Mila sich etwas Zeit zwischen den Terminen lassen wird, ich bräuchte auch keinen solchen Hochzeitsmarathon mehr, da bin ich mir mit Aleks völlig einig.

***

„Die Hochzeit findet nicht statt!"

Wütend läuft Mila auf und ab in unserem riesigen Wohnzimmer.

„Jetzt beruhige dich doch erstmal, Mila", versuche ich sie zu beschwichtigen.

„Nein, ich beruhige mich nicht!", schreit Mila wütend. Die Zwillinge schauen erschrocken und rennen in ihr Zimmer, Natascha fängt an, zu weinen.

„Das wollte ich nicht!", sagt Mila bestürzt und hebt sie auf den Arm.

„Nicht weinen, ich bin einfach nur sauer und enttäuscht, aber das hat nichts mit dir zu tun, mein kleiner Schatz." Sanft wiegt sie die Kleine in ihren Armen, die sichtlich die Aufmerksamkeit genießt.

„Ich übernehme hier mal", lächelt Aleks und hebt Natascha in die Luft, so dass sie laut juchzt.

„Jetzt erstmal der Reihe nach: Was ist passiert?", frage ich wieder, nachdem sämtliche Kinder und Aleks verschwunden sind.

„Christine ist passiert. Sie ist nach Berlin gekommen und sie will mir alles wegnehmen!"

„Die Montagsmobberin? Woher weiß sie denn, dass ihr hier lebt?" Christine, die „Montagsmobberin, ist Milas Chefin gewesen und hat sie schikaniert, wo es nur ging. Letztendlich hat sie dafür gesorgt, dass ihr Vertrag nicht verlängert wurde und dass sie bei Gottfried nach nur vier Wochen aus der Probezeit entlassen wurde. Auf Letzteres hat sich Gottfried im Tausch für das alleinige Sorgerecht für Nina eingelassen.

„Na, von Gottfried!", schreit Mila wütend und ich zucke zusammen. „Sie haben wohl noch Kontakt, ohne dass ich davon wusste und dabei hat er erwähnt, dass er in Berlin mit Nina lebt. Und gestern ist sie vorbeigekommen, hat mich gesehen und sofort gesagt, dass sie nicht zulässt, dass Nina bei uns lebt."

„Aber sie hat das Sorgerecht abgetreten, so einfach kriegt sie das nicht wieder. Sie hat Nina die letzten Jahre doch gar nicht mehr gesehen."

„Wahrscheinlich will sie es wiederbekommen. Und wer weiß, was in Gottfried vorgeht. Vielleicht will er ja lieber sie heiraten."

Mila schluchzt heftig auf und ich fühle mich ganz schrecklich. Denn, ja, auch wenn ich weiß, dass Gottfried Mila liebt, so hat er sie schon einmal für Nina fallengelassen und sofort gefeuert, um das alleinige Sorgerecht zu bekommen. Nina bedeutet ihm einfach alles, was verständlich ist, denn sie ist nun mal seine Tochter.

„Mila. Was hat Gottfried denn überhaupt dazu gesagt?"

„Er war sehr ruhig und hat sie reingebeten, ich wusste gar nicht, dass sie unsere Adresse kennt. Aber Christine hat nur rumgekeift und auf mich gezeigt und gefordert, dass ich gehe."

„Und was hat Nina dazu gesagt?"

Für mich ist das Ganze immer noch völlig unwirklich. Was will Christine hier? Sie hat mit Nina doch gar nichts mehr zu tun. Und wieso hat sie so einen Hass auf Mila?

„Nina war ebenfalls ganz ruhig und hat sie irgendwann gebeten, zu gehen." Bei diesen Worten muss sogar Mila unwillkürlich grinsen, was mit dem verheulten Gesicht absolut komisch wirkt.

„Ganz schön reif für eine Zehnjährige", sage ich anerkennend.

„Ja, ich bin auch sehr stolz auf sie."

„Vielleicht war Gottfried auch einfach nur geschockt. Habt ihr denn danach noch einmal geredet?"

„Doch sicherlich. Er hat gesagt, dass Christine Ninas Mutter ist, das wird sie immer sein und dass sie ein Recht darauf hat, Nina zu sehen."

„Das hat er gesagt?" Ungläubig schaue ich Mila an, damit habe ich jetzt nicht gerechnet.

„Ich war völlig perplex", gesteht Mila und statt Tränen, wird ihr Gesicht wutverzerrt. „Er hält immer noch zu ihr. Was soll sie denn noch tun?"

„Das frage ich mich allerdings auch", sage ich kopfschüttelnd. „Aber ich denke, ihr müsst noch einmal reden. Wenn du magst, könnt ihr gerne zu uns kommen."

37. ...SOLLEN SICH UNSERE HERZEN ÜBERHAUPT FINDEN?

„Hallo ihr drei!"

Nina voran, kommen Mila und Gottfried hereinspaziert. Mila äußerst grimmig, Gottfried mit unergründbarer Miene.

„Wollt ihr etwas trinken?", frage ich und gebe Aleks ein Zeichen unsere Kinder einzusammeln und mit in den Garten zu nehmen. Vielleicht essen wir später alle etwas zusammen, aber jetzt ist es erstmals besser, wenn Ruhe herrscht.

„Christine hat Klage eingereicht und versucht nun, das Sorgerecht wiederzubekommen", sagt Mila und fängt an zu weinen.

„Ich will da bestimmt nicht wieder hin", sagt Nina sauer.

„Ich befürchte, du wirst nicht gefragt werden", sage ich ernst. „Gottfried, was ist eigentlich los?"

„Ich habe keine Ahnung. Ja, ich habe ein paar Mails mit Christine ausgetauscht. Natürlich hat es sich rumgesprochen, dass ich einen neuen Job in Berlin als Pressesprecher habe und da hat sie mich eines Tages angeschrieben. Wir sind dann irgendwie in Kontakt geblieben, ich dachte, dass es doch nicht schlecht ist, wenn sie und Nina wieder Kontakt hätten. Ich habe doch nicht damit gerechnet, dass sie plötzlich in Berlin auftaucht."

Er versucht, Mila in den Arm zu nehmen, aber sie erwidert die Bewegung nicht, sondern sitzt ganz steif auf dem Sofa. Ihr Gesicht ist ganz spitz, ich glaube, sie hat schon wieder abgenommen.

„Ich höre mich mal nach einem Kollegen um bzw. wir haben ja auch Leute aus dem Familienrecht bei uns. Oder kann das dein Anwalt machen, Gottfried?"

„Nein, er kennt sich einfach nicht so gut damit aus, dafür ist das Ganze viel zu heikel. Er hat mir auch schon jemanden empfohlen, aber Danke Maya."

„Worum geht es genau in der Klage? Und was ist eigentlich Christines Problem?"

„Das frage ich mich auch", sagt Mila grimmig.

„Vielleicht hat sie sich geändert. Vielleicht will sie ja wirklich Nina wieder mehr sehen."

„Aber muss ich sie denn sehen?" Dieser Einwand kommt von Nina und lässt Gottfried zusammenzucken.

„Aber Nina, sie ist deine Mutter. Hab mal ein wenig mehr Respekt vor ihr!"

„Wieso, sie hat doch auch keinen vor mir!" Nina stampft wütend mit dem Fuß auf.

„Ich befürchte, da muss ich Nina zustimmen", sage ich vorsichtig. „Nichts, was ich gehört habe, lässt auch nur irgendwie vermuten, dass Christine wirklich etwas an Nina liegt. Auch jetzt scheint sie irgendetwas im Schilde zu führen." Gottfried sieht mich skeptisch an.

„Meinst du wirklich, Maya? Das glaube ich nicht. Christine hat mir geschrieben, dass sie zwar viel arbeitet, jedoch sehr einsam ist. Sie bedauert ihre Entscheidung. Allerdings bin ich nicht davon ausgegangen, dass sie eine Klage einreichen wird, wir hätten uns doch auch so einigen können, dass sie Nina häufiger sieht."

„Worauf denn bitte? Dass Nina jedes zweite Wochenende zu ihr fährt?", fragt Mila unwirsch.

„Wieso denn nicht. Ninas Freundin lebt doch auch da, die Mädchen würden sich dann viel häufiger sehen."

„Aber euer Leben ist hier. Nina hat gerade hier auf der Schule angefangen und soll doch hier Kontakte knüpfen", gibt Mila zu bedenken.

„Ich will da nicht hin und Johanna kann doch hierherkommen, das war doch bis jetzt auch kein Problem", sagt Nina, allerdings jetzt sehr leise und irgendwie verzweifelt.

Ich fühle wirklich mit ihr, was wahrscheinlich daherkommt, dass ich mittlerweile eigene Kinder habe. Früher hätte mich das alles gar nicht mitgenommen, aber jetzt fühle ich mit jedem einzelnen hier. Ich verstehe Gottfried, der Nina die Mutter nicht vorenthalten will. Ich verstehe Mila, die sich bedroht fühlt und ich fühle mit Nina, die keine schönen Erinnerungen an ihre Mutter hat und die sie eigentlich nur durch Kindermädchen hat betreuen lassen bzw. mit nur sieben Jahren in ein Internat in Cornwall abgeschoben hat und aus dem sie nur Dank Gottfried wieder rausgekommen ist.

„Wie schätzt dein Anwalt die Sorgerechtsklage ein?"

„Gut. Denn schließlich ist sie die Mutter und die erste Bezugsperson von Nina gewesen. Und dass ich wirklich nichts von Ninas Existenz gewusst habe, kann ich nur spärlich beweisen, denn schließlich habe ich mich nicht mehr bei Christine gemeldet."

„Wenn es dir nichts ausmacht, frage ich gerne bei uns nach. Wir haben zwei Damen im Familienrecht, die wirklich sehr gut in ihrem Job sind. Wer ist denn Christines Anwalt?"

„Sie heißt Claaßen oder so ähnlich und soll ein richtiger Brecher sein."

„Ruhrgebiet oder Berlin?"

„Ich glaube, sie arbeitet in Köln."

„Gut, ich frage meine Kollegen. Wir sollten jetzt etwas essen, im Moment können wir ohnehin nichts tun."

Damit stehe ich auf und gehe Aleks und die Kinder holen. Ich lasse zwei ratlose Gesichter und eine traurige Nina zurück.

38.   AUFGELÖST

Mit Gottfrieds Zustimmung lege ich auch Lia und Lisa (ja, der ähnliche Name hat die beiden bei einem Clubtreffen zusammengebracht. Ich glaube ja auch, dass da mehr zwischen den beiden ist, halte mich aber natürlich bedeckt). Die beiden haben dann mal in ihrem beruflichen Netzwerk recherchiert und nebenbei herausgefunden, dass Christine sich in Paris und in New York beworben hat.

„Merkwürdig, wieso will sie denn dann das geteilte Sorgerecht haben?", hat mich Lia gefragt.

„Das frage ich mich auch", habe ich erwidert und sofort Gottfried angerufen.

„Das wusste ich gar nicht. Auf alle Fälle habe ich beschlossen, dem geteilten Sorgerecht erstmal nicht zuzustimmen. Wieso wissen deine Anwältinnen das eigentlich?"

„Ich habe keine Ahnung, aber der Club ist sehr gut vernetzt und die beiden kennen einfach jeden."

„So, so. Nun, vielleicht sollte ich zu euch wechseln. Ich werde einen Termin machen." Damit legt Gottfried auf und ich stiefele zu Lia.

„Es könnte sein, dass Gottfried euch anruft."

„Das haben wir nicht anders erwartet", grinst Lisa.

Ich seufze vor mich hin. Das alles ist nicht leicht für Nina und auch Mila. Mila hat sogar über Trennung gesprochen, doch natürlich habe ich sofort versucht, ihr das auszureden. Wenn Christine mit ihrer Klage erfolgreich ist, werden sie sich bestimmt arrangieren können.

„Und was, wenn nicht?", hat sie gefragt. „Vielleicht will sie auch Gottfried wiederhaben und die beiden ins Ausland schleppen."

„Aber Christine kennt Nina doch gar nicht", habe ich geantwortet. Allerdings weiß man bei Christine nie.

„Bei der Montagsmobberin weiß man doch nie", hat Mila nur verächtlich geschnaubt.

Bei der Überprüfung von Frau Claaßen ist mir schlecht geworden, denn etliche Artikel zeigen ihren Erfolg der letzten Jahre. Irgendwie scheint sie immer zu gewinnen. Merkwürdig, mir schein das gar nicht mehr so wichtig zu sein, stelle ich dabei fest. Vielleicht, weil ich jetzt viel zufriedener mit mir bin oder weil mein Leben auf einmal so viele Inhalte hat. Keine Ahnung.

Allerdings frage ich mich, was Christine hier eigentlich genau gewinnen möchte. Sie hat sich nicht wieder bei Gottfried gemeldet, auch auf einen persönlichen Termin ist sie nicht eingegangen. Gottfried hat jetzt zu uns in die Kanzlei gewechselt und wird jetzt von Lia/Lisa vertreten. Die beiden kennen natürlich auch Frau Claaßen, denn, wen wundert`s: natürlich ist sie auch Clubmitglied. Die ganze Welt scheint in diesem Club zu sein, zum Glück ist Noldi und mir das auch gelungen.

Die Hochzeit wurde erstmal verschoben, das habe ich Mila einfach nicht ausreden können. Unter diesen Umständen will sie nicht heiraten, hat sie betont und sämtliche Termine abgesagt. Ich würde an ihrer Stelle ja erst recht heiraten, habe ich so bei mir gedacht, aber wahrscheinlich wartet sie auf ein Zeichen von Gottfried, befürchte ich, aber der ist einfach nur überfordert.

„Aleks, bitte sprich mal mit Gottfried. Es kann doch nicht sein, dass die Montagsmobberin die beiden wieder auseinanderbringt."

„Wieso nennt ihr sie eigentlich die Montagsmobberin?"

„Weil ihr Mobbing auf der Arbeit montags immer ganz besonders schlimm gewesen ist." Erstaunt zieht er eine Augenbraue in die Höhe.

„Gab es einen Grund dafür?"

„Mila hat immer vermutet, weil sie am Wochenende ihre Zeit mit Nina verbringen musste, die Nanny hatte den Sonntag frei."

„Dann verstehe ich, dass sie das Sorgerecht aufgegeben hat, aber nicht, dass sie es zurückwill."

„Ja, das fragen wir uns alle. Gottfried hat natürlich versucht, mit ihr zu sprechen. Er hat ihr gesagt, dass sie sich doch auf ein Besuchsrecht einigen können, aber sie meinte nur, dass sie Mila nicht in Ninas Nähe haben will. Das war wohl der Grund, dass Gottfried jetzt nicht mehr zustimmen wird, sondern weiterhin das alleinige Sorgerecht behalten möchte. Arme Nina, für sie ist das Ganze wirklich nervenaufreibend, weil sie Christine gar nicht sehen will."

„Ist ja schon ein wenig merkwürdig, dass sie ihre Mutter nicht sehen will", meint Aleks.

„Ich finde das nicht merkwürdig. Sie hat sich kaum um Nina gekümmert und sie mit sieben Jahren in ein Internat in England abgeschoben. Das alleinige Sorgerecht hat sie nur unter der Bedingung an Gottfried abgegeben, wenn er Mila feuert."

„Was? Das wusste ich gar nicht. Was für ein Biest!"

„Du sagst es! Ich hoffe, Lia/Lisa können etwas für Gottfried tun. Falls Christine den Job in New York bekommt, sieht sie vielleicht von der Klage wieder ab."

„Dann hätte sie die Klage doch gar nicht erst einzureichen brauchen."

„Ich weiß immer noch nicht, welches Ziel Christine verfolgt. Vielleicht will sie diesmal, dass Gottfried ihr einen Job besorgt."

„Hat er denn Einfluss in New York?" Skeptisch schaut mich Aleks an, ich zucke mit den Schultern.

„Nicht, dass ich wüsste und er hat auch nichts in der Richtung erwähnt. Ich würde ja sagen, Christine braucht einen Partner, aber das kann man niemandem zumuten." Aleks lacht leise und nimmt mich in den Arm.

„Wer weiß, vielleicht wäre sie dann umgänglicher."

„Bei Gottfried hat sie sich nicht mehr gemeldet und Nina erstmal allein großgezogen, vielleicht will sie gar keinen festen Partner in ihrem Leben."

„Auch wahr."

***

Ich weiß nicht, wie Lia/Lisa es geschafft haben, aber sie schaffen es tatsächlich, dass Gottfried das alleinige Sorgerecht behält. Ob Christine in Revision gehen wird, ist unklar, da sie sich nicht meldet, sondern nur über ihre Anwältin kommuniziert.

„Die Richterin war sehr nett", erzählt Nina. „Sie hat mich befragt und ich hab ihr von den ständig wechselnden Au-pairs und dem Internat erzählt."

„Und ich habe ihr von der Erpressung erzählt. Dass sie gegen die Kündigung von Mila das alleinige Sorgerecht eingetauscht hat", sagt Gottfried ruhig und ich blicke ihn erstaunt an.

„Du hast also alle Register gezogen!"

„Es ging hier um meine Mädchen", ruft er und drückt Nina und streichelt Milas Haare.

„War denn Christine diesmal da?"

„Ja, das war sie", sagt Mila zwar mit glasigen Augen, aber sie strahlt über das ganze Gesicht.

„Was hat sie gesagt?" Ich bin so gespannt, aber niemand erzählt etwas, das ist unfair!

Doch alle drei gucken einfach nur vor sich hin.

„Ihre Anwältin hat versucht, Mila als schlechten Umgang darzustellen", fängt endlich Gottfried an zu erzählen. „Allerdings konnte das mit nichts belegt werden. Auch, dass ich mich geweigert habe, ein Vater zu sein, konnte mit nichts bewiesen werden, da ich ja die letzten Jahre sogar alleine für Nina gesorgt habe. Die Anhörung hat insgesamt nicht lange gedauert und das Urteil sehr schnell entschieden. Die Richterin hat sich sehr vehement gegen das geteilte Sorgerecht ausgesprochen und auch davon abgeraten, in Berufung zu gehen, obwohl es Christine natürlich zusteht, davon Gebrauch zu machen."

„Wow, das klingt doch gut. Die Richterin war also auf eurer Seite!"

„Christine hat später noch mit mir gesprochen." Wie von der Tarantel gestochen schießt Mila in die Höhe.

„Das hast du gar nicht erzählt, Gottfried!" Wutentbrannt sieht sie ihn an.

„Das stimmt, ja, es war auch kein angenehmes Gespräch."

„Jetzt sag schon, Papa. Was hat sie gesagt?", fragt Nina mit fester Stimme. Ich bewundere sie sehr dafür und auch ich frage mich, worüber die beiden still und heimlich geredet haben.

„Christine kann keine weiteren Kinder bekommen, deshalb wollte sie das geteilte Sorgerecht bzw. sogar das alleinige, weil sie Mila für einen schlechten Umgang hält. Das hat sie noch einmal betont. Sie hat das nicht weiter begründet, obwohl ich sie danach gefragt habe. Sie meinte, dass ihre schlampige Arbeit wohl für sich sprechen würde und dass dicke Leute zu wenig Disziplin hätten. Ich war irgendwann wirklich nur noch sauer auf sie", sagt er kleinlaut. Mila laufen die Tränen herunter und Nina stampft heftig mit dem Fuß auf.

„So eine blöde Kuh!"

„Ja", nickt Gottfried resigniert. „Du hast recht."

„Habt ihr euch auf etwas einigen können?", frage ich frustriert, weil alle so schrecklich traurig sind.

„Nein, allerdings weiß sie noch nicht, ob sie in Revision geht, denn selbst ihre Anwältin scheint ihr davon abgeraten zu haben, zumindest hat Christine das angedeutet."

„Hat sie denn die Stelle in New York bekommen?", will Nina plötzlich wissen.

„Ja, sie wird nächsten Monat nach Amerika gehen. Vielleicht war es auch nur eine Kurzschlussreaktion nach der Diagnose, dass sie keine Kinder mehr bekommen kann", vermutet Gottfried.

„Ja, vielleicht. Vielleicht lässt sie euch dann vom Haken", sage ich nickend, doch Mila wirkt nicht sehr überzeugt.

Doch trotzdem lassen wir das Thema fallen und widmen uns schöneren Dingen: Der Planung von Gottfrieds und Milas Hochzeit!

Endlich hat Mila zugestimmt. Das Herunterplumpsen der Steine von Gottfried und Nina konnte man hören. Endlich hat sie eingesehen, dass sie sich das alles nicht von Christine zerstören lassen darf! Ich glaube allerdings, dass die Stellungnahme von Gottfried gegen Christine ihr langersehnter Liebesbeweis war und ihre Bedenken zumindest teilweise aufgelöst hat. Wahrscheinlich hat sie bis zu diesem Moment immer befürchtet, dass Gottfried vielleicht doch noch einknickt. Ich verstehe das durchaus, auch wenn es nicht rational erscheint. Vielleicht haben wir beide einfach ein Problem damit, Menschen restlos zu vertrauen.

Dass Gottfried lange Zeit Christines Sorgerechtsbestrebungen verteidigt hat, war wirklich nicht hilfreich für Mila und hat auch Nina stark unter Druck gesetzt. Dadurch hat er Nina vermittelt, dass sie unter allen Umständen zu Christine zurückmüsste. Ganz bestimmt kein schöner Gedanke für sie, auch wenn Christine ihre Mutter ist und selbstverständlich immer bleiben wird. Nina sollte ein Recht darauf haben, jemanden, der kein Interesse an ihr hatte, ablehnen zu dürfen. Ich wüsste gerne, was Christine über ihre Zeit mit Nina sagen würde, so richtig habe ich ihr Theater immer noch nicht verstanden, was aber vielleicht gut so ist. Verrückte Leute muss man nicht immer restlos verstehen.

Natürlich ist der Dezembertermin weg, Mila hatte ihn ja leider abgesagt, stattdessen hat sie einen Termin für Mai nächsten Jahres bekommen und ergattert sogar für August noch einen kirchlichen Termin!

39. HERZ GEFUNDEN UND BEHALTEN

„Du siehst wunderhübsch aus, Mila!"

„Danke, Maya!" Begeistert dreht sich Mila vor dem Spiegel hin und her. Gleich wird die kirchliche Trauung sein, alles ist bereits festlich geschmückt.

„Endlich hat dann diese Feierei ein Ende", stöhne ich und Mila lacht.

„Das ging doch noch", grinst sie und zupft an ihrer Frisur herum.

„Also mir reicht es langsam. Erst eure standesamtliche Trauung im Mai, dann haben wir unseren 4. Hochzeitstag gefeiert, im Juli wurden die Zwillinge 5, danach wurde Aleks 40 und jetzt eure kirchliche Trauung."

„Das stimmt, aber eigentlich finde ich es schön, dadurch sehen wir uns alle etwas häufiger."

„Auch wahr", nicke ich. Aleks Familie hat es sich natürlich nicht nehmen lassen, zu allen Events vorbeizukommen.

Ich zupfe an meinem eigenen Kleid, ein zartes Gelb, das gut zu meinen kastanienbraunen Haaren passt. Milas Kleid besteht größtenteils aus weißen Chiffonlagen und Spaghettiträgern und steht ihr außerordentlich gut. Sie sieht mittlerweile wieder besser aus, weniger knochig oben herum. Für sie ist es gut, eine Patchworkfamilie zu haben, bestehend aus uns und Gottfried und Nina. Und auch Aleks Familie hat sie ins Herz geschlossen. Es ist wirklich merkwürdig, dass sich so viele Leute so gut verstehen und sich völlig als Familie fühlen, ohne miteinander verwandt zu sein. Auch Noldi haben wir alle irgendwie „adoptiert" und seitdem sie mit Mila und mir befreundet ist, ist sie viel offener geworden. Das könnte allerdings auch an einem gewissen Engländer liegen, den sie seit Kurzem trifft.

„Wann werdet *ihr* heiraten?", frage ich übermütig. Noldi zuckt zusammen.

„Das hat noch Zeit, wir haben doch erst vor vier Monaten wieder Kontakt aufgenommen."

„Wie kam das denn so plötzlich mit euch?"

„Wir haben uns alle vier endlich mal wieder telefonisch getroffen. Dabei kam raus, dass nur noch Miriam verheiratet ist und Carla längst wieder in Deutschland lebt und ihren Australier im Outback gelassen hat. Er hatte wohl zu viel Schafe auf der Weide!" Wir lachen alle laut auf, Noldis Ausdrucksweise ist einfach einzigartig.

„Also haben wir uns alle in Köln in Miriams Restaurant getroffen. Und dort habe ich Ben widergetroffen." Bei diesen Worten wird sie rot, ich freue mich so für sie. Mila und ich strahlen, Alina und Galina seufzen.

„Ben! Er sieht so gut aus", stöhnt Alina, denn natürlich haben wir uns sofort Fotos zeigen lassen.

„Du bist verheiratet!", sagt Galina empört.

„Du auch!"

„Mädels! Wir haben hier eine Hochzeit durchzuziehen!", ruft Mila streng und alle sammeln sich und rücken ihre Kleider zurecht.

„Sieh uns nur an", strahlt Mila in den Spiegel.

„Wir sehen gar nicht mal schlecht aus!", grinst Noldi. Sie kontert mit einem zart orangefarbenen Kleid, das ansonsten genauso aussieht wie meines. Alina und Galina tragen jeder ein dunkelblaues Kleid und wirken so beinah wie Zwillinge. Schnell huschen sie auf ihre Plätze.

Noldi und ich bilden einen farbenfrohen Rahmen um Milas weißes Kleid und gemeinsam spazieren wir den Gang der Kirche hinunter, Natascha wackelt neben uns her und schmeißt zermatschte Blüten rum. Gemeinsam übergeben wir Mila an Gottfried und die Zeremonie beginnt.

„Auf uns!"

Klirrend stoßen wir an. Wir sitzen tatsächlich wieder beim Italiener um die Ecke des Kudammes. Mila und Gottfried hat das Restaurant so gut gefallen, dass sie bereits nach der ersten Trauung dort gefeiert haben.

Heute haben sie einfach das komplette Restaurant gemietet, denn insgesamt sind es doch 65 Gäste geworden, die sich jetzt alle in das doch recht kleine Restaurant quetschen müssen.

Es wird eine sehr gemütliche Feier und erst spät fahren wir wieder nach Hause. Mit drei schlafenden Kindern!

Zum Glück hilft uns Aleks Familie dabei, sie reinzutragen, denn Mila hat tatsächlich alle einladen wollen, nachdem die Weihnachtsfeier bei uns vor eineinhalb Jahren so wunderschön war.

***

40.   HERZENSANGELEGENHEIT

„Ich werde Nina adoptieren!" Noldi und ich schauen Mila einfach nur sprachlos an.

„Was sagt Christine dazu?", fragt Noldi, die sich als erste gefasst hat. Klar, sie kennt Mila ja auch noch nicht so lange.

„Hast du dir das gut überlegt?" Verärgert schaut mich Mila an.

„Da gibt es doch nichts zu überlegen, Maya. Christine hat Nina rechtlich freigegeben, keine Ahnung, wie Gottfried das geschafft hat, nachdem sie sogar das Sorgerecht einklagen wollte, aber sie scheint in New York Fuß zu fassen und will ihr altes Leben vielleicht auch hinter sich lassen."

„Es tut mir leid, Mila, ich war nur so überrascht! Natürlich ist das wunderbar, dass du Nina adoptieren willst. Was hat sie dazu gesagt?"

„Zuerst schien sie auch nicht so überzeugt zu sein," schmunzelt Mila und ich sehe, wie sehr sie Nina liebt, „aber ich habe ihr versichert, dass Christine immer ihre Mutter bleiben wird und dass sie auch nicht Mama zu mir zu sagen braucht."

„Ist ja auch nur ein Wort, ich habe meine Eltern beim Vornamen genannt." Verblüfft schauen wir Noldi an.

„Ach, das war eben ihre verschrobene Art", tut sie das Ganze ab.

„Aber es stimmt, letztendlich ist es nur wichtig, dass Nina dich akzeptiert."

„Das tut sie eigentlich schon immer und zum Glück ist sie ja eine mustergültige Tochter."

„Wollt ihr denn eigentlich auch gemeinsame Kinder haben, also Gottfried und du?" Überrascht schaue ich Noldi an. So eine offene Frage hätte ich ihr gar nicht zugetraut, geschweige denn, sie selbst gestellt und dass, obwohl ich Mila schon so lange kenne.

„Ach, da haben wir nie drüber gesprochen, aber ich glaube nicht, dass Gottfried darüber nachdenkt." Was für eine merkwürdige Antwort, worauf wartet Mila eigentlich.

„Aber wieso sprichst *du* das Thema nicht von dir aus an?", fragt jetzt Noldi irritiert. „Oder möchtest du gar keine eigenen Kinder haben?"

„Nina ist meine Tochter", sagt Mila fest. „Und ich will Gottfried damit nicht unter Druck setzen, indem ich plötzlich mit so etwas anfange. Ich könnte mir durchaus vorstellen, ein Kind mit Gottfried zu bekommen, aber es scheint einfach kein Thema zwischen uns zu sein."

„Ich finde, ihr solltet mehr reden", sagt Noldi ernst und ich zucke leicht zusammen. „Mein Mann und ich haben dieses Thema immer aufgeschoben, immer kam die Kanzlei zuerst und wir haben gedacht, wir hätten noch viel Zeit für die anderen Dinge. Rede mit Gottfried, Mila. Frag ihn, wie er darüber denkt, dann könnt ihr immer noch entscheiden, was ihr daraus tut." Plötzlich hat Mila Tränen in den Augen.

„Danke Noldi. Ich weiß, dass ich offener über meine Bedürfnisse reden sollte. Erst neulich haben wir in der Selbsthilfegruppe darüber gesprochen, dass gerade das Diäthalten etwas ist, was man selbst beeinflussen und unter Kontrolle haben kann. Die Moderatorin hat uns darauf aufmerksam gemacht, dass wir versuchen sollten, das auch in anderen Lebenslagen zu berücksichtigen." Ich nicke.

„Das klingt logisch, man sollte schon zusehen, dass man sich selbst und seine Bedürfnisse wahrnimmt und sei es nur, dass man darüber spricht. Komisch, dass du das bei dir nicht kannst, Mila. Ich bin dir immer noch so dankbar dafür, dass du Aleks und mich wieder ausgesöhnt hast." Mila lächelt.

„Ja, bei anderen die Probleme zu sehen, ist eben doch leichter."

„Wie wahr", lächelt Noldi und hebt ihr Sprudelglas. „Auf die Offenheit!"

„Und? Hast du mit Gottfried gesprochen?", fragt Noldi nur eine Woche später. Ich räuspere mich.

„Noldi, sei doch nicht so neugierig. Aber wo wir ja schon beim Thema sind: Was hat er gesagt?" Erwartungsfroh blicken wir Mila an, die erst rot und dann etwas blass wird.

„Nun ja, also, er hat sich gefreut." Komische Antwort.

„Er möchte also Kinder mit dir haben?" Noldi und ich runzeln die Stirn.

„Er meinte, dass er mich nicht unter Druck setzen wollte und deshalb das Thema nicht hatte anschneiden wollen, weil er doch schon ein Kind hat und das mir überlassen wollte." Bei diesen Worten müssen wir alle grinsen.

„Ihr passt wirklich gut zueinander."

„Hast du ihn sofort darauf angesprochen?" Noldi lässt nicht locker, gut so.

„Es hat sich irgendwie ergeben, weil wir, ja also…"

„Weil ihr, ja also…?", echoen wir und blicken Mila erstaunt an.

„Weil wir nämlich ein Kind bekommen", platzt Mila raus und Noldi und ich schnappen gleichermaßen nach Luft.

„Du bist schwanger!", rufen wir gleichzeitig, lachen und drücken Mila.

„Ja", strahlt Mila.

„Und das wusstest du letzte Woche noch nicht?" Skeptisch blickt Noldi Mila an. Doch die zuckt nur mit den Schultern.

„Ich wusste es nicht, aber diese Woche hatte ich dann doch so einen Verdacht. Es ist auch noch sehr früh, aber ich konnte das nicht vor euch verheimlichen. Schon gar nicht nach unserem Gespräch letzte Woche."

„Oh man, was für ein Zufall!", lache ich.

„Du sagst es", grinst Mila. „Gottfried hat sich sehr gefreut und möchte auch bei sämtlichen Untersuchungen dabei sein."

„Klar, schließlich hat er das bei Nina alles verpasst", sage ich trocken und Mila zuckt zusammen.

„Da habe ich noch gar nicht dran gedacht, aber wahrscheinlich hast du recht, Maya."

„Stimmt, er hat ja Nina erst mit sieben Jahren kennengelernt. Was sagt denn Nina überhaupt dazu?" Noldi behält natürlich sofort einen kühlen Kopf und checkt die Fakten.

„Sie meinte, sie freut sich, dass sie kein Einzelkind mehr ist."

„Kurz und bündig", fasse ich zusammen.

„Für einen Teenager ist das beinah schon überschwänglich, glaube ich."

„Das glaube ich auch", stimmt Noldi zu. „In den sozialen Netzwerken posten die doch immer ganz kurze Sätze, das wirkt sich wahrscheinlich auch aufs Leben aus." Wir prosten uns mit Mineralwasser zu. Ich freue mich so für Mila!

„Und? Was ist mit Ben?!", fragt Mila, nachdem wir ihre Neuigkeit verdaut haben. Noldi wird rot.

„Wir telefonieren viel."

„War er denn mal hier? Mehr Details bitte!", fordere ich sie auf und Mila nickt zustimmend.

„Ja", sagt sie und wirkt irgendwie ein schüchternes Schulmädchen.

„Und?", fragen Mila und ich beide gleichzeitig, lachen und taxieren dann wieder Noldi mit direkten Blicken.

„Äh, na ja. Er war letztes Wochenende da. Ihr wisst ja, er arbeitet in London, ist aber generell viel unterwegs als Manager eines riesigen Konzerns."

„Das wissen wir alles", unterbricht sie Mila ungeduldig. „Was habt ihr gemacht?"

„Wir haben viel geredet. Er meinte, dass er schon damals in mich verknallt war, aber die WG-Atmosphäre nicht aufs Spiel setzen wollte." Wir ziehen hörbar die Luft ein.

„So lange schon?" Mila gluckst ganz verzückt, wahrscheinlich schlagen die Schwangerschaftshormone bereits zu.

„Aber wieso hat er sich nicht einfach später gemeldet?" Jemand muss hier mal die richtigen Fragen stellen.

„Er wusste nur, dass ich verheiratet bin. Dass mein Mann gestorben ist, haben alle erst beim letzten Treffen erfahren. Wir haben alle im selben Hotel gewohnt und später habe ich Ben an der Bar zufällig getroffen und er hat mir von seiner kurzen und sehr unglücklichen Ehe erzählt. Und irgendwie haben wir danach sehr viel telefoniert. Das

Wochenende war wunderschön, ich werde in zwei Wochen zu ihm nach London fliegen."

„Das ist so schön", schluchzt Mila.

„Ich freue mich so für dich", sage ich aufrichtig. Noldi wirkt sehr glücklich.

Abwarten, was noch so passiert, denke ich gespannt und frage mich sofort, was aus der alten Maya geworden ist. Die, die ständig Pläne machen musste und immer wissen wollte, was morgen kommt.

Nein, die bin ich nicht mehr, denke ich zufrieden und das fühlt sich sehr gut an.

Plötzlich bin ich wohl viel mehr ich selbst als jemals zuvor in meinen Leben.

41.   L E B E N S M O M E N T E

„Guten Tag. Spreche ich mit Frau März?"

„Bitte, wer spricht denn da?" Ich kenne die Stimme nicht, aber irgendwie liegt Dringlichkeit in ihr und lässt mich aufhorchen.

„Polizeidezernat, mein Name ist Hauser. Frau März, es geht um Ihren Mann, er wurde in einen Autounfall verwickelt." Mir ist, als ob ich in Eiswasser getaucht wurde, alles in mir wird starr.

„Ist er...?" Ich schlucke. Nein, das kann doch nicht sein, nicht Aleks.

„Er liegt im Krankenhaus, ich wollte Sie nur informieren und Sie bitten, seine Personalien bei uns zu bestätigen." Er lebt!

„Wie geht es ihm?"

„Das kann ich Ihnen leider nicht sagen, bitte rufen Sie dafür im Krankenhaus an."

Sie nennt mir noch die Adresse, die ich wie in Trance aufschreibe. Doch, nachdem ich aufgelegt habe, meldet sich zum Glück mein Kampfinstinkt und ich greife erneut nach dem Hörer.

„Mila, ich bin es. Aleks hatte einen Unfall. Nein, ich weiß nicht, wie es ihm geht. Könnt ihr vorbeikommen, habt ihr Zeit? Ich kann die Kinder nicht mit ins Krankenhaus nehmen und danach muss ich auch zur Polizei..." Plötzlich versagt mir die Stimme.

„Maya, gar kein Problem! Wir haben alle Zeit, ist ja Samstag. Wir sind in einer halben Stunde bei euch!"

Erleichtert lege ich auf. Mila ist so ein Schatz! Ich wüsste nicht, was ich ohne sie täte. Hektisch schaue ich zu Janne, Damian und Natascha. Meine Kleine schläft in ihrem Bettchen, die Zwillinge stürmen auf mich zu, sie scheinen zu spüren, dass etwas los ist.

„Mama, was ist denn?", fragt Janne ängstlich. Behutsam streichele ich die beiden.

„Mila wird gleich vorbeikommen. Ich muss gleich zu Papa fahren."

„Juchu! Kommt Felix mit?" Die Zwillinge sind völlig vernarrt in Milas Baby.

„Ja, vielleicht. Ich muss jetzt ein paar Sachen für Papa zusammenpacken."

„Warum? Muss er verreisen?" Fragend schauen mich beide an und ich weiß nicht, was ich ihnen sagen soll.

„Papa geht es nicht so gut, deshalb fahre ich jetzt zu ihm ins Krankenhaus. Mila wird gleich da sein und ich werde in ein paar Stunden wiederkommen."

Ich sehe ihre ängstlichen Augen und gerne würde ich ihnen ihre Angst nehmen. Je mehr Zeit verstreicht, desto unruhiger werde ich. Was, wenn es Aleks schlechter geht, was wenn…

Es klingelt und beide Kinder stürmen sofort zur Tür. Mila ist mit ihrer ganzen Familie gekommen, Gottfried trägt Felix auf dem Arm.

„Mila, schön, dass ihr da seid!" Mila drückt mich, Gottfried übergibt Felix an Mila und schnappt sich gleich die Zwillinge. Alle rennen in den Garten, Nina huscht zu Natascha rüber.

„Ich bin euch so dankbar!"

„Maya, das ist selbstverständlich. Jetzt mach, dass du zu Aleks kommst!"

„Guten Tag. Mein Mann, Aleks März, soll heute hier eingeliefert worden sein. Können Sie mir weiterhelfen?" Der Pförtner blickt auf seine Liste, dann ruft er jemanden an.

„Und Sie sind?", fragt er mich mit dem Hörer in der Hand.

„Seine Ehefrau." Wieder spricht er zu jemandem in den Hörer.

„Frau März", wendet er sich wieder an mich, „ich habe auf der Station Bescheid gesagt. Bitte melden Sie sich dort, die Schwester wird mit Ihnen sprechen."

Mein Herz klopft, während ich versuche, irgendwie der angezeigten Richtung zu folgen. Als ich „Intensivstation" lese, krampft sich mein Magen zusammen. Endlich sehe ich einen Tresen mit einer Schwester dahinter.

„Guten Tag. Ich bin die Ehefrau von Aleks März. Er wurde heute hier eingeliefert." Die Schwester lächelt mich freundlich an.

„Bitte warten Sie hier, es wird gleich ein Arzt mit Ihnen sprechen." Ich habe Mühe, ruhig zu bleiben.

„Wie geht es meinem Mann?"

„Der Arzt wird Ihnen gleich Näheres dazu sagen können. Bitte warten Sie."

Nach zehn Minuten kommt endlich ein Arzt, spricht kurz mit der Schwester und kommt dann auf mich zu.

„Frau März?"

„Ja. Wie geht es meinem Mann?"

„Bitte kommen Sie doch mit, wir müssen nicht auf dem Flur sprechen." Ich folge ihm ins Ärztezimmer.

„Ihr Mann hatte einen Unfall. Dabei wurden zwei Rippen gebrochen, eine davon hat die Lunge verletzt."

„Kann ich zu ihm?" Irgendwie kann ich mit den Informationen nichts anfangen.

„Ja, aber nur ganz kurz."

„Wird er sich wieder erholen?"

„Das können wir zu diesem Zeitpunkt noch nicht sagen. Er wird rund um die Uhr bewacht, bis sich die Lunge weitestgehend stabilisiert hat."

Zitternd gehe ich zu Aleks, er liegt an irgendwelchen Schläuchen, ein Monitor piepst in regelmäßigen Abständen. Zögernd trete ich auf ihn zu. Er ist unruhig, das Atmen fällt ihm sichtlich schwer.

„Hallo Aleks", sage ich und greife seine Hand. Ich bilde mir ein, dass ich einen schwachen Händedruck wahrnehme.

„Den Kindern geht es gut, ich komme morgen wieder, bestimmt geht es dir dann schon wieder besser. Ich liebe dich, Aleks."

Noch ein paar Minuten halte ich Aleks Hand, dann kommt auch schon die Schwester und führt mich hinaus.

***

Den Nachmittag verbringen wir gemeinsam mit Milas Familie in unserem Haus.

„Sollen wir hierbleiben?", fragt Mila leise. „Möchtest du heute Abend noch einmal zu Aleks?"

„Es wäre wunderbar, wenn ihr bleiben könnt! Aber nur, wenn es euch keine Umstände macht! Ich muss dringend noch zur Polizei, sie wollen einen Datenabgleich."

„Weißt du denn schon, was passiert ist?", fragt Gottfried. Armer Kerl, er ist völlig verschwitzt. Die Zwillinge lieben aktuell sämtliche Ballspiele und sind immer glücklich, wenn jemand mit ihnen spielt. Und Gottfried kennt sie alle, das hat auch Mila und Nina verwundert.

„Näheres kann mir hoffentlich die Polizei sagen. Ich bin euch so dankbar", seufze ich. Dann schnappe ich mir ein paar Einkaufstaschen und fahre zur Polizei.

***

„Ein LKW ist einfach auf die linke Spur gezogen und hat sein Auto gerammt", berichte ich abends. Die Kinder schlafen bereits alle bis auf Nina.

„Wie ist das passiert? Ist er zu schnell gefahren?" Nina fragt sofort, ganz wie eine Topjournalistin und ich fange einen wohlwollenden Blick ihrer Eltern auf und schmunzele in mich rein. Die nächste Generation steht schon in den Startlöchern, um Großes zu leisten.

„Die Polizei meinte, dass der Fahrer wohl zu schnell, aber auch schon viel zu lange unterwegs und völlig übermüdet war."

„Warst du noch mal bei Aleks, wie geht es ihm?", fragt Mila mit ihrer ruhigen sanften Stimme. Dabei hat sie Felix im Arm und kuschelt sich an Gottfried, daneben sitzt Nina. Alle drei sitzen auf unserer Hollywoodschaukel im Garten, ich sitze gegenüber in einem Strandkorb. Trotz der Wolldecken und dem warmen Tee fröstele ich.

„Ich war noch einmal da und ich durfte auch wieder ganz kurz zu ihm. Glücklicherweise ist die Lunge nicht weiter geschädigt und ein Kollaps wohl bis jetzt ausgeblieben, doch die Nacht ist noch kritisch. Sie rufen an, falls sich etwas verändert."

Irgendwann gehen alle schlafen, Mila und ich bleiben im Wohnzimmer zurück.

„Wie geht es dir, Maya?" Sanft blickt mich Mila an.

„Ich habe Aleks heute gesagt, dass ich ihn liebe."

„Das ist gut, man sagt ja, dass Menschen auch ohne Bewusstsein vieles mitbekommen."

„Ich habe ihm das erste Mal gesagt, dass ich ihn liebe", sage ich nachdenklich.

„Du hast ihm das noch nie gesagt?" Ich höre die Verblüffung in Milas Stimme und zucke zusammen.

„Nie so direkt."

„Hat er es zu dir gesagt?" Mila klingt erstaunt, ich kann es ihr nicht verdenken.

„Ja, Aleks hat es mir schon ganz oft gesagt."

„Und macht ihm das nichts aus, dass du es nicht erwiderst?"

„Ich glaube schon, dass er weiß, dass ich ihn liebe. Aber heute, seitdem ich Angst hatte, ihn für immer zu verlieren, will ich es ihm andauernd sagen. Ich will ihm so vieles sagen!"

„Morgen früh gehst du wieder zu ihm, am Montag bringe ich die drei in die Kita und in die Schule. Wenn du magst, bleiben bis morgen Abend bei euch. Mach dir keine Sorgen, wir schaffen das."

Ich weiß nicht, ob es Milas Worte sind oder ob ich einfach zu fertig bin. Ich liege kaum im Bett, schon schlafe ich ein.

42.   DREI KLEINE WORTE

Am Montag kommt Mila mit Felix und schnappt sich meine drei Kinder, ich drücke ihr die Schlüssel für den großen Wagen in die Hand.

„Vielen lieben Dank, Mila! Ich stehe auf ewig in deiner Schuld!"

„Ach Blödsinn. Denk dran, wie sehr du mir geholfen hast. Wahrscheinlich wäre ich ohne dich weder in Berlin noch mit Gottfried verheiratet."

„Das hast du alles selbst geschafft", sage ich herzlich und drücke sie. Dann sind alle zur Tür raus und ich stehe allein in dem riesigen Haus. Die Stille ist erdrückend. Schnell packe ich meine Sachen zusammen und fahre zur Arbeit. Doch ich bin unkonzentriert, das merkt jeder sofort.

„Ist alles in Ordnung, Maya?", fragt Noldi mitfühlend. Ich glaube, im alten Job bin ich so etwas nie gefragt worden.

„Leider nein. Aleks hatte einen Autounfall."

„Was? Wieso bist du denn heute da, so eilig kann gar nichts sein, dass es nicht warten kann!"

„Ach, die Arbeit lenkt mich auch etwas ab, das Haus ist so wahnsinnig ruhig."

„Das kann ich verstehen", nickt sie und drückt ganz kurz meine Hand.

Die ganze Woche über versuche ich weiterzumachen, irgendwie zu funktionieren. Mila kommt jeden Morgen und holt die drei ab, um sie in die Kita und zur Schule zu bringen. Nachts schlafen alle Kinder bei mir. Sie verstehen nicht, was mit Aleks ist, spüren jedoch meine Angst und wollen nah bei mir sein.

Irgendwie muss ich es schaffen, mich weiterhin auf meine Arbeit zu konzentrieren. Schließlich verlassen sich die Leute auf mich. So viele sind in finanziellen Schwierigkeiten, teilweise völlig unverschuldet! Manche haben seit Monaten keinen Lohn bekommen oder wurden einfach gekündigt, andere haben plötzlich sämtliche Leistungen vom Amt gestrichen bekommen. Ich war fassungslos, als ich das erste Mal mit diesen Fällen konfrontiert wurde. Ich bin stolz darauf, Partnerin einer solchen Kanzlei zu sein, denn letztendlich ist Noldi und mir geglückt, sowohl sozialschwache Klienten als auch zahlungskräftige Kunden für unsere Kanzlei anzuwerben.

***

Heute ist Freitag, seit beinah einer Woche liegt Aleks jetzt auf der Intensivstation. Irgendwann blicke ich auf meine Uhr und erstarre. Es ist bereits 17 Uhr, wieso hat sich Mila nicht bei mir gemeldet? Rasch packe ich alles zusammen und fahre nach Hause, doch da ist alles ruhig. Hektisch rufe ich Mila an.

„Wo seid ihr denn?"

„Na, bei uns natürlich", lacht Mila. „Das Essen ist bald fertig, magst du auch kommen?" Ich schlucke. So viel Unterstützung, es ist unglaublich.

„Ja, sehr gerne, Mila. Ich fahre vorher noch zu Aleks und schaue nach ihm. Hoffentlich wurde er verlegt, das wäre ein Lichtblick."

„Ich drücke die Daumen. Und dann kommst du zu uns. Wenn ihr wollt, könnt ihr alle über das Wochenende bei uns übernachten."

„Das ist so lieb von dir, sehr gerne!"

„Wunderbar Maya. Ich hoffe, Aleks geht es besser."

Ich bin so gerührt. Überhaupt habe ich das Gefühl, dass ich gerne weinen möchte, doch mein Körper ist das einfach nicht gewohnt. Auch bei der letzten Schwangerschaft habe ich längst nicht so viel geheult wie bei der mit den Zwillingen. Und jetzt gibt mein Körper nichts her, sondern ist wie erstarrt.

Am Sonntagabend habe ich endlich Aleks Familie informiert. Alle waren bestürzt und haben versprochen, zu helfen, doch wir sitzen hier in Berlin. Es ist jetzt so, wie es Aleks zu bedenken gegeben hatte, als wir uns für Berlin entschieden hatten: seine Familie kann uns nicht unterstützen, sie sind alle weit weg.

Auf der Intensivstation wird mir mitgeteilt, dass Aleks endlich auf die normale Station verlegt wurde, Gottseidank!

„Wie geht es dir?", frage ich Aleks. Blass sieht er aus und er atmet ganz leicht stoßweise. Es ist so schön, endlich wieder seine Stimme zu hören. Ich wünschte, ich könnte ihn umarmen, doch er sieht so zerbrechlich aus.

„Ach, das geht schon. Wie geht es den Kindern?", sagt er und versucht zu lächeln.

„Es geht ihnen gut, sie vermissen dich natürlich. Ich habe solche Angst um dich gehabt!" Ich schlucke und schlucke an meinem Kloß, der einfach nicht verschwindet.

„Glaub mir, ich habe mir auch Sorgen gemacht. Also zumindest, bis ich bewusstlos wurde." Das schiefe Grinsen lässt meine Schmetterlinge hopsen und ich vergesse ein wenig meine Anspannung.

„Ich liebe dich, Aleks." Völlig entgeistert schaut mich Aleks an.

„Das hast du noch nie zu mir gesagt, Maya."

„Ich weiß. Ich hätte es dir längst sagen sollen. Ich habe es dir gesagt, als du bewusstlos warst."

„Da musste ich lediglich dem Tod nah sein, dass ich endlich von dir diese drei kleinen Worte höre, Frau März."

Er lächelt und vorsichtig versuche ich, ihn zu küssen. Plötzlich merke ich, dass mein Gesicht nass ist. Sanft wischt Aleks meine Tränen fort. In mir fällt eine Last ab und Erleichterung durchflutet mich.

Wie konnte ich nur so jemanden wie Aleks kennenlernen, frage ich mich. Aber ich nehme es hin, ich will es gar nicht hinterfragen, schon gar nicht, wieso Aleks so jemanden wie mich liebt.

Ich verstehe es nicht, aber ich liebe ihn genau dafür.

***

Ende

DANKE!

Als erstes möchte ich mich ganz herzlich bei *MamaSandra* bedanken, die wirklich *jedes* meiner Bücher mittlerweile gelesen, kritisiert und rezensiert hat. Ohne diese Beurteilungen würde sämtlichen Büchern etwas fehlen!

Doch nicht unerwähnt bleiben sollen selbstverständlich auch *Su Sanne, Ulrike Bode, Bettina Reitz, Beatrice Barby,* deren Feedback mich enorm nach vorne gebracht haben. Sollte ich hier jemanden vergessen haben, so war das keine Absicht, sondern Vergesslichkeit. Ihr seid super!

AUTORENBIOGRAFIE

Die Autorin, die unter dem Pseudonym Lily Winter schreibt, wurde in Indien geboren und wuchs zunächst in einem Waisenhaus auf. Glücklicherweise wurde sie irgendwann nach Deutschland adoptiert, wo sie nach wie vor mit ihrer Familie lebt. Sie liest gerne Liebesromane oder auch Fantasy und natürlich auch den ganzen Vampirkram. Die meisten Buchideen kommen ihr im Schlaf oder im Urlaub, vorzugsweise beides. Die Idee zu ihrem ersten Buch und dem Auftakt der Sommertrilogie „Gestern, Morgen, für immer?" kam ihr wie ein Tagtraum vor. Im Geiste sah sie zwei Personen sich küssen und dann in verschiedene Züge steigen. Da sie dringend wissen wollte, wie es weiter geht, fing sie an, das Ganze aufzuschreiben.

Das Pseudonym Lily Winter wurde ihr übrigens von ihrer Freundin vorgeschlagen, die ihr versicherte, dass sie Bücher unter solch einem Namen ganz bestimmt eher kaufen würde.

Und hier noch eine kleine Leseprobe aus dem ersten Band
meiner Liebes-Dilogie:

Lily Winter

Liebe geht durch dick und dünn

Roman

1. DIE MONTAGSMOBBERIN

„Mmh, bleib doch noch ein bisschen liegen", grunzt mir Egon zu. Eigentlich ist Egon ein recht altmodischer Name, aber ich finde, er passt irgendwie zu ihm und eigentlich nenne ich ihn die meiste Zeit auch nur Eno. Wenn er allerdings mal wieder Mist gebaut hat, nenne ich ihn „Das Ego", wovon er jetzt glücklicherweise weit entfernt ist. Genau wie letzte Nacht, die übrigens äußerst befriedigend war, ich hoffe, für ihn auch.

„Tut mir leid, aber ich muss jetzt gehen. Du weißt doch, es ist Montag und ich befürchte, dass ich heute ihr Opfer sein werde." Leider ist das gar nicht so unwahrscheinlich, denn ich bin bereits die letzten drei Montage nicht ihr Opfer gewesen, was einen echten Rekord darstellt. Es wird also wieder Zeit, befürchte ich.

„Ihr", das ist übrigens meine Chefredakteurin, die von vielen, einschließlich mir, heimlich die „Montagsmobberin" genannt wird. Christine, so heißt sie eigentlich, ist auch sonst nicht besonders umgänglich, aber montags leider noch viel weniger.

Dank eines One-Night-Stands vor acht Jahren ist sie in die Situation einer Tochter gekommen und das hat sie wahrscheinlich einfach nicht vorhergesehen, geschweige denn jemals für sich geplant, so erscheint es einem zumindest. Diese zehn Monate müssen meinen Arbeitskollegen wie hundert vorgekommen sein. Ich war damals noch an der Uni, aber ein paar von den Leuten, die das Ganze mit- und überlebt haben, sind noch da und haben mir wahre Horrorgeschichten von diesem hormongesteuerten Weib erzählt. Nach der zweimonatigen Elternpause wurde wohl ziemlich schnell eine Nanny eingestellt und seitdem ist das Mobbing am Montag am allerschlimmsten.

Wieso das so ist? Na ja, weil die Nanny am Wochenende natürlich frei hat. Schließlich kann Christine niemandem erzählen, dass sie auch am Wochenende keine Lust auf ihr Kind hat. Was sollen denn die Leute denken? Und dann muss sie sich wohl oder übel mit ihr beschäftigen und das geht dann eben ziemlich auf ihre Laune.

Ich hatte übrigens selbst schon das Vergnügen, auf ihre Tochter aufpassen zu müssen, als sie zu einem sehr wichtigen Meeting musste. Ich habe keine Ahnung, zu was für einem Termin sie an einem Samstag so plötzlich und dringend musste, das hat sie mir natürlich nicht erzählt, nur, dass es eben wichtig sei und dass mein Vertrag nicht verlängert werden würde, wenn ich mich weigere, auf ihre Tochter aufzupassen. Das ist so ein beliebtes Druckmittel von ihr, das sie häufig bei den befristeten Mitarbeitern benutzt, aber ganz besonders häufig bei mir, glaube ich.

Seitdem ich vor einem Jahr auf ihre Tochter aufgepasst habe, will ich übrigens unbedingt Kinder haben, zumindest, wenn sie so süß sind wie Nina. Ich begreife einfach nicht, wie jemand so Furchtbares an eine so großartige Tochter kommt, aber wahrscheinlich hat es auch sein Gutes, wenn man fremde Leute sein Kind erziehen lässt. Anders kann ich mir das sonst nicht erklären, denn Nina und ich hatten einen fantastischen Abend!

Wir haben ihre Puppe gebadet, Nina gebadet und anschließend war ich selbst auch ziemlich gebadet. Dann haben wir zusammen Spaghetti mit Tomatensauce gekocht. Ich muss gestehen, dass ihre Kochkünste sehr viel fortgeschrittener sind als meine. Natürlich wollte sie nicht schlafen gehen. Wer will das schon freiwillig, wenn jemand neues (und so interessantes, hihi) da ist und sich die ganze Zeit mit einem beschäftigt? Also ich ganz bestimmt nicht. Wir haben ihre komplette Sammlung an Kinderbüchern durchgelesen und dabei ist sie irgendwann einfach eingeschlafen.

Ich muss immer lächeln, wenn ich an diesen Abend denke. Wir haben uns danach sogar noch öfter getroffen. Ich hatte Nina meine Handynummer gegeben und sie hat sich tatsächlich nur kurze Zeit später gemeldet und mich gefragt, ob wir Spazierengehen wollen. Ich habe sie abgeholt und wir sind Eis essen oder spazieren gegangen. Nina hat mir dabei einiges erzählt, leider nicht immer schöne Sachen.

Aber was erzähle ich denn hier. Ich muss doch los!

***

In der Redaktion lege ich nur meine Tasche ab und laufe schnell zu Christines Büro. Leider bin ich nicht nur wegen der Julihitze völlig durchgeschwitzt. Mein Herz pocht beinah lauter als mein zaghaftes Klopfen an Christines Tür. Kaum trete ich rein, legt sie natürlich sofort los:

„Ist das eigentlich dein Ernst, Mila? Also, als ich das gelesen habe, war ich wirklich enttäuscht von dir! Dein Artikel über die Hundewelpen ist dermaßen schlampig recherchiert. Du weißt doch, dass dein Vertrag bald ausläuft. Gerade deshalb habe ich eigentlich gedacht, dass du dich da total reinhängst in das Thema! Aber das hier, das geht ja überhaupt nicht. Da fehlt die Spannung, da fehlen die Infos, da fehlt doch einfach alles!", bellt sie mich ohne Einleitung an.

Uff, ich habe es ja geahnt. Sie fragen sich jetzt sicherlich: „Was denn für ein Artikel?"

In dem „Artikel" ging es lediglich um ein paar Bilder von einer Hundeschau, die ich noch nicht einmal habe selbst besuchen dürfen. Ich sollte das Ganze als Auflockerung für irgendeine Seite entwerfen, damit sie voller und bunter aussieht. Als Überschrift habe ich „Hunde Schauen" darübergeschrieben. Als Untertitel hatte ich noch „Die wahren Gewinner dieser Hundeschau – Sind sie nicht süß?" hinzugefügt. Bestimmt nicht eine meiner besten Arbeiten, aber leider waren alle tollen Themen mal wieder an andere vergeben worden und ich konnte froh sein, überhaupt etwas abbekommen zu haben und nicht wieder nur Ablage machen zu müssen. Ich atme tief durch.

„Was genau wolltest du denn haben, Christine?"

„Das sage ich dir doch nicht, das ist doch deine Arbeit, Mila!"

Ich versuche wirklich, mich zusammenzureißen. Rumbrüllen wird mich nicht weiterbringen, außer auf Christines Niveau. Zumindest versuche ich, mir das wieder und wieder einzureden.

„Und jetzt?" Mehr bekomme ich nicht raus, die Wut, die in mir aufkeimt, will an die Oberfläche und Christine anschreien.

„Nichts und jetzt. Die Ausgabe ist doch schon raus", winkt Christine ab. „Ich denke, ich muss dir andere Aufgaben zuweisen, Mila. Das Thema war wohl nichts für dich. Ich habe mir überlegt, dass du vielleicht Diättipps schreiben könntest, denn schließlich kennst du dich mit diesem Thema doch bestens aus."

Bei diesen Worten mustert sie mich spöttisch und wartet sicherlich auf einen beleidigten Kommentar von mir, aber diesen Gefallen tue ich ihr nicht.

„Nichts Besonderes", fährt sie sauer fort, „ein paar Ernährungstipps, hier, ein Rezept da. Wie gesagt, nichts Großes. Schließlich ist doch Hochsommer, da sieht man jedes Pfund zu viel im Badeanzug, nicht wahr, Mila?"

Nachdem ich wieder nicht auf ihren Kommentar eingehe, wendet sie sich wieder ihrem Rechner zu, was mir wohl suggerieren soll, dass wir hier fertig sind.

Wütend gehe ich aus Christines Büro und atme erneut tief ein und aus. Was für eine furchtbare Frau! Wenn jeder einfach so rumschreien würde, wie es einem passt, würden wir uns alle nur anschreien, aber Chefs dürfen das anscheinend ohne Konsequenzen, denke ich frustriert.

Nachdem ich mich beruhigt habe, fange ich an, zu recherchieren. Blöderweise ärgert mich Christines Kommentar aber immer noch, denn leider ist dieses Thema ein wunder Punkt bei mir, was sie wahrscheinlich auch weiß. Denn ja, ich kenne mich mit Diäten aus, weil ich nämlich schon immer ein paar Pfunde zu viel mit mir rumgeschleppt habe, die damals mit dem Babyspeck einfach nicht verschwunden sind.

Ich habe wirklich einiges ausprobiert, von Ananasdiät über Weight Watchers oder FDH. An und für sich habe ich mich mittlerweile mit meiner Moppeligkeit abgefunden und eigentlich ist es auch sehr angenehm, wenn Eno immer zu mir sagt, dass er jedes Pfund an mir mag.

Ach Eno…. Er ist einfach ein Schatz.

Aber ich schweife schon wieder ab. Was macht eigentlich eine gute Diät aus? Dass man keinen Hunger hat, seufze ich und beiße in ein Stück Nussschokolade.

Drei Bände, ein Buch: 3 Leseproben aus dem Sammelband „Die Sommertrilogie":

Lily Winter

Die Sommertrilogie

Roman

P R O L O G

Anna

Sein Zug kommt zu spät. Wie jedes Jahr oder, weil er immer einen Zug später nimmt. So genau weiß ich das nicht. Es hat mich auch nie interessiert. Jedes Jahr treffen wir uns hier, an diesem Ort irgendwo in Nord-Rhein Westfalen. Er kommt aus Hamburg und ich komme aus München. Also so ziemlich in der Mitte und irgendwie auch, weil wir beide von hier stammen. Einmal im Jahr treffen wir uns hier. Einmal im Jahr tischen wir unseren Ehepartnern und unseren Kindern eine Lüge auf. Ich sage, dass ich zu einer Lehrerfortbildung fahre und er, dass er geschäftlich wegmuss. Meiner Tochter sage ich, dass ich zu einer Freundin nach Wiesbaden fahre, die ich noch aus dem Studium kenne und die auch tatsächlich dort lebt. Wir telefonieren manchmal, mehr aber auch nicht. Meine Tochter würde mir das mit der Lehrerfortbildung nie abkaufen. Schon, weil sie auf dieselbe Schule geht wie ich. Zum Glück reden sie und ihr Vater nur das Nötigste miteinander. Vielleicht ahnt sie auch etwas, aber sie hat sich bis jetzt nie etwas anmerken lassen. Sie ist 12 und normalerweise sehr kritisch. Plötzlich steht Ralf vor mir.

„Hallo Anna. Schön dich, zu sehen", sagt er und küsst mich zärtlich.

Diese Wochenenden gehören uns, uns allein. Sie zeigen uns, was wir hätten haben können.

P R O L O G

Ariane

Wir setzen uns gemütlich draußen vor die Eisdiele, obwohl nichts an unserer Stimmung gemütlich ist. Der bloße Gedanke daran, eventuell bei meinem Vater leben zu müssen, treibt mir die Tränen in die Augen. Aber eigentlich, will ich deswegen nicht heulen, denn ich muss meiner Mutter zeigen, dass ich mit der Situation umgehen kann.

„Ist das für dich ok, Ari?", fragt mich meine Mutter wieder und wieder.

„Natürlich, Mama", sage ich dann jedes Mal schnell, um auch mich selbst davon zu überzeugen.

Plötzlich sehe ich Ralf am Nachbartisch sitzen. Neben ihm sitzt ein kleines, rothaariges Mädchen.

„Hallo Ralf!", brülle ich rüber, damit wir endlich das Thema wechseln können. Ralf steht sofort auf. Was für ein Glück.

„Hallo Ari, hallo Anna!", ruft er erfreut.

„Hallo Ralf", sagt meine Mutter leise, fast schüchtern. Ich schiebe sofort beide Tische zusammen und wir setzen uns alle.

„Das sind Max und Katja", stellt Ralf vor.

„Hallo, ihr beiden", sagt meine Mutter. „Das ist Ari, meine Tochter."

Ich nicke kurz und sage Hallo, dabei schaue ich zufällig auf Max. In mir macht es „ping" und ich werde rot. Zum Glück erzählt Katja gerade etwas Lustiges und alle lachen.

„Was macht sie?", frage ich, um auch etwas zu sagen. Doch eigentlich schaue ich nur diesen großen, dunkelhaarigen Mann mit den blauen Augen neben Ralf an.

Ich versuche nicht zu sehr hinzu starren. Mir wird gleichzeitig heiß und kalt, denn irgendwie weiß ich, dass ich mich gerade verliebt habe.

Sommertrilogie, Band 3: Liebe braucht kein Morgen

P R O L O G

Katja

Wumm!

Schweißgebadet wache ich auf.

Jede Nacht wache ich auf.

Jede Nacht sehe ich dieselben entsetzlichen Bilder.

Ich höre den lauten Aufprall und die plötzliche Stille, die darauffolgt.

Jede Nacht sehe ich mich wieder aus dem Auto stürzen, sehe wie andere Menschen angelaufen kommen.

Ich sehe einen Menschen vor dem Auto liegen, wie er einfach nur so da liegt, blutüberströmt.

Von einer Sekunde zur anderen kann das Leben vorbei sein. Seins war es und meines somit auch.